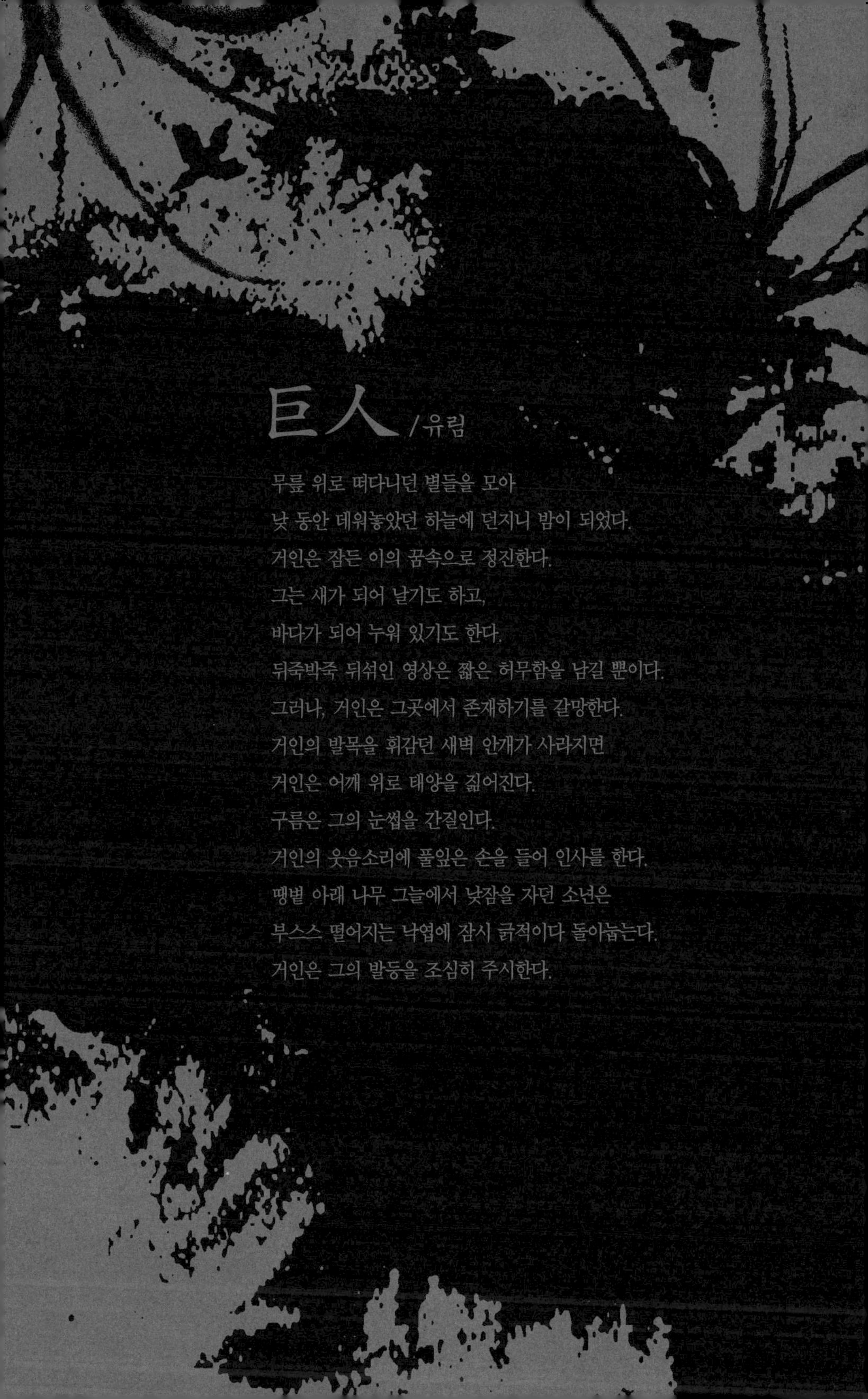

巨人 /유림

무릎 위로 떠다니던 별들을 모아
낮 동안 데워놓았던 하늘에 던지니 밤이 되었다.
거인은 잠든 이의 꿈속으로 정진한다.
그는 새가 되어 날기도 하고,
바다가 되어 누워 있기도 한다.
뒤죽박죽 뒤섞인 영상은 짧은 허무함을 남길 뿐이다.
그러나, 거인은 그곳에서 존재하기를 갈망한다.
거인의 발목을 휘감던 새벽 안개가 사라지면
거인은 어깨 위로 태양을 짊어진다.
구름은 그의 눈썹을 간질인다.
거인의 웃음소리에 풀잎은 손을 들어 인사를 한다.
땡볕 아래 나무 그늘에서 낮잠을 자던 소년은
부스스 떨어지는 낙엽에 잠시 긁적이다 돌아눕는다.
거인은 그의 발등을 조심히 주시한다.

광마도법

狂魔刀法

광마도협 4
백향목 新무협 판타지 소설

초판 1쇄 찍은 날 § 2005년 12월 23일
초판 1쇄 펴낸 날 § 2005년 12월 30일

지은이 § 백향목
펴낸이 § 서경석

편집장 § 문혜영
편집책임 § 이재권
편집 § 유경화 · 심재영

펴낸곳 § 도서출판 청어람
등록번호 § 제1081-1-89호
등록일자 § 1999. 5. 31
어람번호 § 제2-0790호

주소 § 경기도 부천시 원미구 심곡1동 350-1 남성B/D 3F (우) 420-011
전화 § 032-656-4452 팩스 § 032-656-4453
http://www.chungeoram.com
E-mail § eoram99@chollian.net

ⓒ 백향목, 2005

ISBN 89-5831-902-X 04810
ISBN 89-5831-731-0 (세트)

Fantastic Oriental Heroes

백향목 新무협 판타지 소설

광마도법

狂魔刀法

4

명광도

도서출판 청어람

목차

촤아아아!

배는 옥색의 물결을 가르며 나아가고 있었다. 이유강은 임수아와 함께 선수에 서서 우측으로 멀리 보이는 하나의 섬을 바라보았다. 맑은 날씨였으나 섬의 주위는 기이한 안개가 자욱하게 피어 있어 자세히 보지 않으면 섬인지 알아보기 힘들 것 같았다. 임수아는 매우 흥분한 기색이었다.

"맞아요! 바로 저 섬이에요!"

"…진정 저곳이 맞소?"

이유강의 안색은 굳어져 있었다.

'설마 저 섬이 명광도가 맞단 말인가……'

고개를 돌려 이유강의 표정을 본 임수아가 의아한 듯 물었다.

"대인, 무슨 문제라도……."

"아니오. 괜찮소."

이유강은 고개를 저었다. 그리고는 항해사를 향해 말했다.

"저 섬에 정박할 것이니 적절한 위치를 찾아보도록."

"예!"

끼리리릭! 끼리릭!

조타수가 타를 잡아 돌렸고 배는 우측으로 서서히 선회하여 나아갔
다. 잠시 후 배는 자욱한 안개 속으로 사라졌다.

　　서장에서 항주로 돌아온 후 이유강은 며칠 장원에서 휴식을 취하고 있었다. 앞으로 열흘 정도 후에 임수아와 함께 그녀가 살던 섬을 찾아 출발할 작정이었다. 그 섬의 이름은 명광도(明光島)라 했다.

　　"대인, 혈검문에서 서신이 왔습니다."

　　"무슨 일이오?"

　　"호출 명령입니다."

　　여송은 미간을 약간 찌푸리며 말을 이었다.

　　"또다시 서장 토벌에 지원을 하라는 것은 아닌지 모르겠습니다."

　　"그럴 수도 있겠소."

　　이유강은 내심 골치가 아팠다. 여송이 말했다.

　　"일단은 가보셔야 할 것 같습니다."

"크게 걱정할 필요는 없소. 풍운장도 이번에 많은 피해를 입었으니 그들도 막무가내로 요구하지는 않을 것이오."

"그렇겠지요."

여송은 고개를 끄덕였다. 이유강이 문득 물었다.

"환물 제조에 적합한 인재들은 구해졌소?"

"예. 그렇지 않아도 풍운도(風雲島)에 한번 들르시라 말씀드릴 참이었습니다."

"혈검문에 다녀온 후 바로 가보겠소. 참, 이번에 카부 함대의 전함 한 척을 포획하여 온 것도 있으니 그 배도 한번 살펴보시오. 좀처럼 보기 힘든 특이한 기능을 가지고 있는지라 연구해 볼 만한 가치가 있을 것이오."

"예. 선박 건조에 조예가 깊은 자들과 함께 연구해 보겠습니다."

여송은 관심있는 표정으로 고개를 끄덕였다. 그때 방문 밖에서 목소리가 들렸다.

"대인, 손후입니다."

"들어오시오."

문이 열리고 손후가 들어왔다. 그는 두꺼운 책자 한 권을 들고 있었다.

"기존의 광마도진을 더욱 보완한 광마연환도진(狂魔連環刀陣)입니다."

"음……."

이유강은 책을 받아 펼쳐 보았다. 손후가 말했다.

"광마도진에서는 삼, 오, 십, 백의 네 종류였지만, 광마연환도진은 그 한계가 없습니다."

두 명 이상이 모이면 펼칠 수 있었고, 인원이 늘어날수록 그 위력은 더욱 강해진다는 것이었다. 빠르게 장을 넘기며 내용을 살피던 이유강의 눈에 이채가 서렸다.

"사상여의혼환진(四象如意混環陣)……!"

이유강은 매우 놀란 표정으로 손후를 쳐다봤다.

"정녕 그것을 적용한 것이오?"

"…그게 무슨 말씀이신지요?"

손후는 고개를 갸웃하며 되물었다. 이유강이 말했다.

"겸손해할 것 없소. 손 관주가 진법에 이토록 조예가 깊은 줄은 몰랐소. 사상여의혼환진은 이해하기가 극히 어려워 이를 이해하고 있는 자는 거의 없다고 들었소."

"…사실 광마연환도진은 총군사님께서 대부분 틀을 잡아주신 것이고, 저는 그에 맞게 각각의 초식들을 정리했을 뿐입니다. 다소 현묘하단 생각이 들었지만 그것이 사상여의혼환진이라는 진법에 바탕을 둔 것인지는 몰랐습니다."

손후가 머리를 긁적이며 말했다. 이유강이 여송을 쳐다보자 여송은 쑥스러운 표정으로 고개를 끄덕였다.

"무공의 문외한이 쓸데없이 잔재주를 부린 것이 아닌지 모르겠습니다."

"아니오. 이것은 실로 매우 어려운 일이라 할 수 있소."

이유강은 진심으로 탄복하고 있었다. 사상여의혼환진은 자연에 산재한 수많은 사물들을 이용해 실시간에 진법의 형태를 마음먹은 대로 바꿀 수 있다는 전설적인 진법이었다. 이는 지극히 이해하기가 어려웠고 실제로 적용된 사례가 없었다. 적어도 이를 조금이라도 이해하려면 수천 가지의 진법을 자유자재로 펼칠 수 있는 진법의 달인이 되어야 가능한 것이다.

이유강은 말을 이었다.

"비록 기초적인 것을 적용한 것이지만 이를 광마도진에 적용시킨 것 자체가 대단한 일이오. 이는 존재하는 그 어떤 연환진보다 강한 위력을 발휘할 것이오."

"대인께서 학문에 조예가 깊으신 줄은 알았지만 사상여의혼환진까지 이해하고 계실 줄은 진정 몰랐습니다. 저의 재주가 부끄러울 따름입니다."

여송은 진정 감탄하는 표정을 지었다. 이유강은 고개를 저었다.

"예전에 접할 기회가 있어 대략 이해했을 뿐이오. 나로서는 이것을 접목시켜 연환진으로 만들 만한 능력은 없소. 실로 대단하오."

그러자 여송이 미소를 지었다.

"겸손이십니다. 그저 사물을 이용하여 펼치는 진법의 신묘함을 내공과 동일한 무공을 가진 사람들을 이용해서도 충분히 나타낼 수 있지 않을까 하는 생각이 들었습니다. 기존의 연환진이나 검진 등을 훑어보았는데 그것들은 무공 자체에 얽매여 자연을 이용하지 못하고 있었습니다. 광마도진도 마찬가지였습니다."

"그렇긴 하오."

"한낱 돌멩이들이나 도처에 흔한 풀 포기들로도 기이한 조화를 부릴 수 있는 것이 진법입니다. 하물며 그런 것들과 비교할 수 없이 강한 내공과 무공을 갖춘 광마전사들을 매개로 한다면 그 조화는 상상을 초월할 것입니다. 그러나 진법 자체가 정적인 매개를 이용하는 것이라 수시로 상황이 변하는 싸움에서 접목시키기는 쉽지 않습니다. 물론 사상여의혼환진이라면 가능합니다."

이유강은 고개를 끄덕이고는 말했다.

"그렇소. 그러나 천하에 그 난해한 진법을 이해할 수 있는 자는 거의 없소. 총군사는 그 진법을 이해하지 않고도 단순히 연환진의 경로(經路)를 암기하고 훈련하는 것만으로 비슷한 효과를 볼 수 있도록 하지 않았소? 이것이야말로 진정 어려운 일이오. 진정으로 탄복하지 않을 수가 없소."

"과찬이십니다."

사실 이유강은 사상여의혼환진을 완전히 이해하고 있었다. 그것을 바탕으로 더욱 보완 발전된 만상환혼진(萬象幻混陣)을 창안했던 것이다. 그러나 여송과 같이 사상여의혼환진을 이용해 연환도진의 경로를 만들려면 적어도 삼 개월 이상 그것에만 매달려 연구하지 않으면 불가능한 일이었다.

그러나 이러한 광마연환도진에도 몇 가지 문제점이 존재했다. 이유강은 말했다.

"대략 삼십 명이 모여 펼치는 것까지는 괜찮소만, 그 이상의 인원이 모였을 경우에는 진법에 상당한 조예가 있는 자가 지휘를 하지 않으면 안 될 것이오. 광마전사들 중에 그러한 자들이 있을지 모르겠소."

그러자 여송은 예상했다는 듯 미소 짓더니 말했다.

"일전에 말씀드린 것처럼 풍운장에는 광마전사 외에 진법사(陣法士)

들이 존재합니다. 현재 진법사들은 대략 삼십여 명 정도이고 그중에 무공까지 겸비한 자는 다섯 명 정도입니다. 즉, 그들은 진법사임과 동시에 광마전사이기도 합니다. 편의상 그들을 광마전법사(狂魔戰法士)라 부르겠습니다."

"오!"

이유강은 감탄하며 고개를 끄덕였다. 여송은 말을 이었다.

"따라서 광마연환도진의 진정한 위력은 광마전법사의 진법 조예에 의해 좌우된다고 볼 수도 있습니다. 현재 다섯 명 존재하는 광마전법사의 능력으로는 대략 백 명 정도의 인원으로 광마연환도진을 펼칠 수 있습니다. 이것은 이전의 일백광마도진의 위력과 비교할 시 적어도 수십 배 이상의 위력이 있을 것입니다."

"흠……."

"예외적으로 여기 있는 손후 역시 광마전법사라 할 수 있는데, 손후가 지휘한다면 대략 이삼백 명 정도의 인원으로 광마연환도진을 펼칠 수 있을 것입니다. 물론, 최강의 광마전법사는 따로 있지만 말입니다."

"오, 그런 자가 있소?"

이유강은 기대하는 표정으로 물었다. 여송은 미소를 지었다.

"바로 대인이십니다."

"내가 어찌……!"

"대인께서 겸손히 말씀하시나, 제 짐작이 틀리지 않는다면 사상여의 혼환진을 완벽하게 이해하고 계신 것이 분명합니다. 그렇다면 대인께서는 인원수에 얽매이지 않는 무한의 광마연환도진을 지휘하실 수 있을 것입니다. 이를 위해서는 또한 고강한 무공과 많은 내공이 필요한데 그러한 경지에 이르신 분은 오직 대인밖에 없습니다."

"과찬이시오."

이유강은 고개를 끄덕이고는 자리에서 일어났다.

"일단 혈검문에 다녀와야겠소. 계속해서 수고해 주시오."

"예. 맡겨주십시오."

여송과 손후도 따라 일어섰다.

"네놈이 감히 나의 말을 어기겠다는 것이냐?"

아수마존 여희는 이유강을 차갑게 노려봤다. 이유강은 담담히 그녀의 시선을 받았다. 혈검문에 도착해 아수마존을 만나니 그녀는 이유강에게 조만간 있을 삼차토벌대에 다시 출전하라 명한 것이다.

"우리 풍운장도 이번에 많은 피해를 입었소. 죄송하나 더 이상의 인원 지원은 불가하오. 나 역시 심신이 지친 상태라 별 도움이 안 될 것이오. 정히 필요하다면 미력하나마 일부 물자를 지원하겠소."

"그렇다면 적어도 선박 다섯 척 정도는 지원해야 한다. 그렇게 하겠느냐?"

"…그렇게 하겠소."

이유강은 내심 속이 쓰렸으나 고개를 끄덕였다. 여희가 웃었다.

"과연 화통하구나. 본 교가 다소 무리한 조건을 요구한 것을 알고 있다. 대신 이번 토벌이 끝나면 풍운장에도 서장에서 얻은 이권에 참여할 기회를 주겠다. 즉, 자유로이 서장과의 교역에 참여할 수 있도록 보장해 주겠다는 것이다."

"감사하오."

이유강은 포권하고는 다시 말했다.

"그럼 나는 이만 가보겠소."

그때 문득 여희가 물었다.

"…너는 혹시 이전에 나를 본 적이 없느냐?"

"지난번에 한번 뵈었지 않소?"

"그때 말고 그 이전에 나를 본 적이 있지 않느냐?"

이유강은 고개를 저었다.

"지난번 처음 뵈었소. 그 이전에 내가 어찌 마존을 만날 수 있었겠소?"

"…그렇겠지. 한데 나는 이상하게도 네가 낯이 익다. 어디선가 본 것 같단 말이야. 그것도 그다지 좋지 않은 기억으로."

여희는 진지한 표정이었다. 이유강은 어리둥절한 표정을 지었다.

"나로선 그 이전에 마존을 만난 기억이 없소만."

"네놈!"

일순 여희의 몸에서 가공할 기운이 피어올랐다. 그녀의 두 눈에는 섬뜩한 살기가 어려 있었다.

"분명 내게 뭔가 숨기는 것이 있지 않느냐?"

"…무슨 말인지 모르겠소."

이유강은 여희가 내뿜은 내력의 기운에 숨이 막혀왔다.

'일백이십 년……!'

이유강 역시 내력을 끌어올려 저항했으나 기운은 점점 더 강해지고 있었다. 진정한 내력 수위를 알아보려 하는 것이 분명했다.

'계속 끌어올려야 하는가…….'

이유강은 내상을 입을 각오를 하고 내력을 더 이상 끌어올리지 않았다. 내력의 수위를 시험하는 것이라면 여희 역시 내력의 기운을 거둘 것이지만 혹시라도 죽일 생각이라면 자칫 큰 내상을 입을 수도 있었다.

"우욱……!"

굳게 다문 입에서 선혈이 조금씩 흘러나왔다. 이유강은 창백한 안색으로 여희를 쳐다봤다. 그러자 여희는 내력을 거두더니 피식 웃었다.

"그래, 내가 착각한 것이겠지. 그만 가봐라."

이유강은 비틀거리며 포권하고는 바깥으로 나갔다. 여희는 미간을 찌푸렸다.

"분명 저놈의 외모는 눈에 익어."

지난번에는 착각인 양 생각했었지만 이제는 확신할 수 있었다. 여희는 일순 몸을 부르르 떨었다.

"…그렇군! 바로 그자야!"

그녀의 안색이 하얗게 변했다. 도저히 잊을 수 없는 한 명의 인물.

"악마공자!"

순간 옆에서 그녀를 지켜보던 세 명의 노파가 대경실색했다.

"마존! 그게 정말이십니까?"

"설마……!"

노파들 역시 두려움에 젖은 표정이었다. 여희는 순간 태연한 신색으로 돌아왔다.

"그럴 리가 없다. 그는 분명 죽었으니. 외모가 비슷해서 착각한 것이야."

"…혹시 모르니 다시 불러서 차라리 없애 버리는 것이 어떨는지요?"

여희는 고개를 저었다.

"쓸데없는 짓. 만일 그자라면 십대마존이 모두 모여도 상대가 될 수 없어. 그와 맞설 수 있는 분은 오직 대종사님뿐이다."

"…악마공자가 그토록 강했습니까?"

노파들은 믿을 수 없다는 표정이었다.

"나 역시 그때 죽을 뻔했다면 믿겠느냐? 알려지지 않았으나 사실 그 당시 대종사님뿐 아니라 십대마존 중 여섯이 가볍지 않은 부상을 입었다."

"…끔찍하군요."

"그자는 인간이 아니라 마물이었지."

여희는 치가 떨리는 듯 고개를 흔들었다.

이유강은 혈검문을 나섰다. 여희가 적시에 기운을 거두어 내상은 그리 심한 편은 아니었다. 그래도 돌아가 몇 시진 정도 운기조식을 해야 할 것 같았다.

'왜 또 나를 시험한 것인가.'

난데없이 내상을 입은 것에 화가 나기도 했지만 그것보다 더욱 궁금한 것이 있었다.

'누군가 나와 비슷한 사람이 있었단 말인가.'

이유강은 다소 기이한 생각이 들었으나 고개를 저었다.

'무슨 연유인지는 모르겠으나 이런 식으로 나를 대접한 것 잊지 않겠다.'

다짜고짜 내력을 발출하여 내상을 입혀놓고 별다른 사과의 말도 없었다. 가슴에서 뭔가 울컥한 기분이 들었으나 애써 눌러 참았다. 전력을 다해 공격한다면 아수마존을 해치울 수 있을지도 모른다. 그러나 그 후로 풍운장의 모든 세력이 세상에서 사라질 것이 자명한 것이다.

'아직은 때가 아니다.'

다음날 이유강은 여송과 함께 풍운도에 방문했다. 지난번 방문했을 때보다 상당히 많은 건물들이 세워져 있었으나 아직도 여전히 공사는 진행 중이었다. 여송은 그중 평범한 건물의 지하로 이유강을 안내했다.

"이곳입니다. 따라오시지요."

지하로 내려가는 통로는 다소 길었다. 이유강은 통로를 돌아보며 고개를 끄덕였다. 하나같이 가벼이 보기 힘든 절진들과 기관들이 설치되어 있었다.

'기관을 작동시키면 외부와 완벽히 차단될 수 있겠군.'

환물 제조는 여송을 비롯한 극히 소수의 인물만 알고 있었고 풍운도에 상주하고 있는 진법사들이나 광마전사들도 이에 대해 알지 못할 만큼 철저한 극비 사항이었던 것이다.

통로를 지나 대략 서너 개의 문을 더 통과하니 천장에 밝은 야명주들이 박혀 있는 넓은 석실이 나왔다. 석실의 중앙에는 커다란 탁자 십여 개가 보였다. 한쪽에는 뼈다귀가 한 무더기 있었고 진흙들도 수북이 쌓여 있었다. 탁자 앞에는 네 명의 인물이 뼛가루와 진흙을 배합하여 무언가를 반죽하고 있다가 여송이 들어오는 것을 보고는 급히 달려와 포권했다.

"총군사님을 뵙습니다."

"대인께서 오셨으니 예를 갖추시오."

여송은 고개를 저으며 엄숙하게 말했다. 순간 네 명의 인물은 깜짝 놀라는 표정을 지으며 이유강을 향해 공손히 포권했다.

"대인을 뵙습니다."

"수고가 많소."

이유강은 부드럽게 웃었다. 여송이 그들을 소개했다.

"조환물사(造幻物士)들입니다. 모두 학문에 능통하고 장인적 재능이 있는 자들이라 비밀리에 선발하였습니다. 믿을 수 있는 자들이니 심려치 않으셔도 될 것입니다."

삼십대 중반의 사내 두 명과 이십대 초반으로 보이는 청년 두 명이었다. 이유강은 고개를 끄덕이고는 말했다.

"그동안 무엇을 만들었는지 보고 싶소."

"예. 저를 따라오십시오."

여송이 좌측면에 있는 문으로 걸어가며 말했다. 이유강은 그를 따라갔다. 조환물사들은 공손히 포권하고는 다시 탁자로 돌아가 반죽을 계속했다.

기이이잉.

석문이 열렸고 이유강은 안으로 들어갔다. 조금 전 석실과 비슷한 넓이였는데 그 안에는 환물 장인들이 빽빽이 만들어져 있었다. 여송이 말했다.

"일단은 환물 장인을 천 개 만들었습니다. 이것들은 조만간 각종 공사 및 물품 제조 등에 투입되어 유용하게 쓰일 수 있을 것입니다."

이유강은 환물 장인들을 세밀히 살폈다. 모두 이전에 여송에게 알려 준 대로 정확히 만들어져 있었다. 여송은 말을 이었다.

"뼛가루를 많이 확보하지 못한 상태라 뼛가루를 이용한 환물은 며칠 전부터 만들기 시작했습니다."

"구자삼이 곧 이곳에 방문할 것이오. 그에게 많은 분량의 뼛가루가 있으니 그것을 사용하도록 하시오."

"알겠습니다."

여송은 고개를 끄덕이고는 이유강을 다른 석실로 이끌었다.

"또 다른 것들도 만들었소?"

"예. 아직은 시험 중인 것이나 보여 드릴 것이 있습니다. 혹시 실망하지 않으실지 우려됩니다."

여송이 다소 상기된 표정으로 말했다. 이유강은 내심 호기심이 일었다.

"무엇이기에 그리 걱정하는 것이오? 실망하지 않을 것이니 보여주시오."

"예. 저를 따라오시지요."

여송은 한쪽에 이어져 있는 통로를 통해 한동안 걸었다. 통로에는 간간이 야명주가 박혀 있어 어둡지 않았다. 한참을 걸으니 커다란 공터가 나왔는데 공터의 아래쪽은 물이 시커멓게 차 있었다. 자세히 보니 한쪽에 작은 포구와 같은 것도 만들어져 있었고 특이하게 생긴 몇 척의 작은 선박도 보였다. 여송이 말했다.

"이곳은 우연히 발견된 곳으로 물이 섬 밖의 바다와 연결되어 있습니다. 포구는 환물 장인들을 통해 며칠 전 완성했습니다."

"수고했소. 한데 저 배들은 총군사께서 만든 것이오?"

자그마한 선박들에서 환물들에게 나오는 암흑마기의 기운이 느껴지는 것이었다. 여송이 끄덕였다.

"예측하고 계시듯 암흑마기를 이용해 만든 환물 선박입니다. 다만 그 움직이는 것이 기존과 상당히 다르지요."

"흠······."

작은 선박의 아래에는 한 마리의 환물 괴어가 붙어 있는 듯했지만 그 외에는 별다른 특이점을 찾을 수 없었다. 여송이 말했다.

"환물의 유용함은 무궁무진하다고 할 수 있습니다. 그러나 그것은 오직 암흑마기를 다룰 수 있는 사람에 한정되어 있다는 단점이 있습니다. 그래서 암흑마기를 전혀 다루지 못하는 보통의 사람들도 비록 부분적이나마 환물을 다룰 수 있는 방법을 찾아보고 싶었습니다."

"그러한 방법이 있단 말이오?"

이유강은 깜짝 놀라 물었다. 여송은 쑥스러운 듯 고개를 저었다.

"아직은 시험적인 것이라 부끄러울 따름입니다."

"아니오. 진정 그것이 가능하다면 대단한 발견을 한 것이오."

"일단 제가 알아낸 것을 보여 드리겠습니다. 함께 탑승하시지요."

여송은 작은 선박 중 하나에 올라탔다. 이유강 역시 여송이 탄 배에 올라탔다. 배의 선실은 한 칸뿐이었고 대략 십여 명 정도가 탑승 가능할 정도의 작은 크기였다. 선수에는 기다랗게 돌출된 쇠막대기 두 개가 있었는데 그 모양이 다소 특이했다. 여송은 양손에 하나씩 그 막대기를 잡으며 말했다.

"이것이 이 배를 움직이는 타(舵)라고 할 수 있습니다. 누구든 이것을 특정한 방식대로 움직이면 환물 괴어가 그것을 감지하여 움직입니다."

그와 함께 두 개의 막대기를 기이한 방향으로 움직였다. 그러자 배가 서서히 포구를 벗어나 움직이는 것이었다.

"……!"

이유강은 환물 괴어가 움직이는 것을 보고 있었다.

끼긱! 끼익! 끽!

여송이 다시 막대기를 틀었다. 그러자 배는 앞으로 빠르게 전진했고, 막대기를 다시 움직이자 매우 빠르게 후진했다가 멈춰 섰다. 잠시 후 여송은 배를 포구에 댔다.

"조환물사들이 환물 장인들을 만드는 동안 저는 이것을 연구하며 만들었습니다. 아직은 초기 단계라 별다른 기능이 없지만 이것을 커다란 선박에 응용한다면 돛이나 노가 없이도 움직일 수 있는 대형 환물 전함도 가능할 것입니다."

"대형 환물 전함이라……."

이유강은 진심으로 감탄을 금치 못했다. 광마연환도진을 비롯하여 환물 선박에 이르기까지 여송의 능력은 상상을 불허했던 것이다.

"대단하오. 그게 가능하다면 실로 최강의 전함이 만들어질 수도 있을 것이오."

"최선을 다해 완성해 보겠습니다."

"다른 일도 바쁠 것인데 이를 신경 쓰기 쉽지 않을 것이오. 부담 갖지 마시오."

그러자 여송은 미소 지었다.

"요즘 시간이 날 때마다 환물 연구하는 낙으로 살고 있습니다. 다소 시간이 걸릴 것이나 유용한 환물들을 많이 만들어보겠습니다."

"기대하겠소."

이유강은 고개를 끄덕였다. 여송이 문득 눈을 빛내며 말했다.

"참, 흑골연합의 세력에 대해서는 대략적인 정리를 완료했습니다. 조직을 개편했고 노예들은 모두 방면했습니다."

"쉬운 일이 아니었을 것인데."

"대부분 유 맹주의 재량 하에 이루어진 일이라 제가 크게 신경 쓸 일은 없었습니다. 대단한 능력을 가진 자였습니다."

"그럴 것이오. 한데 그와는 연락을 취하고 있소?"

"예. 유 맹주가 이곳으로 한번 방문을 했습니다. 그때 대인께서 주신 작은 환물 목걸이 하나를 그에게 주었습니다."

여송은 목에 있는 커다란 목걸이를 만지작거리며 말을 이었다.

"그러한 환물 목걸이에 대해서도 조환물사들과 함께 앞으로 계속 연구해 보겠습니다. 특히 유 맹주의 경우 흑골연합의 방대한 세력을 효율적으로 통솔하기 위해서는 환물 목걸이들이 별도로 필요할 것입니다.

조만간 환물 목걸이들을 만들어 유 맹주에게 전해주도록 하겠습니다."

"좋은 생각이오."

일전에 생각해 본 적 있으나 미처 신경을 쓰지 못했는데 여송이 그 것을 생각한 것이다. 이유강은 미소 지었다.

"나는 며칠 후 명광도라는 섬으로 떠나오. 어쩌면 당분간 그곳에서 지낼 수도 있을 것이니 모든 것을 총군사의 재량 하에 처리하도록 하 시오."

"기대에 어긋나지 않게 최선을 다하겠습니다."

밖으로 나오니 어느덧 저녁때가 되어 있었다. 이유강은 여송과 함께 저녁을 먹은 후 풍운도를 떠나 항주 풍운장으로 돌아왔다.

"혜아야, 몸은 괜찮으냐?"

"네. 푹 쉬어서 지금은 거의 나았어요."

서문소혜는 침상에서 일어나 앉았다. 그녀의 앞에는 여희가 걱정스 러운 표정으로 서 있었다.

"계속 누워 있거라. 오랜 항해로 인해 몸살이 날 만도 하지."

"사부님께 면목이 없어요. 본 교의 명예에 먹칠을 했으니……."

서문소혜는 우울한 기색으로 말했다. 그러자 여희는 피식 웃었다.

"신경 쓸 것 없다. 정파와 밀교가 손을 잡았다는 것을 알아낸 것만 으로도 충분히 공을 세웠다 할 수 있지."

"그들이 작정을 단단히 한 것 같아요."

"흥! 그따위 밀교 정도를 믿고 감히 서장에 꼬리를 보인 것이 그놈들 의 실수다. 이번에는 내가 직접 가서 몽땅 쓸어버리고 영아도 찾아올 것이니 걱정하지 말거라."

"저도 데려가 주세요."

그러자 여희는 고개를 저었다.

"너는 푹 쉬거라. 이번에는 나뿐만 아니라 고루마존과 사야마존도 동행하기로 했다."

"그렇게나……!"

서문소혜는 놀라는 표정을 지었다. 여희가 차갑게 웃었다.

"호홋! 서장을 쑥대밭으로 만들 것이다. 내친김에 그 해적 놈들까지 몽땅 박살 낼 작정이란다. 감히 본 교를 건드린 대가를 톡톡히 치르게 해야 하지 않겠느냐?"

서문소혜는 고개를 끄덕이다가 문득 물었다.

"그 사람도 같이 가나요?"

"누구 말이냐?"

"풍운장주 말이에요."

그러자 여희는 묘한 표정으로 서문소혜를 쳐다봤다.

"그놈은 가지 않고 대신 선박을 지원하기로 했다. 그건 왜 묻느냐?"

"그냥 궁금했을 뿐이에요."

서문소혜는 별일 아니라는 듯 답했다.

"지난번에도 그놈을 꼭 토벌대에 끼워달라고 부탁해 들어주긴 했지만 어찌하여 그런 녀석에게 관심을 가지는 것이냐?"

"…관심이라니요?"

서문소혜는 무슨 소리냐는 듯 말했지만 여희는 혀를 찼다.

"나를 속일 수 있을 성싶으냐. 네가 고작 그따위 놈에게 관심을 가지다니 실망이구나."

서문소혜는 당황하는 표정을 지었으나 이내 신색을 회복하고는 말했다.

"신경 쓰지 마세요. 그럴 일은 없을 것이에요."

"그래야지. 앞으로도 쓸데없는 생각은 하지 말거라. 본 교의 율법상 대종사께서 부르시면 거부할 수 없다는 것쯤은 알고 있겠지?"

"……."

서문소혜는 일순 절망의 표정을 지었다.

"대종사를 뵌 적은 있지만 그분은 제게 아무런 관심이 없으셨어요. 어찌 그런 말씀을?"

"호호호! 그것이 섭섭했느냐? 걱정 말거라. 내가 무슨 수를 써서라도 너를 대종사께 안겨줄 것이니. 그분께서 지금은 무공에 전념하느라 그리 계시지만 어찌 본 교 최고의 미녀인 너를 마다하시겠느냐?"

"…그러실 필요는 없어요."

서문소혜는 고개를 저었다. 여희는 단호하게 말했다.

"서장 토벌이 끝난 후에 대종사를 만나볼 것이니 그리 알아라."

"……."

여희는 돌아서려다 문득 말했다.

"참, 그놈 말이다. 혹시 이상한 시술을 쓴 것을 본 적이 있느냐?"

"시술이라니요?"

"혹시 눈이 뻘겋고 몸이 시커먼 괴물들을 조종한다든지, 혹은 시커먼 구름을 타고 다닌다든지 아무튼 뭔가 이상한 시술을 쓴 것을 본 적은 없느냐?"

여희는 무언가를 노리는 것 같은 표정으로 날카롭게 서문소혜를 쳐다봤다. 서문소혜는 본능적으로 고개를 저었다.

"…본 적 없어요."

"정말이냐?"

"네. 왜 그러시는 거죠?"

여희는 잠시 서문소혜의 표정을 살피더니 부드럽게 웃었다.

"아니다. 혹시나 해서 물어본 것뿐이다. 당연히 그럴 리가 없겠지."

"그런 사술을 쓰는 자가 있나 보죠?"

서문소혜는 호기심 어린 표정으로 물었다. 여희는 고개를 끄덕였다.

"혹시라도 그런 자를 만나면 조심해야 한다. 그는 분명 악마공자와 관계있을 것이니 네가 상대하지 말고 즉시 내게 알려야 하느니라. 특히 풍운장주인가 하는 그놈의 외모는 이상하게도 내가 이전에 만났던 악마공자와 매우 흡사했기 때문에 물어본 것이다."

"…아, 악마공자!"

서문소혜의 안색이 창백하게 변했다.

"왜 그렇게 놀라느냐?"

"…아니에요. 그냥 악마공자라 말씀하시니 놀랐을 뿐이에요."

서문소혜는 고개를 저으며 말했다. 여희가 기이한 표정으로 쳐다봤다.

"너답지 않구나."

"아직 몸이 안 좋은가 봐요. 조금 쉬면 괜찮아질 것이니 걱정 마세요."

"그래. 당분간 푹 쉬거라."

여희는 고개를 끄덕이고는 밖으로 나갔다. 서문소혜는 여희를 문밖까지 배웅한 후 방으로 들어왔다. 그녀는 잠시 멍하니 서 있었다.

"……"

분명 검은 몸체의 붉은 눈을 한 거대한 괴물인 광룡을 조종했고, 기괴한 물고기들도 조종하는 것을 보았다. 그 누구에게도 말하지 말라는 당부로 인해 사부인 아수마존에게도 말하지 않았던 것이다.

"설마, 그가……"

서문소혜는 일순 비틀거리다 몸을 바로 했다.

"그를 만나봐야겠어."

서문소혜는 급히 옷가지를 챙겨 입고 방을 나섰다. 밖에 대기하고 있던 시녀가 물었다.

"아가씨, 몸도 편찮으신데 어디 가시나요?"

"잠시 서호반점에 갔다 올 거야. 너무 누워만 있으니 몸이 더 아픈 것 같구나. 잠깐 다녀올 테니 다른 사람들에게는 말하지 말거라."

"예."

시녀가 고개를 숙였다 일으켰을 때 서문소혜의 신형은 이미 세가를 벗어나고 있었다.

파라라락!

빠르게 바람을 가르는 옷자락이 심하게 펄럭였다. 한참을 가던 그녀의 신형이 문득 멈춰졌다. 그녀는 높은 나무의 나뭇가지 위에 서 있었다.

'내가 지금 그를 만나서 무얼 하려는 걸까?'

서문소혜는 살짝 이마를 찌푸렸다.

“그래, 나왔으니 일단 만나보는 게 좋겠지.”

그녀는 돌아갈까 하다가 다시 신형을 날렸다. 그녀가 사라진 후 그 자리에 한 명의 여인이 내려섰다.

“뭔가 나를 속이는 게 있군…….”

여인은 의혹이 어린 표정으로 서문소혜가 사라진 방향을 쳐다보더니 신형을 날렸다.

"**대**인, 서문 소저께서 찾아오셨습니다."

육선으로부터 풍운장의 현황에 대해 보고를 받고 있던 이유강은 난데없이 서문소혜가 찾아오자 놀랐다. 서문소혜는 약간 상기된 기색이었다.

"묻고 싶은 것이 있어요."

그녀는 그렇게 말하며 주변의 인물들을 쳐다봤다. 이유강은 고개를 끄덕이며 말했다.

"모두 잠깐 나가주시오."

"알겠습니다."

육선을 비롯한 몇몇 인물들이 방을 나간 후 문을 닫자 서문소혜는 이유강을 날카롭게 노려봤다.

“오라버니, 사실대로 말해 주세요.”

“무엇을 말이냐?”

서문소혜는 잠시 망설이는 듯하다 물었다.

“오라버니는 악마공자와 무슨 관계인가요?”

“…어찌 그런 생각을 하는 것이지?”

이유강은 내심 소스라치게 놀랐다. 서문소혜는 추궁하듯 말했다.

“광룡과 괴물 물고기들을 조종하는 무공은 오직 악마공자만이 사용한다고 들었어요. 오라버니가 혹시 악마공자인가요?”

“…….”

이유강은 서문소혜를 강하게 노려봤다. 순간, 서문소혜가 움찔 놀라며 뒷걸음질쳤다.

“세상에 기괴한 환술은 셀 수 없을 만큼 많다. 어찌 그렇게 생각하는지 모르겠군.”

“사부님께서 오라버니의 모습이 악마공자와 거의 흡사하게 생겼다고 말했어요.”

“뭣이!”

이유강은 전신에 소름이 쫙 끼쳐 오르는 것을 느꼈다. 내심 짐작은 하고 있었으나 악마공자와 외모가 흡사하다는 말을 들으니 일순 아찔한 생각이 들었다.

‘그래서 그녀가 나를 시험했던 것이군…….’

아수마존 여희의 이해할 수 없는 행동이 이제야 이해가 갔다. 이유강이 매우 침통한 표정으로 서 있자 서문소혜의 눈망울이 흔들렸다.

“…사실인가요?”

이유강은 다시 서문소혜를 노려보며 차갑게 물었다.

"혹시 광룡에 대해 다른 사람에게 얘기한 적 있느냐?"

"…없어요."

"그럼 누가 나를 악마공자로 의심하는 것이지?"

"아직은 아무도 없어요. 다만 사부님께서 제게 오라버니에 대해 물어봤죠. 물론, 광룡과 괴물 물고기들에 대해서는 말하지 않았으니 안심하세요."

이유강은 내심 안도하며 말했다.

"세상에 외모가 흡사한 사람들은 매우 많다. 그리고 악마공자는 이미 죽었다고 들었는데 어찌 나를 그리 생각하는지 모르겠군."

"죄송해요. 다만 저 역시 다른 것은 몰라도 그 무시무시하게 생긴 광룡에 대해서는 도저히 궁금해서 미치겠어요. 저 역시 무림에 존재하는 무수한 환술들에 대해 들은 적이 있지만 그토록 거대한 괴물을 조종할 수 있는 것은 상상도 해보지 못했어요. 대체 그것은 무엇인가요?"

이유강은 난처한 표정을 지었다.

"사문에 관련된 일이니 자세한 것은 말해 줄 수 없다."

"그렇다면 오라버니의 사문은 어디인가요? 사문의 이름 정도는 알려주실 수 있지 않나요? 무슨 문파인가요?"

서문소혜는 쉽게 물러설 것 같지 않은 기세로 연속 물었다.

"내가 말해도 모를 것이다. 그리고 내게 문파 같은 것은 없다. 그저 사부가 한 명 있었을 뿐이다."

"…그래요."

서문소혜는 한숨을 쉬더니 말을 이었다.

"그럼 마지막으로 그 사부님의 명호를 알 수 있나요?"

"그렇게 궁금하느냐? 어차피 말해 봤자 모를 것이다."

"더 이상은 묻지 않을게요. 그냥 그것만 알려주세요."

이유강은 순간 서문소혜의 얼굴을 빤히 바라보았다. 무언가 의구심이 가득한 표정이었다.

'여전히 나를 악마공자로 의심하고 있구나.'

이유강은 대충 아무렇게나 말하려다 문득 사실대로 그의 이름을 말했다. 혹시라도 서문소혜가 그의 이름을 듣고 놀란다면 신비에 가려진 흑의인에 대해 알 수 있을지도 모르는 것이다.

"그는 스스로를 흑마(黑魔)라 칭했다."

"…네."

서문소혜는 생소하단 표정으로 고개를 끄덕였다. 그러나 일순 그녀의 안색이 확 변하더니 믿을 수 없다는 표정을 지었다.

"…방, 방금 혹시 흑마라 말씀하셨나요?"

"그렇다. 혹시 그에 대해 알고 있느냐?"

이유강은 서문소혜의 표정이 변한 것을 보고는 내심 기대가 되어 물었다. 서문소혜는 잠시 인상을 찌푸리더니 고개를 흔들었다.

"죄송해요. 그일 리가 없죠. 동명이인을 착각한 것 같아요."

"그가 누구지?"

"흑마는 십수 년 전에 온 무림의 공적이었던 인물이죠. 구파일방과 오대세가를 비롯한 정파뿐 아니라 본 교에서조차 그를 없애기 위해 혈안이 되었다 들었어요."

"……"

무림의 공적이었다니. 신비에 싸인 흑의인, 즉 흑마가 무림공적이었단 말인가. 평범한 인물이었다면 동명이인으로 생각할 수도 있겠으나 무림공적으로 악명을 날린 사람이라면 아무래도 동일인일 가능성이 있을 것 같았다. 이유강은 물었다.

"그가 어째서 무림공적이 되었는지 알고 있느냐?"

"진정 모르시나요? 죽은 사람들의 묘를 파헤쳐 살점을 뜯어내고 그 뼈를 훔쳐 갔던 사람이에요."

순간 이유강은 다시 소름이 끼쳐 올랐다. 그러나 짐짓 태연하게 다시 물었다.

"괴이한 행동이군. 한데 그것만으로 어찌 무림의 공적이 될 수 있었는지 이해할 수 없구나."

"평범한 사람들의 시신을 훔쳐 갔으면 무림공적까지는 안 되었겠죠. 하나 그는 각 문파 수장들의 시신을 훔쳐 갔어요. 그 시신들에는 본 교 전대 교주님의 시신을 비롯하여 무당파 태상장로의 시신, 그리고 소림사 전대 방장의 시신도 죽은 지 하루 만에 훔쳐 갔지요. 물론 그 외에도 셀 수 없었지만."

"공적이 되고도 남을 자였군."

서문소혜는 고개를 끄덕였다.

"물론이에요. 본 교의 치밀하고 끈질긴 추격에 의해 그는 태산 깊숙한 곳의 동굴에서 발견되었으나 큰 부상을 입고 도주했는데 결국 정파의 수천 무사들에 둘러싸여 산산이 몸이 가루가 되어 죽는 처참한 죽음을 당했다 들었어요."

"…그가 죽은 것은 확실한 것이겠지?"

"그렇겠죠. 다만 특이하게도 죽을 때 피를 흘리지 않았다고 했어요."

이유강은 가슴이 철렁 내려앉았다.

"…그럴 리가!"

"아마도 그가 익힌 특이한 마공 때문이었겠죠. 어쨌든 오라버니의 사부님께서도 그와 동일한 명호를 사용해서 일순 놀랐어요."

"그랬겠군."

이유강은 태연히 미소 지었다. 그러나 내심 가슴이 뛰고 있었다.

'흑마가 흑의인과 동일인일 가능성이 높다. 아니, 최소한 그와 관계된 인물임이 분명하다. 피가 나오지 않아 가루가 되었다면 분명 환물일 것이고 그는 죽지 않았을 것이다. 한데 그는 왜 사람의 뼈를 필요로 했단 말인가…….'

신조환물여의경에서 흑의인은 사람의 뼈로 만든 환물에 대해 별다른 효용이 없으니 만들지 말라고 했을 뿐 별다른 언급이 없었다. 이유강 역시 사람의 뼈를 재료로 환물로 만든다는 것은 상상도 하기 싫은 일이라 시도조차 해보지 않았다. 그런데 수십 년 전 흑의인으로 추정되는 그는 마교 교주의 시신까지 훔쳐 가 환물로 만들었던 것이 분명했다.

'이해할 수 없는 일이군…….'

인상을 찌푸리며 생각에 잠겨 있는 이유강을 향해 서문소혜가 물었다.

"무슨 생각을 그리하세요?"

"…그냥 그가 다소 특이하단 생각을 하고 있었다."

“그가 왜 시신들을 훔쳐 갔는지는 아직도 밝혀지지 않았죠. 그 뒤로 시신들이 도난당하는 일은 없었고 흑마는 사람들의 뇌리에 잊혀졌어요. 저 역시 본 교 서고에 있던 무림인물편람이라는 책을 읽어서 알게 되었죠.”

“그랬군.”

이유강이 고개를 끄덕이자 서문소혜가 자리에서 일어났다.

“이제 가봐야겠어요. 참, 오라버니께서는 이번 토벌에 동행하지 않는다면서요?”

“그래서 대신 물자를 지원하기로 했지.”

“그럼 앞으론 계속 이곳에 계시겠군요.”

“며칠 후 멀리 여행을 다녀올 생각이라 당분간 이곳에는 없을 것이다.”

그러자 서문소혜가 궁금한 듯 물었다.

“어디로 가시는데요?”

“임 소저와 함께 그녀의 고향에 좀 다녀올 생각이야. 일전에 약속한 것이 있어서.”

“…잘 다녀오세요. 저는 이만 가볼게요.”

서문소혜는 그렇게 말한 후 돌아서려다 일순 차가운 음성으로 말했다.

“꽤나 좋은 곳인가 보죠? 그곳에 함께 가는 것을 보니 말이에요.”

“음, 멋진 곳이라 들었다.”

“아 그래요? 좋으시겠군요. 그럼 실컷 다녀오세요.”

그녀는 그렇게 말한 후 홱하고 나가 버렸다. 이유강은 피식 웃음이 나왔다.

"쯧… 성질머리하고는."

최근에 다소 사근사근하게 굴기는 했지만 불같은 성격은 여전한 것 같았다.

'어쨌든 십수 년 전의 그 흑마는 분명 나의 사부였던 그 흑의인과 연관이 있다.'

뜻밖에도 서문소혜로부터 그동안 전혀 정체를 알 수 없었던 흑의인의 내력에 대해 알게 된 것이다. 동일한 호칭을 사용하는 것으로 보아 그때의 흑마는 곧 흑의인이 분명한 것 같았다. 물론 그때 죽은 것은 그가 만든 환물일 것이다. 그 후로 그는 어디선가 숨어 훔친 무림고수들의 뼈로 환물을 연구했을 것이다.

'사람의 뼈를 이용한 환물을 만들다니, 실로 천인공노할 인간이로군. 그것이야말로 가증한 마물인 강시와 다른 것이 무엇이란 말인가.'

그가 그토록 천하무림의 공적이 되면서도 절세고수들의 시신을 훔친 것을 보면 사람의 뼈를 이용한 환물, 특히 무림고수들의 뼈를 이용한 환물이 매우 대단한 능력을 가지고 있는 것이 분명했다. 물론 이유강은 설령 그렇다 해도 사람의 뼈를 이용해 환물을 만들고 싶은 생각은 없었다.

"흑마! 어디에 숨어서 음모를 꾸미고 있는지 모르겠으나 내 기필코 네놈을 찾아내 없애주겠다!"

그때 육선이 방 안으로 들어오더니 긴장된 기색으로 말했다.

"조금 전 누군가 장원에 침입하려 하다 물러갔습니다."

"어떤 자였소?"

"여인인 것 같았는데 무공이 실로 놀라웠습니다. 그녀는 순식간에 장원 동쪽 담장 근처에 설치된 일곱 개의 기관 중 세 개를 파괴했습니다. 재빨리 진법사들을 동원해 미리 준비된 열두 개의 절진을 발진시켜 그녀를 잡으려 했으나 실패했습니다."

"그 밖의 피해는 없었소?"

"나중에 발진시킨 진법 중 세 개가 추가로 파괴되었습니다. 그러나 그녀 역시 상당한 낭패를 입고 도주했습니다. 파괴된 기관들과 진법들은 현재 복구 중에 있습니다."

"수고했소."

"그럼 아까 하던 보고를 마저 하겠습니다."

육선이 서류들을 들고 다가오려 하자 이유강은 고개를 저었다.

"보고는 됐소. 십수 년 전 무림공적이었던 흑마란 자가 있소. 그자에 대한 모든 것을 최대한 빨리 알아내시오."

"존명!"

육선이 나가자 이유강은 미간을 찌푸렸다.

'그 정도의 능력을 가진 여인이라면…….'

서문소혜가 풍운장을 나서 서문세가로 돌아가고 있을 때 한 명의 여인이 앞을 가로막았다. 서문소혜는 급히 멈춰 섰다.

"사부님……!"

"몸이 아프다면서 어디를 다녀오는 것이냐?"

"누워만 있으니 답답해서 바람을 쐬고 있었어요."

그러자 여희는 냉소했다.

“흥! 나를 속이려느냐! 풍운장에는 왜 갔다 오는 것이냐!”

“…어떻게 그것을! 한데 사부님 행색이 어찌…….”

서문소혜는 여희의 봉두난발된 머리카락과 여기저기 구겨지고 찢어진 옷을 보고는 깜짝 놀라 물었다. 그러나 여희는 노발대발하며 다그쳤다.

“빨리 말하지 못하겠느냐?”

“…그냥 안부를 묻고자 갔었어요.”

“닥쳐라! 일개 상인 주제에 내 생전 보지도 못한 온갖 기관과 절진들을 설치해 놓은 장원에 살다니. 대체 그 안에서 무슨 얘기를 하고 온 것이냐?”

“지난 출정에서 신세진 것이 많아 감사하다는 말을 하고 싶었어요. 그것뿐이에요.”

여희가 의구심이 가득한 얼굴로 노려봤으나 서문소혜는 태연히 그녀의 시선을 받았다. 여희는 고개를 끄덕였다.

“그래. 네가 나를 속일 리가 없지. 한데 그곳은 일개 장원으로 보기에는 뭔가 수상한 데가 있는 것 같구나.”

“제가 보기엔 그냥 평범한 장원일 뿐이에요. 한데 왜 그런 행색을…….”

서문소혜는 여희의 흐트러진 행색을 이해할 수 없다는 듯 다시 물었다. 여희는 인상을 찌푸리며 말했다.

“알 것 없으니 속히 돌아가 쉬거라.”

“네…….”

서문소혜는 조심스레 포권하고는 서문세가를 향해 신형을 날렸다.

그런 그녀를 복잡한 시선으로 쳐다보던 여희는 문득 중얼거렸다.

"…감히 나를 이 꼴로 만들다니. 이 무슨 망신이란 말이냐."

그녀는 얼굴이 화끈거렸다. 급한 마음에 제자에게까지 이 모습을 보인 것이 더욱 수치스러웠다. 그저 가볍게 따라가 무슨 말을 하는지 들어보려다가 예상치 못할 가공할 기관들과 절진들을 만나 가까스로 도주했던 것이다. 겉으로는 평범해 보이나 어지간한 공격으로는 꿈쩍도 하지 않을 무서운 곳이었다. 여희는 일순 눈을 빛냈다.

"…당분간은 서장 토벌 때문에 내버려 두겠지만 토벌이 끝나면 잿더미를 만들어서라도 그 실체를 밝혀낼 것이다!"

그녀의 모습은 순식간에 어디론가 사라져 버렸다.

"그에 대해서는 그저 악명 높은 시신 도둑으로 알려져 있을 뿐 출신 성분이나 그 밖의 어떠한 것들도 자세히 알려진 것이 없습니다."

육선은 몇 가지 알아온 사항들을 정리하여 보고하고 있었다. 그러나 그것들은 이미 서문소혜에게 들었던 내용들이었고 특별한 것은 없었다. 이유강은 고개를 끄덕이고는 물었다.

"혹시 무공에 대해서 알려진 것은 없었소? 예를 들어 어떠한 무기를 사용하는지에 대해 말이오."

"무기로는 가끔 도를 사용했다고 합니다만 무공에 대해서는 알려진 바 없습니다."

"흠… 알았소. 그만 나가보시오."

"예."

육선이 밖으로 나갔다. 이유강은 잠시 창밖을 보며 생각에 잠겨 있었다.

'도(刀)를 사용했다……'

어차피 예상했던 것이었다. 이젠 흑마는 곧 흑의인이라는 확신이 들고 있었다. 그러나 흑마는 십수 년 전에 죽은 인물로 알려져 있으니 더 이상 그에 대한 정보를 얻을 수는 없었다. 이유강은 심호흡을 했다.

"일단은 임 소저와 함께 명광도부터 갔다 와야겠군. 그곳에서 나의 잃어버린 기억을 찾을 수만 있다면 좋으련만……."

이유강은 사실 명광도의 명광지기에 대해 무언가 기대하고 있는 것이 있었다. 물론 그것은 그 섬에 가봐야 확신할 수 있는 것이었다.

촤아아아!

배는 시원스레 물살을 가르며 나아갔다. 항주 포구에서 조선의 남쪽 바다 어딘가에 있다는 명광도를 향해 출항한 지 벌써 나흘이 지났으나 아직 찾지 못하고 있었다. 묵묵히 바다를 보며 서 있는 이유강을 향해 임수아가 다가왔다.

"죄송해요. 위치를 잘 모르겠어요."

"급할 것 없으니 천천히 섬들을 모두 훑어보면 조만간 찾을 수 있지 않겠소? 너무 심려치 마시오."

"네……."

임수아는 환하게 미소 지었다. 그녀의 어깨에는 비아라 불리는 백색의 아름다운 매가 앉아 있었다. 처음 그녀로부터 비아의 특수한 능력에 대해 들었을 때는 이유강 역시 매우 놀랐다. 그 능력이란 다름 아닌 사람의 부상을 치유해 주는 것이었는데 이는 기존의 그 어떤 무공으로도 설명될 수 없는 특이한 능력인 것이다.

'생각할수록 신비롭군. 어찌 환물에게 치유의 능력이 존재한단 말인가.'

그녀가 뼛가루를 이용해 만든 환물은 도합 다섯 마리였는데, 놀랍게도 다섯 마리 모두 사람을 치유할 수 있는 능력이 있었다. 다만, 암흑마기에 의해 만들어진 환물에 비해 전투력은 상당히 떨어졌다. 물론 환물로 만들어지기 이전에 비해 움직임이나 공격력이 훨씬 강화되긴 했다.

"대인, 이 근처에는 더 이상의 섬이 없습니다. 좀 더 동쪽으로 가보겠습니다."

"그렇게 하라."

위치로 추정컨대 배는 전라도 남단을 지나 경상도 남단의 해역으로 접어드는 것 같았다. 그렇게 반나절쯤 갔을 무렵, 선실에서 환물에 대해 연구를 하고 있던 이유강은 갑자기 익숙한 기운을 감지했다.

"…이 기운은!"

벌떡 일어나 갑판으로 뛰어나갔다.

'동남쪽에서 미약하게 암흑마기의 기운이 느껴진다……!'

확실한 거리는 알 수 없었으나 이곳에서 그리 멀지 않은 것 같았다. 이유강은 암흑마기가 느껴지는 방향으로 배를 선회하도록 지시했다. 잔뜩 상기된 안색으로 배의 전면을 노려보고 있는 이유강을 보며 임수아는 궁금한 표정을 지었다.

“왜 그러시죠?”

“뭔가 짐작되는 것이 있어 그렇소. 자세한 것은 나중에 설명해 주겠소.”

“네.”

뭔가 생각에 잠겨 있는 듯한 이유강의 표정을 보곤 임수아는 더 이상 묻지 않았다. 배는 매우 빠른 속도로 나아갔고, 그렇게 백수십여 리를 갔을 무렵 임수아가 들뜬 음성으로 외쳤다.

“앞쪽에서 명광지기가 느껴져요! 명광도가 가까이 있는 것 같아요!”

“정말이오?”

“네… 드디어 섬을 찾았군요.”

임수아는 설레는 듯 안색이 상기되어 있었다. 이유강은 내심 놀라움을 금치 못했다.

‘암흑마기가 느껴지는 방향에 명광도가 위치해 있다니. 설마 두 개의 섬이 가까운 곳에 위치하고 있단 말인가.’

사실 이유강은 그토록 다시 찾으려 해도 찾을 수 없었던, 흑의인과 함께 있던 그 섬을 생각하고 있었다. 책에서 본 그 섬의 위치는 분명 해남도 남단의 해역이지만 그곳에서는 아무리 뒤져도 찾을 수 없었다.

‘위치 표기가 잘못된 것이라면, 어쩌면 이 앞에 그 섬이 있을지도 모른다. 한데 임 소저가 살던 명광도가 그 섬 가까이 있었단 말인가.’

아직은 알 수 없었지만 곧 밝혀질 것이다. 배가 그렇게 수십여 리를 나아갔을 무렵 우측 멀리 안개에 둘러싸인 하나의 섬이 희미하게 보였다. 암흑마기는 그 섬에서 흘러나왔다.

‘…아니로군.’

이유강은 씁쓸한 표정을 지었다. 안개가 가득한 것은 비슷했으나 이전에 보았던 섬과는 확연히 크기가 달랐다. 수많은 천연 금광석이 쌓여 있던 그 섬에 비해 지금 보이는 섬은 절반 정도의 크기였다. 어쨌든 암흑마기가 흘러나오는 새로운 섬을 발견한 것은 다행한 일이었다. 일단은 임수아가 말하는 명광도를 찾아보고 나중에 저 섬에 방문해 보는 것이 좋을 것 같았다. 한데 그때 임수아가 안개에 둘러싸인 섬을 가리키며 크게 소리쳤다.

"대인! 저 섬이 분명해요!"

"정말이오?"

"맞아요! 바로 저 섬이에요!"

"…진정 저곳이 맞소?"

이유강의 안색은 굳어져 있었다.

'설마 저 섬이 명광도가 맞단 말인가……'

고개를 돌려 이유강의 표정을 본 임수아가 의아한 듯 물었다.

"대인, 무슨 문제라도……."

"아니오. 괜찮소."

이유강은 고개를 저었다. 그리고는 항해사를 향해 말했다.

"저 섬에 정박할 것이니 적절한 위치를 찾아보도록."

"예!"

끼리리릭! 끼리릭!

조타수가 타를 잡아 돌렸고 배는 우측으로 서서히 선회하여 나아갔다. 잠시 후 배는 자욱한 안개 속으로 사라졌다.

섬에 온 지 한 달이 지났다. 한 달 전 섬에 도착했을 때 곳곳에 널브러져 있던 유골들을 수습하여 간단히 장례를 치르고 섬의 양지바른 곳에 묻어주었다. 이를 위해서 선원들과 동승했던 광마전사들이 모두 동원되었다. 장례가 끝난 후 이유강은 배를 돌려보내고 임수아와 함께 섬에 남았다. 그 밖에 남아 있는 인원은 철영과 장칠, 비스트로와 푸앙이었다.

섬에는 십수 채의 집이 존재하고 있었는데 살고 있던 사람들은 해적들에 의해 모두 죽었기에 비어 있었다. 임수아는 원래 살던 곳에서 지냈고 이유강을 비롯한 다섯 명은 각각 마음에 드는 집을 하나씩 골랐다.

섬 주위는 대부분 안개가 자욱했으나 간혹 안개가 개어 맑은 날도 있었다. 오늘이 그런 날이었다. 하늘은 맑았고 바다가 푸르게 출렁였다. 따사로운 햇볕이 내리비치는 해변에서 두 명의 인물이 바쁘게 무언가를 하고 있었다.

"철영! 좀 잡았느냐?"

"…다섯 마리 잡았습니다. 형님은 얼마나 잡았습니까?"

"뭣이! 어디 얼마나 큰 놈들을 잡았는지 한번 보자!"

장칠은 철영이 들고 있는 바구니에서 파닥거리는 다섯 마리의 커다란 물고기들을 보고는 놀란 표정을 지었다.

"어쭈! 제법이구나!"

"하하하. 뭘 이 정도 가지고 그러십니까."

철영이 별것 아니라는 표정으로 웃으며 말하자 장칠은 불끈했다.

"아직 시간이 남았다. 크흐흐, 네놈보다 많이 잡을 테니 각오해라."

“저 역시 만만치 않을 것입니다.”

“염병! 지난번에도 졌는데 내가 또 질 것 같으냐. 앞으로 열흘 동안 네놈이 식수를 책임지게 될 것이다.”

“하하, 과연 그렇게 될지 모르겠습니다.”

철영과 장칠은 바구니를 바닥에 놓고 다시 바쁘게 물속을 휘저으며 잠수해 들어갔다. 멀찍이서 비스트로와 푸앙은 낚시도구를 이용해 낚시를 하고 있었다.

오늘처럼 안개가 갠 맑은 날에는 네 명 모두 한동안 먹을 식량을 구하느라 바쁘게 하루를 보냈다. 배에서 가져온 식량이 충분했으나 신선한 어패류를 잡아놓으면 보다 풍성한 식단을 즐길 수 있기 때문이었다. 임수아와 이유강은 각각 집에 틀어박혀 연구를 하느라 밖에 나오지 않았다. 비스트로와 푸앙은 하루에 세 번 요리를 하여 이유강과 임수아에게 가져다주었고 틈틈이 철영과 장칠에게 광마도법을 전수받았다.

섬에는 원래 세 개의 우물이 있었는데 두 개의 우물이 막혀 지금은 오직 하나의 우물만 존재했다. 그곳은 집들이 있는 곳에서 멀리 떨어진 곳에 있었고 나오는 물도 소량이라 식수통을 들고 물이 모이기를 기다리며 매일 몇 번씩 날라야 했다. 이는 비스트로와 푸앙에겐 다소 힘든 일이라 철영과 장칠이 번갈아가며 하고 있었다.

푸확!

장칠이 물속에서 머리를 내밀고 숨을 몰아쉬었다. 그러다 비스트로가 있는 곳을 향해 헤엄치며 외쳤다.

“어이! 많이 잡았느냐?”

“이쪽으로… 오지 마십시오. 고기가 도망갑니다!”

낚시를 하던 비스트로가 깜짝 놀라며 소리쳤다.

"크힐! 그런 식으로 해서 얼마나 잡겠느냐. 고기는 이렇게 잡는 것이다."

장칠은 파닥거리는 팔뚝만한 물고기를 손에 쥐고 흔들었다. 비스트로는 감탄의 표정으로 말했다.

"대단… 하십니다."

"크하하하. 이 정도야 기본이 아니겠느냐. 그럼 수고해라."

장칠은 씨익 웃더니 저쪽으로 물러갔다. 비스트로는 낚시도구를 챙겨 일어났다. 방금 입질을 하려던 물고기가 장칠이 오는 바람에 도망갔기에 더 이상 낚시하고 싶은 마음이 사라졌던 것이다. 푸앙도 따라 일어섰다.

"몇 마리나 잡았어?"

"대략 서른 마리 정도 된 것 같은데… 자네도 비슷하군."

"응. 지금은 점심시간이 되어가니 요리를 준비해야겠어. 오후에 한 번 더 와서 잡아야지."

"그래."

그들은 담소를 나누며 집으로 돌아왔다. 비스트로의 집과 푸앙의 집은 가까운 곳에 위치하고 있었고 근처에 커다란 창고도 하나 존재했다. 이 창고는 얼마 전 선원들과 광마전사들이 합심해서 만든 것으로 그 안에는 배에서 가져왔던 식량들이 쌓여 있었다. 각종 양념 재료들을 비롯하여 쌀과 밀가루, 말린 육포 등으로 섬에 있는 여섯 명이 능히 일 년은 먹을 만한 분량이었다.

그 밖에 배에서 가져온 닭 스무 마리와 돼지 십여 마리를 사육하는

우리가 만들어졌고 이것들 역시 비스트로와 푸앙이 돌봤다. 비스트로
는 닭들이 낳아놓은 달걀들을 작은 바구니에 담으며 말했다.

"대인께서는 한 달째 새벽에 일어나 무공 수련하시는 것을 제외하고
는 집 밖으로 나오시질 않는군. 아무래도 이곳에 꽤 오래 있어야 할 것
같은데?"

"후훗. 나는 벌써 이 생활에 적응이 됐다. 배를 타고 돌아다니는 것
보다는 훨씬 편하고 좋잖아. 게다가 장칠 형님에게 무공도 배우고 있
으니 앞으로는 누구도 우리를 얕잡아보지 못할 거야."

푸앙은 돼지들에게 먹을 것을 주며 대답했다. 비스트로는 고개를 끄
덕였다.

"그렇긴 하지. 그나저나 임 소저께서는 언제쯤 시간이 되시려나. 이
곳에 오면 우리에게 맛있는 요리 비법을 가르쳐 주신다고 약속하셨는
데 말야."

"나도 그것만 기다리고 있다. 내 태어나서 그토록 맛있는 요리는 처
음 먹어봤지. 아무리 어렵다 해도 기필코 배워야겠어."

"물론이야. 대인께서 언젠가 프랑스까지 우리를 데려다 주신다고 말
씀하셨으니 그때 그곳에 같이 커다란 음식점을 차리자구."

"후후… 생각만 해도 기쁘군."

푸앙은 흐뭇한 미소를 지었다. 그들은 곧바로 여러 재료들을 모아
요리를 만들기 시작했다.

"슬슬 배가 고프구나."

이유강은 창문을 열고 밖을 내다봤다. 맑은 하늘과 섬 아래 바다가

그림처럼 펼쳐져 있었다. 멀리 비스트로와 푸앙이 살고 있는 집에서 연기가 피어오르는 것으로 보아 음식을 만들고 있는 것 같았다.

"조금 있으면 요리를 들고 오겠군."

하루에 세 번 맛있는 음식을 먹는 것이야말로 이곳 생활의 낙이라 할 수 있었다. 임수아가 만든 요리를 먹는다면 더욱 좋겠지만, 이유강은 그녀에게 몇 가지 특별한 연구를 부탁했기에 그녀 역시 두문불출하며 집에서 연구에 몰두하고 있었다.

"분명한 사실은……."

이유강은 창문을 닫고는 탁자 위에 놓인 차를 따라 마셨다.

"명광지기와 암흑마기의 근원이 기실 동일하다는 사실이다."

짐작은 했지만 확신하기까지 한 달의 시간이 소요되었다. 처음 암흑마기가 가득한 이곳을 임수아가 명광도라 말했을 때, 이에는 두 가지 가능성이 있었다. 첫째는 이 섬에 암흑마기와 명광지기, 즉 두 개의 기운이 공존하고 있는 것이었고, 둘째는 암흑마기와 명광지기가 기실 동일한 기운에서 파생되어 나온 것이 아닐까 하는 가능성이었다.

사실 이것은 임수아가 명광지기를 이용하여 처음 환물을 만들었을 당시 들었던 추측이기도 했으나 그동안 확인할 방법이 없었다. 적어도 두 개의 기운 중 하나라도 존재하는 장소에서야 확인 가능한 일이었다.

후르륵.

이유강은 차를 한 모금 들이켰다. 지난 한 달의 기간 동안 명광심결을 운용하여 명광지기를 흡수하려 몇 번 시도했으나 번번이 상단전의 암흑마기와 충돌을 일으켜 실패했다. 그러나 그 충돌의 과정 속에서 약하게 생성되었다가 소멸되는 명광지기의 흐름이 암흑마기의 초기 생성 과정과 유사한 점이 매우 많았다.

이를 통해 암흑마기와 명광지기가 동일한 기운에서 파생되었다는 것을 거의 확신할 수 있었다. 이를 증명하는 또 하나의 이유를 든다면, 암흑마기와 명광지기는 서로 상극의 기운으로 충돌을 일으키기에 만일 두 기운의 근원이 다른 것이라면 분명 이 섬에서도 그 두 근원들끼리 무언가 충돌을 일으켜야 정상인 것이다. 그러나 섬 전체가 안개로 가득 차 있는 것을 제외하고는 별다른 이상 징후가 없었다.

"결국 근원은 동일하나 흡수하는 방식이 서로 상극을 일으킬 만큼 극단적으로 변형된 것이었다."

마치 내력을 흡수하는 방식이 정파와 사파가 서로 다른 것과 비슷하다고 할 수 있었다. 도가 계열의 현묘한 내공과 사파 계열의 마공을 한 사람이 모두 익히기란 특별한 기연이 없고는 불가능한 것과 동일한 것이다. 그러한 두 기운은 체내에서 충돌을 일으키나 둘 다 호흡을 통해 대자연의 기운을 흡수하는 운기토납법에 근본을 두고 있었다.

"이 두 개의 기운을 조화시킬 수 있는 방법은 없을까……."

사실 무림 역사상 정사 양도의 무공을 모두 섭렵하고 이를 조화시킨 절대자들이 간혹 존재하긴 했다고 듣긴 했으나, 명광지기와 암흑마기는 그것과는 비교할 수 없을 만큼 극단적인 기운들이었다. 빛과 어둠이 공존할 수 없는 것처럼 두 기운 중 오직 한 가지만 존재할 수 있는 것이다. 즉, 이유강이 명광지기를 얻으려면 상단전의 암흑마기가 모조리 사라지지 않는 한 불가능한 것이다.

조화를 시키려면 일단 두 개의 기운이 모두 체내에 존재할 수 있어야 어떻게든 방법을 찾아볼 수 있을 것이다. 그러나 현재로서는 그것이 불가능했고 무언가 다른 방법을 찾아야 했다. 결국 이를 위해서는 임수아가 절대적으로 필요했고, 처음 이 섬에 도착했을 때부터 이것을 짐작하고 몇 가지 특별한 부탁을 했던 것이다.

"그가 명광지기에 대해 혹시라도 알 수 있을 가능성을 생각해 보았으나 이제는 그러한 걱정을 할 필요가 없군. 그 역시 두 기운이 조화될 수 없는 것을 알았기에 둘 중에 마음에 드는 하나를 택했을 것이고, 그것이 암흑마기였을 것이다."

기실 명광지기가 사람을 치료하는 신비로운 능력이 있기는 하지만, 전투력의 효용을 따져 보았을 때 암흑마기에 매우 뒤떨어진다고 할 수 있었다. 즉, 사람들을 치료하는 좋은 일을 하려 한다면 모를까 세상을 정복하려는 흑의인과 같은 자에게 암흑마기는 명광지기에 비해 수백 배는 더욱 강력한 힘인 것이다.

"그에게 암흑마기로 대항하는 것은 어리석은 짓이다. 그렇다고 명광지기로 그를 대적하기는 그 힘이 너무 미약하다."

이유강은 인상을 찌푸렸다.

"특이한 것은 이 섬에 온 후부터 상단전에 암흑마기가 더욱 증가하고 있다."

두려울 만큼 눈에 띄게 늘어나고 있었다. 마치 광마심법에 의해 내공이 증가하는 속도와 비슷할 정도였다.

"대체 내 안에 얼마나 되는 암흑마기가 잠재되어 있단 말인가. 그것이 나의 기억을 봉인하고 있음이 분명하다면 이곳에서 그 봉인을 풀어야 한다."

제아무리 많은 암흑마기라 해도 언젠가 한계를 드러낼 터. 기억의 봉인이 풀릴 때까지 이 섬에서 나가지 않을 생각이었다. 사실 이제는 굳이 이 섬에서 나가지 않아도 모든 일을 할 수 있었다. 풍운장의 모든 일들은 여송이 알아서 할 것이고 이유강은 가끔 환물 반지를 통해 보고를 받으며 지시만 내리면 되는 것이다.

또한 해역을 장악하는 일은 비혼을 통해 하면 되었다. 비혼을 서장에 놓고 온 이유 중 하나가 바로 그것이었다.

"그러고 보니 서장의 상황이 어찌 되었는지 궁금하군. 아직 마교의 토벌대가 서장까지 도착하지는 않았을 것인데… 한번 움직여 봐야겠군."

잠시 후 비스트로가 가져온 요리를 먹은 후 이유강은 만일을 대비해 집 주위에 미환진을 펼쳤다. 이렇게 한 이유는 혹시라도 비혼과의 일체 상황에서 불시의 방해를 받지 않기 위함이었다. 비혼을 통해 상승의 무공을 펼치고 있을 때 이유강의 몸을 누군가 심하게 건드리기라도 하면 자칫 큰 정신적인 충격을 입을 수도 있었다. 이유강은 침상 위에 올라가 편하게 정좌했다.

"그럼 이제부터 비혼이 되어볼까……."

비혼은 자그마한 동굴 안에 우두커니 서 있었다. 옆에는 환물 비조가 한 마리 앉아 있었다.

'굳이 새를 타고 다닐 필요는 없겠지.'

동굴 밖은 허공이었다. 절벽의 중앙에 위치한 동굴이라 바닥은 까마득한 아래에 있었다. 서슴없이 뛰어내리려다 일순 멈칫했다.

'…이렇게 높은 곳이었던가. 적어도 이백여 장은 되는 것 같군.'

비혼이라면 이보다 훨씬 높은 곳에서도 어렵지 않게 훌쩍 뛰어내릴 수 있을 것이다. 물론 이유강도 현재 내공의 수위가 이백 년은 되기에 몸을 가볍게 하여 뛰어내린다면 부상을 입지 않을 수도 있을 것이나 아직까지 그런 시도를 해본 적은 한 번도 없었다.

'이보다 더한 경우도 많을 것이다. 이제부터 철저히 비혼에 익숙해

져야 한다.'

이유강은 이를 악물고 신형을 날렸다. 어쩌다 보니 마치 물속으로 뛰어드는 것처럼 두 팔을 뻗고 거꾸로 뛰어내리고 있었다.

'…허억!'

땅으로 빠르게 내리 꽂히는 아찔한 기분에 이유강은 가슴이 철렁했다. 현재는 비혼과 일체된 상태라 이유강은 실제로 뛰어내리는 것과 동일한 기분을 느끼고 있었다. 눈앞에 벌써 바닥이 보였다.

콰앙! 뿌지직! 콰콰!

바닥에 솟아 있던 뾰족한 바윗덩이들이 비혼의 몸에 부딪쳐 부서졌다. 비혼은 바위들을 뚫고 땅속에 파묻혀 있었다.

콰앙!

그러나 비혼은 가볍게 바위들을 부수며 뛰어나왔다. 이유강은 내심 신이 났다.

'…후훗! 실로 비혼과 일체가 되지 않으면 느낄 수 없는 재미로구나.'

제아무리 무림고수라 해도 이렇게 무식한 방법으로 절벽을 내려오지는 않을 것이다.

'너무 비혼에 익숙해지면 본신으로 돌아갔을 때 괴로울 텐데.'

가히 오백 년에 달하는 막대한 내공과 금강불괴의 신체가 아닌가. 또한 비록 독액을 내공으로 흡수했다 하나 그 독액의 기운은 그대로 남아 있어 독공을 펼치기라도 한다면 상상할 수 없는 위력을 발휘할 것이다. 이 정도면 십대마존이 한번에 몰려온다 해도 걱정이 없었다. 어쩌면 천하 최강이라 불리는 마교 대종사 엽무극 역시 비혼의 상대가 되지 않을 수도 있었다.

'일단은 어디서 도를 한 자루 구해야겠군.'

비혼은 십여 장씩 도약하며 빠른 속도로 산을 벗어나 항구가 있는 도시로 들어갔다. 두어 달 전쯤 있었던 마교와 서장 세력의 큰 전쟁에도 불구하고 당시에 부서졌던 건물들은 상당 부분 복구되었고 시장은 활기에 차 있었다. 곳곳에 색목인들을 비롯한 가지각색의 사람들이 온갖 교역품을 거래하느라 바쁘게 움직이고 있었다.

'굉장하군…….'

이전에 서문소혜와 왔을 당시에는 마교의 무사들이 시장을 완전 뒤집어엎었기에 오늘처럼 활기찬 거래의 모습을 볼 수 없었다. 비혼은 사람들 사이를 지나며 시장을 계속 걸었다.

'육두구도 거래되고 있군.'

알아보니 육두구나 후추 같은 향신료는 이곳에서도 매우 비싸게 취급되었을 뿐 아니라 수요가 많아 물량이 부족하다고 했다.

'구자삼이 확보한 육두구를 이곳에서 처분해도 그 이익이 막대하겠구나.'

내심 흐뭇한 마음이 들었다. 그때 보니 제법 물량이 많이 쌓여 있던 것 같았다. 비혼은 계속 주위를 둘러보며 걸었다. 간혹 맛있어 보이는 과일들과 과자, 음식들이 보였다. 김이 모락모락 나도록 고기를 구워 파는 자들도 있었다. 지나가던 몇몇 사람들이 코를 벌름거리며 고기를 쳐다보더니 돈을 지불하고 주저앉아 술과 함께 고기를 뜯기 시작했다.

'…꿀꺽!'

비록 섬에서 먹을 것이 부족하진 않으나 이것들을 보니 침이 넘어갔다.

'제길! 그림의 떡이로군.'

계속 걷다 보니 대장간들이 모여 있는 골목이 나왔다. 골목 사이로 크고 작은 수십여 개의 대장간들이 붙어 있었다. 그중 검이나 칼과 같은 무기를 파는 대장간은 서너 개 정도였다. 명나라에서는 보지 못했던 기이한 모양의 무기들도 보였고, 칼의 경우 도신이 뒤로 크게 휘어진 특이한 모양들이 많았다. 다행히 도법을 펼치기 용이한 평범한 환도(環刀)가 몇 자루 눈에 띄었다.

'저게 좋겠군.'

비혼이 환도를 집어 들자 사십대 장한이 히죽 웃었다.

"이곳에선 잘 팔리지 않는 것이니 싸게 드리겠소."

"……."

그러고 보니 돈이 없었다. 비혼은 도를 내려놓고 돌아섰다. 그러자 사내의 표정이 험악해지며 소리쳤다.

"저놈을 잡아라!"

순간 서너 명의 몸집 좋은 장정들이 비혼을 둘러쌌다. 비혼은 의아한 표정으로 사내를 쳐다봤다. 사내가 말했다.

"한번 만진 물건을 놓고 그냥 가다니 죽고 싶으냐?"

"크흐흐, 몇 군데 부러지고 싶지 않으면 좋게 말할 때 돈을 내놓고 저 칼을 가져가라."

장정들도 눈을 부라리며 협박했다. 비혼은 말했다.

"비켜라."

"…헉!"

“…허억!”

대장간 주인과 장정들의 안색이 창백하게 변했다. 다름 아닌 비혼의 목소리가 너무 사이했기 때문이다. 마치 지옥에서 악마가 소리치는 것과 같이 굵고 가는 수십 개의 목소리가 일시에 울려 퍼졌다. 이유강은 내심 고소를 지었다.

‘나중에 만나면 비혼의 목소리를 개조시켜야겠군.’

현재 새로 만든 환물들의 경우 그래도 인간의 목소리와 비슷하게 말을 하게 할 수 있으나, 비혼은 그러한 방법을 알기 이전에 만들어진 환물이라 단순히 암흑마기의 진동을 이용해서 소리를 내야 했기에 매우 사이할 수밖에 없었던 것이다. 그나마 이렇게 목소리를 낼 수 있는 것도 이전에는 불가능한 일이었으니 지금으로는 감지덕지한 일인지도 몰랐다.

“좋게 말할 때 꺼져라.”

“…예!”

비혼이 다시 말하자 둘러쌌던 장정들은 혼비백산해서 도망갔고 대장간 주인은 벌벌 떨며 고개를 끄덕였다. 비혼은 그냥 가려다가 아까의 그 환도를 집어 들고는 말했다.

“불손한 짓을 했으니 이곳을 박살 내고 싶지만 특별히 이 칼 한 자루로 참겠다. 어떠냐?”

“…그렇게 하십쇼. 헤헤.”

대장간 주인은 조금도 주저없이 고개를 끄덕였다. 애써 웃으려고 노력하는 사내의 표정은 실로 애처로워 보였다. 비혼은 돌아서다가 문득 말했다.

"정히 아까우면 며칠 내로 돈을 가져다주겠다."

"…그냥 가지십쇼. 괜찮습니다요."

사내는 황급히 말했다. 다시는 보기 싫으니 나타나지 말았으면 하는 것이 그의 심정인 듯했다.

"그럼 잘 쓰도록 하지. 수고해라."

"예. 살펴 가십시오."

사내는 안도하는 표정을 지으며 허리를 깊게 숙였다.

'후훗, 공짜로 칼 한 자루를 얻었군.'

비혼은 유쾌한 걸음으로 대장간 골목을 빠져나왔다.

'그러고 보니 비혼도 돈이 필요하겠구나.'

물론 숙식 비용은 들지 않으나 방금처럼 무언가를 살 때는 필요한 것이다. 당장은 급한 것이 없으니 차차 생각하기로 하고 포구를 향해 걸어갔다. 포구에는 각지에서 온 특이한 모양의 배들이 정박하고 있었고 선원들과 상인들이 시끌벅적하게 움직이고 있었다. 한데 곳곳에 눈매가 가볍지 않은 무사들이 사방을 살피며 경계를 서고 있었다. 무사들의 인원은 대략 수백 명 정도 되어 보였는데 그들의 복장이 눈에 익은 것을 보니 명나라의 무림인들인 것 같았다.

'정파의 무사들이로군……. 그때 이후로 경계를 철저히 서고 있구나.'

상황을 보니 아직 마교의 토벌대가 도착하지 않은 듯했다. 비혼은 잠시 후 두 달 전 마교의 임시 막사가 있던 곳에 도착했다. 그곳에는 이미 정파의 무사들이 진을 치고 있었다.

'대충 상황을 알았으니 오늘은 이만 돌아가야겠군.'

비혼이 돌아서서 신형을 날리려는 찰나 한 명의 인물이 나타나 가로막았다. 대략 이십대 초반으로 보이는 체격이 좋고 잘생긴 청년이었다. 그는 포권을 하며 말했다.

"나는 서빈이라 하오. 그대의 소속을 말해 줄 수 있소?"

"……."

비혼이 아무 말을 하지 않자 서빈은 눈썹을 꿈틀했다. 이곳의 어지간한 자들은 자신의 이름을 말했을 때 깜짝 놀라며 공손히 예를 표했다. 아니, 말하기 전부터 웬만한 자들은 서빈을 알아보고 미리 인사를 했던 것이다. 그러나 앞의 인물은 아무런 대꾸가 없었다. 서빈은 차갑게 말했다.

"이곳은 아무나 오는 곳이 아니오. 어디 소속인지 말해 주시오."

"……."

비혼이 또다시 말을 하지 않자 서빈은 표정이 일그러졌다.

"더 이상 말이 없으면 실례를 범할 수밖에 없소."

"큭……!"

기왕지사 사이한 목소리를 낼 수밖에 없다면 그것을 최대한 활용하는 것이 좋을 것이다. 비혼은 서빈을 노려보며 괴이하게 웃었다. 순간 서빈은 깜짝 놀라며 뒷걸음질쳤다.

"…네놈은 누구냐?"

그러나 비혼은 말없이 돌아서 신형을 날렸다. 서빈은 황당한 표정을 지으며 쫓아왔다.

"머, 멈춰라!"

비혼은 서빈의 말을 무시한 채 더욱 빠르게 도망갔다. 그 속도가 무척 빨랐지만 서빈은 금세 따라붙었다.

'제법이군······.'

이유강은 비혼의 속도를 증가시켰다. 한번 도약할 때마다 십수 장씩 쭉쭉 앞으로 뻗어나가자 서빈은 따라오기 벅찬 듯 뒤처지고 있었다. 그래도 포기하지 않고 악착같이 따라왔다.

어느덧 둘은 인적이 드문 산속으로 접어들었다. 그때 멀찍이 힘겹게 따라오던 서빈이 마치 그림자와 같은 모습으로 변하더니 순식간에 비혼의 앞을 가로막았다. 그와 함께 다시 그림자가 아닌 사람의 모습으로 바뀌었다. 이유강은 내심 감탄하며 비혼을 멈춰 세웠다. 서빈이 말했다.

"더 이상 도망갈 수 없소. 마지막 경고이니 정체를 밝히시오."

"제법··· 이로군."

"···목소리가 어찌!"

사이한 음성에 놀랐는지 서빈의 목소리가 다소 떨렸다.

"혹시 마교의 인물이시오?"

"마교와 나는 원수지간이라 할 수 있지."

"믿을 수 없소. 일단 나와 함께 가주어야겠소."

서빈은 안색을 굳히며 말했으나 비혼은 고개를 저었다.

"그만 돌아가라."

"흥! 말로 안 되면 강제로라도 할 수밖에 없소."

스으읏.

서빈의 신형이 빠르게 다가오더니 그의 손이 비혼의 맥문을 움켜쥐려 했다.

슈각!

그러나 비혼은 순식간에 도를 빼내 서빈의 허리를 수평으로 갈라 버렸다.

"……!"

허리가 잘려져 상체가 무너져 내리던 서빈의 신체가 사라지며 일 장 뒤에 새롭게 나타났다. 동시에 그의 신형이 그림자로 변하더니 십여 개로 불어났다. 이유강은 이미 서빈이 밀교의 대법을 익힌 것을 짐작했기에 놀라지 않았다.

파앗! 팟!

비혼이 도를 휘둘렀으나 투명한 그림자들은 마치 형체가 없는 듯 도의 영향을 받지 않았다. 그러나 어렵지 않게 십여 개의 그림자 가운데 있는 실체를 발견했고 서슴없이 도를 휘둘렀다.

"…크윽!"

그림자들이 사라지며 서빈이 비틀거렸다. 신기하게도 칼에 맞았으면 상처라도 나야 정상이건만 서빈은 그저 가벼운 내상을 입은 듯 안색이 약간 창백해져 있었다. 비혼이 말했다.

"나중에 볼일이 있겠지. 그만 돌아가라."

"…크웃! 웃기지 마라. 네놈은 오늘 결코 살아남을 수 없을 것이다."

서빈은 악독한 눈빛으로 노려보더니 차갑게 웃었다.

"이미 나의 사형들이 이곳에 도착했다. 순순히 항복하고 정체를 말하면 곱게 죽여주마."

"밀교칠위가 모두 모이는 것인가?"

비혼은 주위를 둘러봤다. 사방에 여섯 개의 흐늘거리는 형체가 연기처럼 피어나더니 각기 사람으로 변하고 있었다.

'…저들은?'

광마전사들을 죽이고 사령체로 변해 서문소혜와 이유강을 공격했던 그 사내들이었다.

'네놈들이 바로 밀교칠위였군.'

당시에는 여섯 명뿐이었는데 오늘은 서빈이라는 자를 포함하여 도합 일곱 명이었다. 비혼은 말했다.

"네놈들은 오늘 나를 만나지 말았어야 했다."

"……!"

나타난 여섯 명의 사내는 비혼의 사이한 음성과 분위기에 안색을 딱딱하게 굳혔다. 서빈이 그들을 향해 말했다.

"보통 놈이 아니니 조심하셔야 합니다."

"네가 불러서 왔다. 다친 곳은 괜찮으냐?"

"경미한 정도라 걱정하지 않으셔도 됩니다. 갑자기 불러서 죄송합니다."

"네가 경솔한 행동을 하지 않는 것을 잘 안다. 저자가 누군지 아느냐?"

"아무래도 마교의 첩자인 듯합니다."

서빈의 말에 사내는 고개를 끄덕이고는 비혼을 노려봤다.

"제법 대단한 실력을 가진 것 같다만 우리에게는 통하지 않으니 순순히 네놈의 정체를 자백해라."

"밀교칠위라 했나. 기회는 한번뿐이니 네놈들이 자랑하는 사령체로 변신해라."

"뭣이!"

사내들의 안색이 급변했다. 그들은 믿을 수 없다는 표정으로 물었다.

"네놈이 사령체를 어찌 아느냐?"

"한번 겪어본 적이 있지. 오늘도 도망갈 수 있을지 궁금하군."

"…우린 네놈을 본 적이 없다. 그 일을 아는 것을 보니 마교의 첩자가 분명하구나."

"후회하기 전에 속히 사령체로 변신하는 것이 좋을 것이다. 주저하면 그 한번의 기회조차도 없을 것이다."

그러자 사내들은 어이없다는 듯 웃었다.

"크하하핫! 실로 광오하구나! 좋다! 어찌 사령체에 대해 알았는지 모르겠으나 소원대로 사령체를 구경시켜 주겠다."

서빈이 비웃으며 말했다.

"어리석은 놈! 우리가 사령체로 변하면 네놈이야말로 살아날 수 있는 마지막 기회가 사라지는 것이다."

"그래, 기대하지."

비혼은 고개를 끄덕였다. 그러자 사내들은 기이한 문양이 적혀 있는 종이를 꺼내더니 주문을 외우기 시작했다.

"움끄라쁘……."

"샤랑움끄라쁘쓰아……!"

괴이한 주문 소리와 함께 사내들의 신체가 흐늘거리더니 일전과 같이 거대한 악마 형상의 괴물, 즉 사령체로 합체되었다.

"쿠쿠쿠쿠… 이제 되었느냐?"

비혼은 고개를 끄덕이며 말했다.

"한번의 공격 기회를 주겠다. 반격하지 않을 것이니 해봐라."

그러자 사령체는 가소롭다는 표정으로 비혼을 쳐다봤다. 그리고는 빠른 속도로 뛰어와 비혼의 가슴을 발로 찼다.

퍼억!

"…커억!"

강한 타격음이 났지만 비혼은 꿈쩍도 하지 않았다. 오히려 사령체의 발이 발목까지 뭉그러져 있었다. 비명 소리는 사령체의 입에서 나온 것이었다.

"생각보다 약하군. 실망이야."

"…으, 네놈이 사람이냐?"

어느덧 뭉그러졌던 사령체의 발은 복원되어 있었다. 비혼은 말했다.

"그럼 이제 내 차례인가."

"쿠쿠쿠쿠… 그전에 이것부터 받아봐라."

사령체의 입이 벌어지며 핏빛의 연기가 쏟아져 나왔다. 연기는 곧바로 이글거리는 화염이 되어 비혼을 덮쳤다. 그러나 비혼은 이미 사령체의 뒤로 이동해 있었다. 그리고는 곧바로 오백 년 내력 중 삼백 년 정도를 끌어올리며 광마삼식을 펼쳤다. 순간 마치 하늘에서 거대한 불덩이가 떨어지는 것 같은 가공할 충격이 사령체를 후려갈겼다.

콰아앙!

"크아아악!"

"아악!"

"크아악……!"

커다란 폭음과 함께 비명 소리들이 들렸다. 비혼은 충격의 반동으로 인해 서너 장 뒤로 퉁겨져 있었다. 바닥에는 십여 장 지름의 거대한 웅덩이가 파여 있었고 사령체는 어디로 갔는지 보이지 않았다. 다만 곳곳에 적지 않은 피를 흘린 자국들과 부서진 살점들이 흩어져 있었다.

'…도망간 것인가?'

둘러보았으나 기척이 느껴지지 않았다.

쩌쩌쩡……!

비혼이 들고 있던 도가 균열을 일으키며 부서져 내렸다. 평범한 도라 광마삼식을 한번 시전했을 뿐인데도 견디어내지 못한 것이다.

'괴이하군. 그러한 충격 속에서 이토록 빨리 도망가다니.'

다시 주위를 샅샅이 살폈으나 근처에는 아무도 없었다. 이유강은 그들을 완전히 해치우지 못한 것이 내심 씁쓸했으나 다음 기회를 기약하기로 했다.

'슬슬 배가 고프구나.'

이유강은 비혼의 신형을 움직여 아까 내려왔던 절벽이 있는 곳으로 돌아왔다. 이백여 장 위에 있는 동굴이지만, 가볍게 절벽의 돌출된 곳들을 차고 올라 동굴 안으로 들어섰다. 만일을 대비해 동굴의 입구에 돌멩이들을 이용해 미환진을 펼쳐 놓고는 비혼을 정좌시켰다.

"대인, 저녁이 준비되었습니다."

밖에서 비스트로의 목소리가 들렸다. 이유강은 눈을 뜨고 침상에서 내려오며 미환진의 발동을 해제시키고 문을 열었다. 비스트로와 푸앙이 수레에서 대여섯 가지의 요리를 탁자 위로 날랐다. 구운 생선 두 마리, 돼지고기를 삶아 얇게 썰어놓은 요리 한 접시, 꾸물거리는 오징어 회 한 접시, 큼직한 구운 조개들이 담긴 접시와 여러 종류의 조개를 넣어 끓인 탕도 보였다. 아까 시장에서 본 요리들에 비하면 다소 초라했으나 섬에서 이 정도면 매우 푸짐하고 풍성한 저녁일 것이다.

"맛있겠군. 잘 먹겠네."

"하하. 감사합니다."

비스트로는 미소 지으며 푸앙과 함께 임 소저가 있는 집을 향해 수레를 끌고 갔다. 수평선을 붉게 물들이던 해가 점점 작아지며 사라졌고 섬은 서서히 어두워지기 시작했다.

시커먼 물결을 가르는 수십여 척의 선박들. 모든 선박에는 검은색 바탕에 붉은 글씨로 마(魔)라고 적혀 있는 커다란 깃발이 나부꼈다. 바람이 제법 세차게 불어 푸득푸득 깃발들이 펄럭이는 소리가 음산함을 자아냈다.

중앙의 커다란 선박의 선수에는 이남 일녀(二男一女)가 서 있었다. 여인은 아수마존이었는데, 그녀의 옆에 있는 두 명의 노인에게서는 음산하면서도 사이한 기세가 흘러나왔다. 백색 옷 가득 붉은색 기이한 문자들이 빽빽이 수놓아진 옷을 입고 있는 노인은 사야마존이었고, 머리에 시커먼 망토 같은 것을 걸친 노인은 고루마존이었다. 망토를 걸치고 있는 고루마존의 두 눈은 흰자위가 없이 검었는데 검은자위 가운데 마치 뱀과 같이 뾰족한 붉은 눈동자가 번뜩였다.

"크흣, 가소로운 놈들!"

"저놈들이 바로 그 카부 함대라고 하는 해적 놈들인가 보군."

고루마존과 사야마존은 멀리 앞에 나타난 열 척의 전함을 노려봤다. 아수마존이 말했다.

"저놈들 포의 사정거리가 길다고 했으니 접근하기 전에 없애 버려야 겠어요."

"큭큭! 내게 맡겨주시오."

고루마존이 음산하게 웃으며 손을 흔들었다. 그러자 돛대에 붙어 있던 커다란 박쥐 백여 마리가 하늘을 향해 날아올랐다. 거의 일 장에 달하는 커다란 날개를 펄럭이며 하늘을 날아다니는 박쥐의 얼굴은 놀랍게도 인간과 비슷했다.

키기끽!

키기끽끽……!

박쥐들의 괴이한 웃음소리가 사방에 울려 퍼져 머리가 지끈거렸으나 사야마존은 감탄의 표정을 지으며 말했다.

"저것들 길들이기가 쉽지 않았을 텐데, 어디서 저렇게 많이 구한 것이오?"

"큭큭큭! 이번에 새롭게 만든 비혈강시(飛血殭屍)들이오. 만드는 데 애를 좀 먹었소."

"클클! 말로만 듣던 비혈강시를 만들다니 실로 대단하오."

"크큭! 대단할 것까지야. 어쨌든 비혈강시들이 화령세가에서 만든 뇌격탄(雷擊彈)을 수십 알씩 갖고 있으니 저따위 배들은 순식간에 가루로 만들 것이오."

고루마존의 말에 아수마존은 고개를 끄덕였다.

"뇌격탄의 위력은 방원 수장을 초토화시킨다고 했으니 충분히 가능한 일이군요."

"조금 있으면 재밌는 불꽃놀이가 보일 것이니 실컷 구경들 하시오. 크크큭!"

고루마존은 음산하게 웃더니 조그맣게 주문을 외웠다. 그러자 백여 마리의 비혈강시들이 우르르 카부 함대의 전함들을 향해 날아갔다. 그리고 잠시 후 캄캄한 야밤을 수놓는 불꽃들이 폭음성과 함께 전방에 펼쳐졌다.

콰쾅! 콰앙!

콰콰쾅……!

배들은 부서져 가라앉았고 이어서 끔찍한 단말마의 비명들이 울려 퍼졌다. 다름 아닌 비혈강시들에 의해 한 명씩 공중으로 들려 올려져 피가 빨려 죽는 사람들이 지르는 비명성들이었다.

"크아아아악!"

"크아악……!"

비혈강시들은 피를 빨아먹자 전신이 붉은색으로 변하며 더 더욱 난폭하게 날뛰었다. 간혹 비혈강시들에게 석궁을 쏘거나 검으로 공격하는 자들이 있었으나 그것들에게 아무런 타격도 주지 못했다. 잠시 후 뇌격탄에 의해 부서진 배들이 모두 바다 속으로 가라앉았고 물 위에 떠 허우적거리던 사람들 역시 비혈강시들에 의해 모두 죽음을 당해 한 명의 생존자도 보이지 않았다. 전멸한 것이다.

키기기긱!

킥킥킥……!

비혈강시들은 피를 흠뻑 마셔서 모두 기분이 좋은 듯 킥킥대며 배로 돌아왔다. 고루마존은 만족해하며 크게 웃었다.

"크크크큭! 저것들이 피에 취했으니 앞으로 더욱 강해질 것이오."

"……."

아수마존과 사야마존은 살짝 인상을 찌푸리며 고개를 끄덕였다.

"카부 함대로부터 앞으로 마교와의 싸움에 더 이상 자신들은 관여하지 않겠다는 내용의 전갈이 도착했소."

"…어찌 된 거죠?"

누더기 옷을 걸친 사십대 사내의 말에 제갈수연은 놀란 표정을 지었다. 밀실에는 제갈수연을 비롯한 십여 명의 인물들이 회의를 하고 있었다. 푸른색 도사건을 쓴 사십대 후반의 도사가 누더기 사내를 쳐다보며 물었다.

"풍개, 자세한 내용을 말해 보시오. 그들에게 바친 돈이 적지 않은 것으로 알고 있는데 어찌 그럴 수 있단 말이오?"

"…아직 모르겠소. 알아보고 있으니 조만간 소식이 올 것이오."

그때 제갈수연이 미간을 살짝 찌푸리며 말했다.

"…아무래도 이곳에서 철수해야 될 것 같군요."

그러자 회의장에 있던 모든 인물들의 안색이 굳어졌다.

"군사, 그게 무슨 말이시오? 지난번 마교와의 일차전쟁에서 대승을 거두고 이곳에 강력한 진지를 구축했는데 어찌 철수할 수 있단 말이오?"

"협조적이던 카부 함대가 갑자기 돌변한 이유는 한 가지뿐이에요."

"그것이 무엇이오?"

"그들이 비록 해적들이고 과도한 돈을 요구하기는 하지만 의리는 잘 지킨다고 들었어요. 그런 그들이 변했다면 무엇인가 그들을 두렵게 한 것이겠죠."

그러자 모두 심각한 표정을 지으며 제갈수연을 쳐다봤다. 제갈수연은 말을 이었다.

"마교의 진정한 주력이 오고 있는 것이 분명해요. 해상에서 무적으로 통하던 카부 함대마저 공포에 떨게 만들 만한 세력은 그들 외에는 없어요."

"후후훗. 설령 그렇다 해도 우리 밀교전사들이 있는 한 그들은 또다시 패배하게 될 것이오."

두 눈이 투명하게 반짝이는 중년인이 말했다. 제갈수연은 고개를 끄덕였다.

"사천존님의 말씀대로 밀교전사들의 힘을 모르는 것은 아니에요. 하지만 마교에서 작정을 하고 왔다면 매우 힘든 싸움이 될 거예요. 혹시라도 고루마존의 혈강시들이라도 나타난다면……."

"혈강시!"

밀실 안에 있는 모든 인물들의 안색이 딱딱하게 굳어졌다.

"…진정 혈강시가 온단 말이오?"

"네. 고루마존과 아수마존, 즉 십대마존 중에 적어도 두 명이 오고 있다는 뜻이에요. 그렇지 않다면 자존심 강한 카부 함대가 꼬리를 내리지는 않았겠죠."

그러자 중년 도사가 고개를 끄덕였다.

"군사님의 말씀대로 혈강시를 다루는 고루마존까지 온다면 우리로선 감당하기 힘들 것이오."

"후훗. 걱정 마시오. 우리에게도 혈강시에 겨룰 만한 사령체가 존재하고 있소. 싸워보지도 않고 철수한다는 것은 어리석은 짓이오."

사천존이라 불리는 중년인은 자신있는 어조로 말했다. 제갈수연은 미간을 살짝 찌푸렸다.

"밀교칠위의 부상이 심한데 사령체로 변신 가능한가요?"

"물론이오. 그들의 부상은 곧 완치될 것이오. 또한 본 교에는 그들 못지않은 상위밀법사(上位密法師)들이 다수 존재하니 걱정하지 마시오."

"그들을 부상시킨 마교의 첩자는 잡았나요?"

"아직 못 잡았으나 수백 명이 넘는 무사들을 풀었으니 조만간 잡힐 것이오. 철수 문제는 못 들은 것으로 하겠소. 나는 이만 나가보겠소."

사천존은 그렇게 말하고는 일어서 밖으로 나갔다. 제갈수연은 남아있는 인물들을 바라보며 말했다.

"만일을 대비해 철수 준비는 해주세요. 사천존은 제가 설득해 보겠어요."

그러자 이십대 중반쯤 되는 눈매가 매서운 청년이 미소 지었다.

"이곳에는 팽가의 주력도 있으니 너무 우려하지 말았으면 하오. 군사님의 말대로 철수 준비는 하겠소."

"네. 그럼 이만 회의를 마치겠어요."

제갈수연은 그렇게 말하고는 자리에서 일어섰다. 밀실을 빠져나와 잠시 하늘을 보며 걸었다. 구름이 잔뜩 낀 하늘에선 금세라도 비가 쏟아질 것 같았다.

'피곤해…….'

명나라 땅을 떠나 머나먼 이곳 서장으로 오면 무엇인가 희망이 생길 것이라 생각했건만 생각처럼 모든 것이 잘 풀리지는 않았다. 마교 토벌대와의 일차전쟁에서 승리했다고 세상이 뒤바뀐 것은 아니었다. 오히려 그들을 더욱 자극하여 대대적인 전쟁이 벌어지게 된 것이다.

'아무리 생각해도 이해할 수 없어.'

제갈수연은 머리를 흔들었다. 처음 서문세가의 선박들을 공격하여 마교를 건드린 것은 그녀 역시 예상치도 못했던 일이었다. 그 일을 저지른 자는 일전에 마교의 공격으로부터 정파의 무사들을 구해 이곳까지 데려온 서룡이라는 자였다.

'아직은 마교를 건드릴 때가 아닌 것을 알 텐데 그는 왜 그런 일을 벌였을까.'

서룡은 뛰어난 무공으로 팽우의 신임을 받는 자로 이곳에서는 제갈수연 역시 그의 지시를 따라야 했다. 그 당시 그녀의 반대에도 불구하고 서룡은 서문세가의 선박들을 공격하라는 명령을 내렸던 것이다.

'일단은 무조건 철수해야 해.'

제갈수연은 입술을 깨물었다. 그녀는 사천존의 거처가 있는 곳을 향해 걸음을 옮겼다.

'밀교 역시 이곳에서 피해를 입어서는 안 되는데……. 왠지 느낌이 좋지 않아. 자칫하면 돌이킬 수 없는 큰 패배를 겪을 수도 있어.'

잠시 후 그녀는 사천존의 거처가 있는 누각에 도착했다. 삼층으로 이루어진 건물이었는데 이곳에는 사천존을 비롯한 밀교의 주요 인물들이 거하고 있었다. 밀교주 아래에는 천존이라 불리는 다섯 명의 인물들이 존재하는데 사천존은 그들 중 넷째를 의미했다. 무림에 알려지기로는 밀교는 소수에게만 그 비전이 전수된다고 했으나, 기실 밀교는 서장의 문파 중 인원수만으로도 세 손가락 안에 들 만큼 거대한 문파였다. 제갈수연은 한숨을 쉬었다.

'마교를 물리치고 정파무림의 부활을 도모하는 우리가 밀교와 동맹을 맺다니.'

사실 제갈수연은 밀교의 인물들이 그다지 마음에 들지 않았다. 겉으로 보이기에 그들은 매우 예의도 바르고 밝은 표정을 짓고 있으나 가끔 은연중 느껴지는 사기(邪氣)가 몸서리처질 만큼 소름 끼쳤던 것이다.

"군사님을 뵙습니다."

경계를 서던 밀교의 인물들이 공손히 포권하며 물었다.

"사천존님을 뵈러 왔어요. 안에 계신가요?"

"지금은 안 계십니다. 들어오시면 바로 군사님께서 찾아오셨다고 말씀드리겠습니다."

"그래요."

제갈수연은 고개를 끄덕이고는 돌아섰다. 한데 어디선가 미약하게 사람들의 비명 소리가 들리는 것이었다. 소리는 건물의 지하에서 들리는 것 같았다. 제갈수연은 경계를 서던 무사를 노려보며 물었다.

"이게 무슨 소리죠?"

"무엇 말씀이신지요?"

"지하에서 왜 사람들의 비명 소리가 들리는 것인가요?"

그러자 무사는 약간 당혹한 표정을 지었다.

"······규율을 어기거나 잘못을 범한 교도들이 벌을 받는 것이니 신경 쓰지 마십시오."

"······."

제갈수연은 인상을 찌푸리며 돌아섰다.

'대체 사람을 어떻게 하기에 저토록 처절한 비명 소리가 들리는 것일까?'

다소 궁금증이 일었으나 밀교 자체의 규율에 따라 교도들을 처벌하는 것이라면 제갈수연도 간섭할 수 없는 것이다. 제갈수연은 씁쓸한 표정을 지으며 거처로 돌아왔다.

'좀 쉬어야겠어.'

머리도 복잡하고 몸도 피곤했다. 그때 문득 벽에 걸려 있는 흑색 현철도 한 자루가 눈에 띄었다.

'아······.'

제갈수연은 나직이 탄식했다.

'그가 마교의 편에 서서 우리와 대적하다니.'

일전에 마교의 잔당들과 함께 도주하던 그의 모습이 생생하게 기억났다. 분명 무슨 사정이 있을 것이란 생각이 들면서도 불안한 마음을 금할 수가 없었다.

'답답해······.'

창문을 열고 하늘을 쳐다봤다. 캄캄한 하늘의 저편에 뾰족한 초승달이 구름에 반쯤 가려진 채 떠 있었다.

'······저것들은 뭐지?'

제갈수연은 공중에 시커멓게 떠 있는 수십 마리의 괴이한 새들을 보고는 가슴이 철렁했다. 하늘 높이 떠 있는 그것들은 분명 커다란 박쥐의 형상을 하고 있었다. 그때 밖에서 급하게 누군가 소리쳤다.

"군사님, 마교의 선박들이 나타났다고 합니다!"

"네?"

제갈수연은 깜짝 놀라며 밖으로 뛰어나갔다.

"크아아아… 아아악!"

처절한 비명이 흐르는 지하 밀실. 둥그렇게 일곱 명의 사람이 정좌해 있는 원의 중앙에 전신의 피부가 새까만 흑인 한 명이 서서히 죽어가고 있었다. 빨갛게 충혈된 두 눈 사이로 피가 흘러나오고 급기야 코와 귀에서도 피가 흘러나왔다.

"끄르르… 르르륵!"

어느 순간 흑인의 전신이 일시에 함몰된 듯 푹 내려앉더니 흐물거리는 붉은색 액체로 녹아 있었다.

꿀꺽! 꿀꺽……!

액체는 정좌해 있던 칠 인의 입으로 빨려 들어갔고 그들은 목이 매우 마르다는 듯 허겁지겁 그것을 들이켰다.

"크흐흐……!"

"크크……!"

액체는 순식간에 없어졌고 칠 인의 인물은 만족한 듯 웃음을 흘렸다. 뒤쪽에서 그들을 지켜보던 한 명의 중년인이 말했다.

"이제 대략 회복된 것 같구나."

"예. 오히려 이전보다 더욱 힘이 넘치는 것 같습니다."

"그럴 것이다. 한데 사령체로 변한 너희를 죽음 직전까지 몰고 간 자가 누구냐? 두 달 전에 당한 것보다 더욱 처참한 지경이라 치료하기가 쉽지 않았다."

"…두 달 전 우리를 패퇴시켰던 그자가 사용했던 무공과 비슷했습니다. 물론 외모는 전혀 달랐고 위력은 상상을 불허했습니다. 사천존님께서 직접 상대하시면 모를까 저희들의 힘으로는 역부족이었습니다."

사내들의 표정에는 공포심이 어려 있었다. 사천존은 고개를 끄덕였다.

"다음부터 그자를 만나면 즉시……."

말을 하던 사천존의 안색이 일순 급변하더니 소리쳤다.

"이럴 수가! 이토록 빨리 오다니!"

"예? 무슨 말씀이신지?"

"마교가 습격을 시작했다. 너희들은 사령체로 변할 준비를 해야겠다."

"……!"

사내들은 긴장된 표정으로 고개를 끄덕였다.

끼끼끽기기끽……!

끽끽끽……!

"크아악! 크악! 끄아아아악!"

아수라장이 따로 없었다. 박쥐 형상의 비혈강시들이 던진 뇌격탄에 의해 정파의 진형은 흐트러져 있었고 방어를 위해 구축했던 요새들은 모두 파괴되어 있었다. 비혈강시들은 곳곳을 누비며 무사들의 피를 빨았고 누구도 그것들을 저지하지 못했다.

"쿠쿠쿠쿠……! 박쥐들 주제에 감히!"

그때 사령체가 나타나더니 비혈강시들을 공격하기 시작했다.

퍼억! 퍽!

몸체에 맞지 않게 빠른 움직임으로 비혈강시들은 사령체의 손아귀에 움켜쥐어져 부서졌다. 이에 비혈강시들이 하늘로 도망을 갔으나 사령체는 역시 날아올라 비혈강시들의 날개를 뜯어버렸다. 순식간에 대여섯 마리의 비혈강시들이 사령체의 손에 부서지고 있었다.

"크으… 애써 만든 비혈강시들이!"

고루마존의 시커먼 동공에서 붉은 불꽃이 이글거렸다. 그러자 옆에서 지켜보던 사야마존이 말했다.

"사령체라는 것이오. 저놈은 나에게 맡겨주시오."

사야마존의 신형이 사령체를 향해 직선으로 날아갔다. 동시에 그의 모습이 사령체보다 더욱 거대하고 시커먼 악마의 형상으로 변했다.

크크크크크……!

"……!"

비혈강시들을 쫓던 사령체가 일순 움찔하더니 땅으로 급히 내려섰다. 사야마존 역시 뒤를 따라 내려섰다. 사령체는 뒷걸음질치며 말했다.

"마왕체(魔王體)……! 설마 당신은?"

"크크크크크크…… 사령체를 펼치다니 제법이구나!"

“으으… 사야마존, 당신까지 오다니……!”

사령체의 전신이 점점 투명하게 변하더니 시야에서 사라졌다.

“가소로운 놈들, 감히 본 마존 앞에서 그따위 하위 밀법을 펼칠 생각을 하느냐!”

사야마존의 마왕체 역시 그 자리에서 사라졌다. 그들이 사라지자 잠시 멈칫했던 정파와 마교 무사들은 다시 격전에 들어갔다. 또한 멀리까지 도망갔던 비혈강시들이 다시 정파의 무사들을 공격하기 시작했다.

끼기기긱!

“으아아아아……!”

한 명의 무사가 비혈강시에 의해 공중으로 들려 올려지며 공포에 젖은 비명을 질러댔다. 순간 푸른색의 빛이 번쩍였고 무사를 끌고 올라가던 비혈강시가 무사를 떨어뜨리고 달아났다.

“가증스러운 마물 같으니!”

사십대 후반의 도사가 떨어지는 무사를 붙들며 땅에 착지했다. 도사는 비틀거리는 무사에게 살짝 진기를 불어넣어 주었다.

“조심하게.”

“…감사합니다, 청허자님.”

무사는 십년감수했다는 표정으로 황급히 포권했다. 청허자는 고개를 끄덕이고는 자신을 향해 다가오는 세 마리의 비혈강시를 노려봤다.

끼기기긱!

끽끽끽……!

불시에 기습하여 한 마리를 쫓아내긴 했으나 세 마리라면 쉽지 않을 것 같았다. 청허자는 입술을 깨물었다.

'단번에 해치워야 한다……!'

청허자의 전신에서 푸른 기운이 회오리치더니 그의 검이 크게 원을 그렸다. 그러자 얼굴 크기만 한 태극 모양의 타원이 세 개 생겨나 비혈강시들을 향해 쇄도했다.

팍! 파악! 팍……!

세 마리의 비혈강시는 충격을 받았는지 멀리 날려갔다. 청허자의 안색이 굳어졌다.

'능히 강철이라도 부서뜨릴 태극원형에 맞고도 부서지지 않다니……!'

또 한 마리의 비혈강시가 날카로운 기세로 날아왔다. 청허자의 눈이 번뜩였고 그의 검이 크게 반원을 그렸다.

파아앗!

혼신의 내력을 다해 쏟아낸 거대한 하나의 태극원형이 비혈강시의 몸체에 작렬했다.

끄아아아악!

비혈강시는 소름 끼치는 비명을 지르더니 파악 하며 산산이 부서졌다. 동시에 그것이 빨아 삼킨 핏물이 사방에 퍼져 내리며 혈무(血霧)를 이루었다.

'……휴우.'

청허자는 내심 안도하며 한숨을 내쉬었다.

"와아아!"

"오오! 과연 대단하십니다!"

한 마리의 비혈강시가 부서지자 근처에서 싸우고 있던 정파와 밀교
의 무사들이 갈채를 보내왔다. 청허자는 손을 흔들어 답례하고는 또
한 마리의 비혈강시를 태극원형을 쏘아 보내 박살 냈다. 이에 근처의
정파 무사들이 사기 백배하여 힘차게 마교 무사들을 밀어붙였다. 그때
청허자의 앞에 한 명의 인물이 날아 내렸다.

"크큭, 아직도 살아 있는 무당의 도사 놈이 있다니!"

"……!"

흑색의 망토를 뒤집어쓴 한 명의 노인이었다. 청허자는 가슴이 철렁
했다.

"당신은……!"

"크큭큭, 감히 본 마존의 비혈강시를 두 마리나 박살 내다니 제법이
구나."

"진정 고루마존이시오?"

청허자는 굳어진 안색으로 물었다. 그 혼자서는 도저히 상대할 수
없는 인물이 나타난 것이다. 고루마존은 사이하게 웃으며 다가왔다.

"버러지 같은 놈들, 고작 서장 밀교 따위에 붙어서 본 교에 대적하려
했느냐? 오늘 이곳에서 네놈들의 씨를 말려 버리겠다!"

"…하늘이 용서치 않을 것이오!"

"크하하핫, 하늘이라 했느냐? 세상은 이미 본 교의 천하가 되었다.
그 무엇도 돌이킬 수 없다. 설령 하늘이라 해도 말이다. 크큭큭!"

그와 함께 청허자의 허리가 꺾였다.

"…크윽!"

청허자는 안색이 창백하게 탈색된 채 주저앉았다. 그의 입에서 피가

주루룩 흘러나왔다. 미처 방어를 생각하지도 못할 만큼 빠르게 고루마존의 주먹이 청허자의 복부를 가격한 것이었다.

"으윽! 어찌 이토록 빠른…… 커억!"

고루마존의 발이 청허자의 가슴을 걷어찼다.

"큭큭! 이미 수십 년 전에 나는 네놈의 수준을 넘어섰다. 태극혜검 따위로는 본 마존의 옷자락 하나도 건드리지 못한다."

"으으……."

청허자는 숨이 끊어질 듯한 고통에 말도 할 수 없었다. 비혈강시들에 의해 피가 빨리며 죽어가는 정파 무사들의 모습이 사방에서 보였다. 이미 패색이 짙은 것 같았다.

'아아… 정녕 하늘은 정파를 버리시는 것인가.'

청허자의 두 눈에서 눈물이 흘러내렸다. 그의 의식은 점점 흐려져 갔다.

'무당파의 원로고수인 듯한데 저렇게 쓰러지는군.'

사방에서 피가 튀기는 혈전이 벌어지고 있는 전장의 한복판. 죽립을 깊숙하게 눌러쓴 비혼은 담담히 고루마존의 발밑에 쓰러져 있는 청허자를 응시하다가 일순 공중에서 날아다니는 비혈강시들을 쳐다봤다.

'…대단하군! 환물 비조들로는 상대할 수 없는 마물들이다.'

커다란 박쥐의 날개를 달고 날아다니는 비혈강시들을 보며 이유강은 내심 감탄했다. 오늘 비혼으로 일체되어 돌아다니던 중 마교와 정파의 싸움이 벌어진 것을 목격한 것이었다.

'정파가 밀리는군……. 이곳에서 저들이 전멸해서는 안 된다.'

바닥에 떨어진 무기들 중 제법 단단해 보이는 도 한 자루를 주워 들었다. 가끔 마교의 무사들이 비혼을 정파 쪽 무사로 오인하고 공격을 해왔는데 그때마다 가볍게 도를 휘둘러 베어버렸다. 그러자 비혈강시 한 마리가 비혼을 향해 날아왔다.

끼기기긱… 끄아악!

득의양양하며 내려오던 비혈강시는 비혼이 휘두른 도에 의해 단번에 부서져 버렸다. 비혼은 연달아 대여섯 마리의 비혈강시들을 모두 없애 버렸다. 그러자 청허자를 쓰러뜨린 후 정파의 무사들을 사정없이 몰아붙이던 고루마존이 분기탱천하여 비혼의 앞을 가로막았다.

"네놈은 웬 놈이냐?"

"큭!"

비혼은 냉소하며 곧바로 도를 휘둘렀다. 순간 고루마존의 신형은 시커먼 도영(刀影)으로 빽빽이 뒤덮였다. 고루마존은 깜짝 놀라 물러섰으나 이미 도는 모든 방위를 차단하고 있었다.

"…허억!"

급작스런 기습으로 보기에는 상상을 초월한 공격이었다. 고루마존은 황급히 내력을 끌어올려 전신에 호신강기를 펼쳤다. 동시에 금강불괴를 이룬 그의 두 주먹으로 주요 부위를 방어했다.

까강! 깡! 까강!

"크윽!"

도합 일흔두 번의 가격을 받았고 그중 서른일곱 번의 공격은 두 주먹으로 무마시켰으나 나머지 공격은 호신강기를 통해 받아내야 했다. 망토가 잘려져 날아갔고 옷자락 역시 갈가리 찢어져 나풀거렸다. 전신이 자상에 의한 피로 범벅이 되었다.

"…감히!"

고루마존은 도저히 믿기지 않는 일이 발생하자 분노를 넘어서 어이가 없었다. 혼전 중에 있던 주위의 모든 무사들 역시 입이 딱 벌어진 채 비혼을 쳐다봤다. 비혼이 크게 말했다.

"쿡쿡쿡… 치명상은 면했군. 과연 십대마존이야."

수십 개의 음성이 동시에 울려 퍼지는 사이한 목소리에 사람들의 낯빛이 변했다. 망토가 잘려 나가 꾀죄죄한 대머리를 내보인 고루마존은 잡아먹을 듯한 표정으로 비혼을 노려봤다.

"도법이 눈에 익구나……! 네놈은 누구냐?"

"이 도법을 어찌 아는가?"

"방금의 그 도법은 분명 예전의 악마공자가 사용하던 도법과 흡사하다. 네놈은 대체 누구냐?"

"이것 말인가?"

비혼이 도를 휘두르자 수백 개의 도영이 일어나며 근처에 날아든 세 마리의 비혈강시를 가루로 만들어 버렸다. 고루마존의 주먹이 부르르 떨렸다.

"…그렇다."

그때 아수마존 여희가 고루마존 옆에 내려서며 물었다.

"네놈은 악마공자와 무슨 관계냐?"

"……."

비혼은 말없이 아수마존을 쳐다봤다. 그녀의 긴 머리카락이 마치 귀신처럼 곤두서 있었고 두 눈은 붉게 변해 있었다. 그녀 주위의 돌멩이들과 흙먼지들이 공중으로 떠올라 부서지고 있는 것으로 보아 전신의 내공을 끌어올린 듯했다. 그때 비혼의 뒤에 누군가 내려서며 말했다.

"곱게 죽고 싶다면 속히 말하는 게 좋을 것이다."

사령체를 쫓아갔던 사야마존이었다. 그러고 보니 어느새 비혼을 중심에 두고 고루마존과 아수마존, 사야마존이 품(品) 자 형으로 서 있었다. 혼전이었던 싸움은 그쳐 있었다. 비혼은 담담히 말했다.

"악마공자는 내 아우였다."

"……!"

순간 사위는 정적에 휩싸였다. 추궁하며 묻던 아수마존과 사야마존 등도 일순 말을 잊은 듯 굳어 있었다. 고루마존이 물었다.

"…그게 정말이냐?"

"믿지 못하겠는가?"

"그 말이 사실이든 아니든 네놈은 이곳에서 죽는다."

고루마존, 아수마존, 사야마존의 전신에서 가공할 기세가 피어올랐다. 주변의 공기들이 심하게 진동했고 이에 기겁한 주변의 무사들은 모두 멀찍이 물러났다. 비혼은 대소했다.

"크하하핫! 내 아우의 무공이 내게 미치지 못했거늘, 고작 네놈들 세 명이서 내게 대적한단 말인가! 엽무극이라도 오면 모를까 어림도 없는 일이다!"

"……!"

"……!"

아수마존 등은 흠칫한 기색으로 서로를 쳐다봤다. 고루마존이 냉소했다.

"큭큭큭, 애송이 놈! 우리가 그런 협박에 넘어갈 성싶으냐?"

비혼은 도를 서서히 치켜들며 말했다.

“믿기 싫으면 믿지 않아도 좋다. 다만 한 가지 시험을 할 생각이다.”

“시험이라 했느냐?”

고루마존은 어이없다는 듯 반문했다. 비혼은 고개를 끄덕였다.

“단 일 초를 펼치겠다. 이 초식에서 네놈들이 살아난다면 오늘은 살려주겠다.”

“…지금 일 초라 했느냐?”

“그렇다.”

비혼의 대답에 아수마존이 가소롭다는 듯 크게 웃었다.

“호호호호홋! 네놈이 진정 우리를 우롱하는구나!”

그와 함께 그녀의 양손이 붉게 물들더니 비혼을 향해 뻗어졌다.

‘…사백십칠!’

정면으로 쇄도하는 붉은색 장력. 마치 아수라의 얼굴이 웃고 있는 것같이 보였다.

스스으읏!

비혼의 신형이 빠르게 움직이며 가볍게 장력을 피하더니 일순 앞으로 쭈욱 나아갔다. 그와 동시에 비혼의 도가 아수마존의 정수리를 향해 내리 꽂혔다.

까앙!

아수마존은 대경실색하며 도를 막았다. 그녀의 손에는 작은 소검이 들려 있었고 그것은 내려쳐지는 비혼의 도에 밀려 정수리에 바싹 붙어 있었다.

“…크윽!”

가까스로 막아내긴 했으나 기혈이 진탕되었는지 아수마존의 안색은 창백했다. 그녀는 도저히 믿을 수 없다는 표정으로 눈을 부릅떴다. 고루마존과 사야마존 역시 깜짝 놀라는 표정이었다.

그러나 이유강은 내심 섬뜩한 생각이 들었다. 오백 년에 상회하는 내공과 금강불괴지신의 비혼에게 광마도법 사백십칠 번째 초식에 상응하는 공격이 펼쳐졌던 것이다.

'내게 있어서는 오백삼십팔 번째 변화로군…….'

환수(幻手)까지 만들어 전력을 다해도 이유강의 본신으로는 아직 아수마존의 적수가 될 수 없었다. 현재 비혼 정도의 위력을 발휘하기 위해서는 몇 년의 기간이 필요할 것이다. 물론 비혼의 능력은 확실히 십대마존의 우위에 있었다. 비혼은 말했다.

"겨우 그따위 실력으로 내게 큰소리쳤단 말인가."

"……으으."

아수마존은 두려운 듯 뒷걸음질쳤다. 비혼은 냉소하며 말했다.

"살고 싶으면 전력을 다하는 것이 좋을 것이다."

비혼의 전신에서 흑색의 기운이 안개처럼 피어나더니 소용돌이치기 시작했다.

"…으음!"

"……!"

아수마존 등은 긴장한 표정으로 황급히 서로 눈빛을 교환하더니 고개를 끄덕였다. 그들의 주위로 좀 전과는 비교도 되지 않을 만큼 강한 기세가 일어났다. 사야마존의 신형이 점점 커지더니 아까처럼 시커먼 악마의 형상으로 바뀌었다. 평소보다 서너 배로 커진 고루마존의 두 주먹 주위의 공기가 심하게 요동치기 시작했고 머리카락이 사방으로 산개하듯 곧게 퍼진 아수마존의 얼굴은 마치 지옥의 아수라와 같았다.

파아아앗!

비혼의 주위에 회오리치던 검은 구름이 일순 해일처럼 아수마존 등을 향해 밀려 나갔다.

'…허억!'

아수마존은 입을 딱 벌렸다. 시커멓게 몰려오는 검은 구름. 그것은 구름이 아니라 헤아릴 수 없이 많은 도(刀)의 폭풍이었던 것이다. 고루마존과 사야마존 역시 사색이 되어 전신의 내력을 다해 호신강기를 펼쳤다. 도의 폭풍은 이내 그들을 덮쳤다.

파파파파파파파팟!

"…으음!"

"윽!"

"…음!"

세 마디의 가벼운 신음 소리가 들렸고 폭풍은 사라졌다. 세 명 모두 전신에 수십 군데의 자상을 모두 입었지만 다행히 폭풍의 기세는 그들의 호신강기를 완전히 파괴할 만큼 강하지는 못했다. 그러나 그때 곧바로 세 줄기의 섬광이 일어났다.

"크아악!"

"크윽!"

"…아악!"

고루마존 등은 호신강기가 깨지는 극심한 고통을 느끼며 나가떨어졌다. 사야마존이 변한 악마상이 무릎을 꿇으며 쪼개지기 시작했고 아수마존은 머리카락이 모조리 잘려 나간 채 피를 토하고 쓰러졌다. 고루마존은 두 주먹이 뭉그러지듯 처참하게 깨져 피를 흘리더니 서서히 주저앉았다. 비혼은 담담히 그들을 쳐다봤다. 광마도법 오백 번째 초식을 펼쳤는데 세 명 모두 치명상을 입은 것이다.

"……."

사방은 고요했다. 모두 숨소리도 죽인 채 비혼과 쓰러져 있는 세 명의 마존들을 쳐다보고 있었다. 그러나 일순 검을 든 수백 명의 흑의무사들이 달려오더니 비혼과 세 명의 마존 주위를 원형으로 포위하는 것이었다. 가공할 기세가 그들로부터 풍겨 나왔다. 이유강은 내심 놀랐다.

'보통 기세가 아니다.'

한 명 한 명이 일전에 서문소혜에게 죽음을 당했던 사혼이라는 자 못지않은 기세를 풍기고 있었다. 그러한 자들이 수백여 명이라니. 한데 그들이 기이한 진형을 이루었고 강한 기운이 비혼을 향해 서서히 집중되고 있었다. 그것은 실로 상상할 수 없이 강한 압력이었다.

'…이것이 혹시 말로만 듣던 천마초극검진인가?'

무림 최강의 검진이라는 마교의 천마검진. 보통 백여 명이 펼치며 그것의 위력은 소림의 백팔나한진이나 무당의 태극검진을 능가한다고 전해져 있었다. 여송의 말에 의하면 천마검진 역시 발전을 거듭해 최근에는 수백 명의 고수들이 펼치는 천마초극검진(天魔超極劍陣)이라는 것이 존재한다고 했다. 압력은 점점 강해지고 있었다. 비혼은 발밑에 쓰러져 있는 마존들을 향해 도를 겨누며 크게 소리쳤다.

"이들이 죽기를 원하는가?"

세 명의 마존 중 아수마존과 사야마존은 혼절해 있었고, 고루마존은 주저앉은 채 창백한 안색으로 몸을 부들부들 떨고 있었는데 제정신이 아닌 듯 눈이 풀려 있었다. 무사들 중 한 명이 앞으로 걸어나왔다. 대략 사십대 후반으로 보이는 눈이 매서운 사내였다. 그는 차갑게 말했다.

"그분들의 존체에 조금이라도 위해를 가하면 당신도 죽게 될 것이오."

"지금 감히 나를 협박하는 것인가?"

비혼은 냉소했다. 그러자 사내는 약간 주춤하더니 말했다.

"원하는 것을 말해 보시오."

"모두 물러가는 조건으로 이자들을 살려주겠다."

"……."

사내는 매우 당혹스러운 표정을 지었다. 비혼이 말했다.

"이들은 빨리 치료하지 않으면 모두 죽게 될 것이다."

"…좋소. 오늘은 일단 물러가겠소."

"오늘이 아니라 명나라로 철수하라는 말이다."

"……."

사내는 차가운 표정으로 비혼을 노려봤다.

"당신은 악마공자의 형이라 했는데 어찌 정파의 무사들을 비호하는 것인지 모르겠군."

"그것은 네가 알 바가 아니다. 어찌하겠는가?"

사내는 잠시 고민하는 표정으로 뒤를 돌아보며 몇 명의 무사들과 무겁게 시선을 교환하더니 비혼을 향해 고개를 끄덕였다.

"당신의 요구대로 이곳에서 철수하겠소."

"그 말을 믿어도 되겠는가?"

"크홋! 본 교를 정파의 위선자들과 같이 보지 마시오. 약속은 반드시 지키오."

"좋다. 그 말을 믿도록 하지."

비혼은 칼을 거두고 뒤로 물러났다. 그러자 십여 명의 무사들이 급히 달려나와 쓰러져 있는 마존들의 혈도를 누르며 응급조치를 했다. 비혼이 사내를 향해 말했다.

"교주에게 조만간 내 아우의 혈채를 받으러 갈 것이라 전해라."

"……."

사내는 약간 비웃는 듯한 표정으로 고개를 끄덕였다.

잠시 후 마교의 무사들은 모두 포구를 향해 달려갔고 곧바로 출항하여 명나라로 출발했다. 비혼은 멍한 표정으로 자신을 쳐다보고 있는 정파 무사들을 힐끗 한번 응시하고는 돌아섰다. 그러자 몇 명의 인물들이 급히 앞을 막아섰다.

"잠깐 기다려 주세요."

제갈수연이었다. 이유강은 내심 반가운 생각이 들었다. 비혼의 모습은 이전과 동일했으나 죽립을 깊게 눌러쓰고 있어 그녀가 알아볼 리는 없었다. 어찌 되었든 이것으로 두 번이나 그녀의 생명을 구해준 것이다. 비혼은 말했다.

"소저, 무슨 일이오?"

"…저희들을 도와주신 것 진심으로 감사해요."

십대마존에게도 투박한 반말을 사용했던 비혼이 존어를 써서 다소 부드럽게 말하자 제갈수연은 약간 당황하는 표정을 지었다.

"마교는 조만간 다시 올 것이니 이에 대비하는 것이 좋을 것이오. 그럼 가보겠소."

"잠깐만요."

제갈수연은 급히 말했다. 비혼이 돌아보자 그녀는 긴장된 기색으로 물었다.

"아까 하신 말씀이 사실인지요?"

"무엇을 말이오?"

"진정 악마공자가 당신의 아우인가요?"

제갈수연은 매우 심각한 표정으로 묻고 있었다. 비혼은 고개를 끄덕였다.

"그렇소."

"…아아!"

제갈수연은 창백한 안색으로 비틀거렸다. 옆에 서 있던 무사 한 명이 그녀를 부축했다. 그러고 보니 주위의 무사들 모두 원독의 눈빛으로 비혼을 노려보고 있었다. 이유강은 이들이 왜 이런 눈빛을 하는지 짐작할 수 있었다.

"크흐흐흐, 네놈이 정녕 악마공자의 형이란 말이더냐? 뒈져랏!"

한 명의 청년이 실성한 듯 검을 휘두르며 덤벼들었다. 비혼이 슬쩍 피하자 청년은 고함을 고래고래 지르며 다시 달려들었다. 동시에 사방에서 무사들이 모두 무기를 빼 들고 다가왔다.

"내 가족들을 죽이고 사부님과 사형들까지 모조리 죽였느냐! 크흐흐흐……!"

“우리 사문을 멸문시킨 원수!”

“크하하핫……! 내 오늘 네놈과 함께 죽겠다!”

“크흐흑… 여보! 당신을 죽인 원수 놈의 가족을 드디어 만났소! 이놈을 죽이고 나도 당신 곁으로 가겠소! 크흐흐흑!”

“크아아아! 어찌 사람을 죽이고 시신까지 모조리 가져갔단 말이더냐! 선부님의 시신을 내놔라!”

“이 무림의 악적! 네놈이 그놈의 형이라면 네놈 역시 죽어야 한다!”

수십여 개의 검이 비혼을 향해 쇄도하고 있었다. 비혼은 도를 휘둘러 공격을 막아냄과 동시에 사람들을 모두 밀어냈다. 그들은 가벼운 내상을 입고 나가떨어졌다.

“크윽!”

“…으윽!”

밀려 나갔던 사람들을 제치고 또 다른 사람들이 밀려들었다.

“크으윽!”

“윽!”

그들은 비혼에 의해 또다시 밀려 나가떨어졌고 그런 그들을 제치고 또 다른 무리들이 밀려들었다. 비혼은 순간 지면을 향해 광마삼식을 시전했다.

쾅아앙!

커다란 웅덩이가 파였고 그 반동으로 비혼은 높이 날아올라 근처 가장 높은 전각의 꼭대기에 내려섰다. 주위를 둘러보니 멀지 않은 곳에 거대한 암석이 보였다. 대략 반경 이십 장에 높이 삼십 장 정도로 암석이라기보다 작은 바위산이라 해도 될 것 같았다. 비혼은 그 바위를 향해 훌쩍 날아간 후 전력을 다해 광마삼식을 펼쳤다.

콰아아앙!

바위는 벼락이라도 맞은 듯 진동하더니 산산조각나며 폭발했다.

꽈지지직! 콰쾅! 콰콰쾅!

"피, 피해랏!"

바위 파편들이 허공을 가득 메우더니 사방으로 우수수 떨어졌다. 근처의 무사들은 모두 기겁을 하며 뒤로 물러났다. 바위가 부서져 내린 그 자리에 비혼은 묵묵히 내려섰다. 들고 있던 칼은 광마삼식을 펼치자 바로 부서져 버려 지금은 맨손으로 팔짱을 끼고 서 있었다.

"우……!"

"어찌 인간이 저런 위력을……!"

경천동지할 만한 무공의 위력에 정파는 물론 밀교의 무사들까지 모두 입을 딱 벌렸다. 모두 두려움에 젖은 표정으로 조금씩 뒷걸음질쳤고 감히 비혼의 곁으로 다가오는 자는 없었다. 비혼이 말했다.

"도전은 언제든 받아주겠소. 하나 적어도 방금 내가 펼친 무공 정도를 감당할 자신이 없다면 꿈도 꾸지 않는 게 좋을 것이오. 아우로 인해 당신들에게 조금은 미안한 마음을 가지고 있어 방금 전 마교로부터 지켜준 것이나, 다시금 내게 도전한다면 손속에 사정을 두지 않을 생각이오."

"……."

비혼은 말을 이었다.

"나에 대한 복수심보다 더욱 중요한 것이 있을 것이오. 당신들이 지금 이곳 서장까지 온 이유가 무엇인지 다시 한 번 생각해 보시오. 마교는 비록 오늘 철수했으나 조만간 다시 밀어닥칠 것이오."

"……."

좌중은 말이 없었다. 비혼은 주위를 둘러보다 바닥에 널브러진 도 몇 자루를 집어 들고는 돌아섰다.

비혼을 동굴 속에 정좌시킨 후 이유강은 눈을 떴다. 악마공자를 향한 정파 무사들의 절규가 아직도 귀에 들리는 것 같았다. 특히 그중의 한 사람이 외친 말이 귀에 계속 맴돌았다.

'크아아아! 어찌 사람을 죽이고 시신까지 모조리 가져갔단 말이더냐! 선부님의 시신을 내놔라……!'

이유강은 인상을 찌푸렸다.

'대체 무슨 말인가? 시신까지 가져갔다니!'

악마공자가 숱한 무림인들을 죽이고 그 시신들을 가져갔다면…….

갑자기 매우 불길한 생각이 들었다.

〈총군사, 지금 바쁘시오?〉

그러자 곧바로 여송이 대답했다.

〈대인을 뵙습니다. 하명하십시오.〉

〈혹시 악마공자의 혈겁 당시에 악마공자로 인해 죽은 사람들의 시신이 어찌 되었는지 알아본 후 바로 연락주시오.〉

〈예. 즉시 알아보겠습니다.〉

잠시 후 여송으로부터 연락이 왔다.

〈대인, 알아본 바에 의하면 괴물들에 의해 죽은 시신들 중 상당수를 괴물들이 들고 갔다고 합니다.〉

〈…알았소. 그럼 계속 수고해 주시오.〉

이유강은 순간 섬뜩한 생각이 들었다.

'설마 그 시신들을……?'

상당수라 했으니 적어도 수천, 혹은 일만(一萬), 아니, 수만(數萬)이 넘을지도 모른다. 지금에 와서 그 수효를 알아내는 것은 매우 어려운 일일 것이다.

'다름 아닌 내가 한 짓이다! 대체 그 많은 시신들을 어디에 둔 것이란 말인가.'

사람을 죽인 것도 모자라 시신까지 훼손하다니. 그야말로 천인공노할 만행을 저지른 것이다.

'그렇다면 분명 그는 시신들을 이용해 어디선가 환물을 만들고 있겠군.'

몇 년 전 일어났던 악마공자의 혈겁. 도무지 알 수 없었던 학살의 이유가 서서히 밝혀지고 있었다. 그 당시에 흑의인은 무림을 제패하려는 생각보다 단지 많은 수의 시신을 확보하려 했던 것이 분명했다. 악마공자는 단지 소모품에 불과했다.

‘그가 무림을 장악하려 했다면 벌써 수십 번도 넘게 가능했을 텐데…….’

사실 이것이 가장 큰 의문점이었다. 제아무리 엽무극이 강하다 해도 당시 악마공자 한 명에게 십대마존과 합공을 하고도 부상을 당하지 않았던가. 흑의인이 마음만 먹었다면 얼마든지 엽무극을 제거하고 무림을 장악했을 것이 분명했다.

‘대체 그의 심중은 무엇이란 말인가…….’

그 후로 흑의인은 종적이 묘연했다. 흑의인은커녕 그가 있던 섬조차 찾을 수가 없었다. 해남도 남서쪽에 존재한다고 적혀 있었는데 환물 괴어들을 이끌고 그 근처의 해역을 샅샅이 뒤졌지만 그 어느 곳에서도 암흑마기가 느껴지지 않았던 것이다.

후르륵.

이유강은 차를 마시며 찬찬히 생각을 정리했다. 그의 능력이었다면 명나라뿐 아니라 온 천하를 장악하는 것도 가능했을 것이다. 그러나 그는 그렇게 하지 않았다.

‘그렇다면 두 가지로 나누어 생각해 볼 수 있겠군.’

첫째는 흑의인이 두려워하는 그 무엇인가가 있는 것이다. 즉, 천하를 장악하려 해도 그가 가진 모든 것을 위협할 수 있는 강력한 천적(天敵)이 존재하는 것이다. 그것으로 인해 흑의인이 쥐 죽은 듯 어딘가 숨어 함부로 세상에 나오지 못할 수도 있는 것이다.

‘천하에 마교에 필적할 만한 세력은 존재하지 않지만, 마교는 흑의인이 두려워할 만한 세력이 아니다. 물론, 엽무극도 아닐 것이다.’

세상에 드러나지는 않았지만 어딘가에 분명 존재할 것이었다. 이것이 첫 번째 가정이었다.

'둘째는…….'

이유강은 다소 심각한 표정을 지었다.

'애초부터 그는 무림 장악에 관심이 없는 것이다.'

즉, 무림 장악 따위는 그에게 너무 쉬운 일이고, 그것보다는 무엇인가 다른 것에 관심이 있는 것이다. 그렇다면 왜 시신을 가져갔단 말인가. 단순히 시신을 통한 환물 연구가 목적이라면 그토록 많은 시신을 가져갔을 리는 없다.

'단순한 환물 연구가 아니라 무언가 분명 목적이 있다. 그 목적을 달성하기 위해서는 그 시신을 재료로 만든 환물들이 반드시 필요했던 것이다.'

물론 그 목적이 무엇인지 알 수 있는 방법은 없었지만 엄청난 것임에는 분명할 것이다. 다소 어처구니없는 상상이지만 이유강은 이상하게도 두 번째 가정에 더 무게를 두고 싶었다.

'이 두 가지도 아니라면 그는 그저 유희를 즐기는 광인(狂人)이겠지.'

이유강은 고개를 끄덕였다.

'일단은 기억을 되찾아야 한다. 그렇다면 시신들이 숨겨진 위치도 알 수 있을 것이고, 흑의인을 만날 수 있을지도 모른다.'

그러기 위해서는 꼭 알아야 할 것이 하나 있었다.

'대체 사람을 이용한 환물은 어떤 능력을 발휘하는 것인가.'

이러한 상상 자체만으로도 이유강은 심한 죄책감을 느꼈다. 그러나 혹시라도 흑의인과의 전쟁이 벌어질 날을 대비해서라도 반드시 알아야 할 것 같았다.

'……'

이유강은 고개를 세차게 흔들었다.

'어찌 시신을 모욕할 수 있단 말이냐.'

부득이하게 사람을 죽일 수는 있다 해도 그의 시신까지 모욕할 수는 없었다.

'답답하군……'

문을 열고 밖으로 나왔다. 안개로 뒤덮여 하늘의 별도 보이지 않는 캄캄한 밤이었다. 그러나 이유강은 암흑마기를 이용해 어둠 속에서도 훤하게 볼 수 있었다.

저벅저벅.

천천히 걸었다. 제법 바람이 쌀쌀했지만 그저 시원하게 느껴졌다. 한참을 걷다 보니 한 장소에 다다랐다.

'…이곳은!'

이유강은 내심 깜짝 놀랐다. 눈앞에는 수십 개의 무덤들이 늘어서 있었다. 얼마 전 자신이 직접 광마전사들과 선원들에게 지시하여 만든 무덤들이었다. 모두 이 섬에 살다 해적들에게 죽은 사람들의 시신들을 거두어 묻어준 것이다.

'내가 어찌 이곳에!'

캄캄한 밤에 무덤들이 늘어선 곳에 서 있는 것은 섬뜩한 일이었으나 그다지 두려운 생각은 들지 않았다. 다만 심한 죄책감에 사로잡혔다. 이유강은 탄식하며 돌아섰다.

'내가 미쳤구나. 어찌 이분들의 유골을 훼손할 수 있단 말인

가…….'

　동굴 안에는 며칠 전 주워 왔던 서너 자루의 도가 있었다. 비혼은 그 중의 하나를 허리에 차고 동굴 밑으로 내려왔다. 조금 전 명광도에서는 날이 환했고 아침까지 먹었으나 이곳은 아직 캄캄한 새벽이었다. 그동안 몇 차례 비혼과 일체되며 느낀 두 지역의 시간 차이를 계산해 보니 대략 한 시진 반 남짓한 시간의 차이가 있는 것이었다. 즉, 명광도에 비해 이곳 서장의 일출(日出)이 대략 한 시진 반 정도 늦었다.

　'비혼의 모습이 자유자재로 변할 수 있으면 좋을 텐데…….'

　며칠 전 정파 무사들 앞에서 난동(?)을 피웠으니 그들에게 비혼의 모습은 철저히 각인되어 있을 것이다. 이럴 때 여자로 변하거나 혹은 다른 외모로 변할 수 있다면 돌아다니기 매우 유용할 것이나 현재로선 불가능한 일이었다. 이에 대한 방법은 조만간 임수아와 함께 연구해 볼 작정이었다.

　'옷이라도 바꿔 입어봐야겠군.'

　그렇다고 훔칠 수는 없는 일이었다. 잠시 산속을 돌아다니다 보니 멀리 수십여 채의 집들이 모여 있는 작은 촌락이 보였다.

　'큼직한 산짐승을 몇 마리 잡아다 저곳에서 옷이나 은으로 교환해야겠다.'

　호랑이나 곰 같은 커다란 맹수를 잡아다 직접 시장에 팔면 제법 돈을 벌 수 있을 것이나 현재의 복장으로 시장에 나가면 정파나 밀교 무사들의 눈에 띌 것이다. 그렇게 되면 악마공자의 형으로 알려진 상태라 계속 귀찮은 일이 발생할 것이기에 일단은 이곳 촌락에서 옷이라도 바꿔 입어야 할 것 같았다.

사실 며칠 전 악마공자의 형이라고 말한 이유는 앞으로 마교의 세력을 이곳 서장으로 끌어들이기 위한 포석이었다. 명나라에서 싸우게 되면 아무래도 풍운장의 세력이 노출될 것이고 그렇게 되면 그곳에 쌓아놓았던 기반이 흔들릴 수 있기에, 차라리 마교를 자극하여 그들을 이곳 서장으로 끌어들이는 것이 좋은 방법인 것이다.

즉, 엽무극과 십대마존, 그리고 마교의 주력을 이곳으로 끌어들여 모두 제거하면 마교의 뿌리가 흔들릴 것이고, 그렇게 되면 풍운장의 세력으로 마교를 무너뜨릴 가능성이 높아지는 것이다. 이미 십대마존 중의 세 명인 아수마존과 사야마존, 고루마존은 거의 회복 불능의 부상을 입혀놓았다. 그들이 회복되어 원래의 무위를 발휘하려면 아마도 상당한 시간이 필요할 것이다.

꿰에액!

늑대 한 마리가 비혼의 주먹에 뻗어 뒤집어졌다. 비혼은 계속해서 십여 마리의 큼직한 산짐승들을 잡았다. 그것들을 모두 질긴 넝쿨로 단단히 동여맨 다음 아까 보았던 촌락으로 끌고 갔다. 촌락 중앙 공터로 들어가니 십여 명의 노인들과 장정들이 비혼을 경계하며 다가왔다. 그들은 모두 낫이나 도끼 등을 들고 있었다.

쿠웅!

비혼은 말없이 뒤에 끌고 왔던 십여 마리의 산짐승들을 그들의 앞에 던졌다. 그러자 그들은 놀라는 표정을 지으며 멀뚱히 비혼을 쳐다봤다. 그리고는 뭐라고 말을 했다.

'무슨 말인지 알아들을 수가 없군.'

고대 천축어를 비롯하여 서장의 언어 몇 가지를 알고 있었으나 지금 이들이 하는 말은 알아들을 수가 없었다. 비혼은 바닥에 글을 썼다. 한 어와 천축어, 심지어 파사국과 대식국의 언어까지 모두 동원했다. 내 용은 모두 동일했다.

교환을 원하오. 이것들을 줄 테니 옷과 돈을 주시오.

바닥에 글을 쓰자 촌민들은 갸우뚱거리며 알아보지 못했다. 그러다 그들 중 한 명이 어디론가로 뛰어가더니 한 명의 노인을 데려왔다. 다 소 위엄이 있는 것으로 보아 이곳 촌락의 촌장인 듯했다. 노인은 바닥 에 써 있는 글씨를 보더니 피식 웃음을 짓고는 고개를 끄덕였다. 그리 고는 바닥에 글을 썼다.

옷 한 벌과 은 세 조각을 드리겠소.
감사하오.

비혼은 고개를 끄덕였다. 잠시 후 촌장은 푸른색의 옷 한 벌과 은 세 조각을 비혼에게 건네주었다.
'대략 은 닷 냥 정도로군……'
비혼은 촌락에서 나와 한적한 곳에서 입었던 옷을 벗어버리고 푸른 색 옷으로 갈아입었다. 명나라에서 입었던 복장과는 확실히 달랐다. 특이한 망토 같은 천이 있어 죽립을 벗어버리고 그것을 뒤집어썼다.
'후훗, 이러면 못 알아보겠지.'

비혼은 은 세 조각을 새로 갈아입은 옷 안주머니에 깊숙이 집어넣고
는 가벼운 마음으로 신형을 날렸다.

시장에 가보니 거리가 이전보다 한산했다. 며칠 전 있었던 전쟁의
여파 때문인 것 같았다. 여기저기 부서진 곳도 많았고 사람들도 조금
줄었으나 그래도 대부분의 점포는 문을 열고 있었다.

'아직 특별한 일은 없군.'

포구 쪽에도 가보았으나 다소 삼엄한 경계를 펼치고 있을 뿐 별다른
게 없어 보였다. 마교의 무리들이 돌아오지 않고 약속대로 명나라로
철수하고 있는 것이 분명했다. 그들이 돌아가서 다시 이곳으로 오려면
적어도 몇 개월의 시간이 걸릴 것이다.

'한데 저들은 노예인가?

포구에 막 정박한 커다란 배에서 줄줄이 내려오는 백여 명의 사람들
이 보였다. 모두들 피부가 새까만 흑인들이었는데 표정이 매우 암울해
보였다. 안색은 매우 초췌했고 삶에 대한 희망이라고는 찾아볼 수 없
는 듯 눈빛도 모두 죽어 있었다. 그들을 인솔하고 있는 무사들은 모두
눈동자가 파란 색목인들이었다.

짜악!

"으윽……!"

멍하니 주위를 둘러보던 흑인을 향해 한 명의 무사가 채찍을 후려갈
겼고 흑인은 고통을 못 이겨 쓰러졌다.

짜악! 짜악!

"으악! 으아악!"

"빨리 일어나 걷지 못하겠느냐?"

채찍에 살이 갈라져 피가 철철 흘렀으나 무사는 사정을 봐주지 않았다. 흑인은 가까스로 일어나 비틀거리며 걸었다. 이유강은 내심 기분이 좋지 않았으나 이런 일이 이곳에서 흔한 일인 듯 주변의 사람들은 무심하게 그들을 쳐다봤다. 경계를 서던 정파의 무사들 또한 담담하게 쳐다보고 있었다.

'어딘가 노예 시장이 있나 보군……'

비혼은 멀찍이서 그들을 따라가 보았다. 한참을 가니 시장 변두리쪽 으슥한 공터에 사람들이 몰려 있었다. 그곳에서는 노예 경매가 이루어지고 있었는데 지금은 한 명의 소년을 대상으로 사람들이 경매를 하고 있었다.

"은 두 냥 반!"

"은 세 냥……!"

"……."

"은 세 냥에 낙찰되었소!"

대머리에 애꾸눈을 한 장한이 크게 소리쳤다. 십이삼 세의 소년이 은 세 냥에 낙찰되어 한 명의 사내에게 끌려갔다. 장한은 사람들을 향해 다시 크게 소리쳤다.

"자, 이제는 여자 노예 경매를 시작하겠소."

"오오!"

사방에서 탄성과 함께 침을 흘리는 소리가 들렸다. 잠시 지켜보니 십대 초반부터 이십대 중반까지의 여인들 십여 명이 금세 낙찰되었다. 여자 노예들은 남자 노예에 비해 꽤 비싼 편이라 최하 은자 닷 냥부터 경매가 시작되었고, 얼굴이 예쁘거나 늘씬한 여인들은 은 삼십 냥까지

나가기도 했다. 낙찰된 여인들은 체념과 절망의 표정으로 힘없이 그녀
들의 주인을 따라갔다.

'…….'

비혼은 잠시 지켜보다 고개를 돌렸다. 내심 그녀들이 불쌍했으나 완
력으로 이곳을 뒤집어엎을 수는 없었다. 어딜 가나 이러한 노예 시장
은 존재하는 것이다. 내심 씁쓸한 마음으로 걸어나오는데 멀찍이 백여
명의 노예가 십여 개의 마차에 실려가고 있는 것이 보였다.

'아까 보았던 흑인들이군. 한데 저들은…….'

한꺼번에 백여 명의 흑인을 사들인 자들이 누구인가 유심히 살펴보
니 그들의 복장이 눈에 익었다. 며칠 전 보았던 밀교의 무사들이 입고
있던 복장인 것이다.

'밀교에서 저들을 사들여 무엇을 하려는 것일까.'

내심 호기심이 들어 조심스레 뒤를 미행해 보기로 했다. 마차들은
투박한 길을 따라 한나절이 넘도록 가고 있었다.

'제길, 지루하군. 배도 고프고…….'

이유강은 점심도 못 먹고 계속 비혼을 움직여 은밀히 그들을 따르고
있었다. 별일도 아닌데 쓸데없는 미행을 하는 것이 아닌가 하는 생각
도 들었으나 기왕 시작한 것 끝까지 쫓아가 보기로 했다. 마차들은 한
시진을 더 가서 멈췄고 그때부터 흑인들은 밀교 무사들의 인솔에 의해
산길을 따라 걷기 시작했다. 그렇게 반 시진이 지나자 조그만 사원(寺
院) 비슷한 건물이 보였다. 곳곳에 일전에 보았던 사령체(邪靈體) 형상
의 동상들이 서 있었다.

"모두 이곳으로 들어가라!"

밀교 무사 한 명이 크게 외치자 흑인 노예들은 두 개의 사령체 동상 사이의 지하 계단을 따라 내려가기 시작했다. 잠시 후 노예들이 모두 들어가자 지하 계단 입구에 있던 석문이 닫혔다. 이유강은 내심 의혹이 들었다.

'백여 명의 노예들을 지하로 들여보내는 이유는 무엇인가?'

보통 노예들을 사는 이유는 일을 시키기 위한 것이다. 특별히 지하에 광산이라도 존재한다면 모를까 사이한 분위기를 물씬 풍기는 이러한 사원의 지하에 데려갈 이유는 없는 것이다.

'뭔가 좋지 않은 일을 하려는 것이 틀림없군.'

거대한 지하 밀실 안에는 붉은 연기가 나는 액체가 부글부글 끓고 있는 연못들이 있었다. 연못의 숫자는 모두 열 개였는데 각각의 연못 안에는 일곱 명의 사내들이 배꼽 아래까지 몸을 담근 채로 정좌해 있었다. 흑인들을 밀실 옆의 감옥에 가둔 무사가 밀실 중앙에 있는 한 명의 노인을 향해 다가가 포권했다.

"존자님, 노예들을 데려왔습니다."

"미행한 자는 없었느냐?"

"물론입니다."

"큭큭큭, 수고했다."

노인은 흡족한 표정으로 미소를 짓더니 무사를 향해 말했다.

"일단 노예 열 명을 데려와 연못마다 한 명씩 던져 넣어라."

"존명!"

잠시 후 서너 명의 무사에 의해 열 명의 흑인이 겁을 잔뜩 먹은 표정으로 끌려왔다. 무사들은 서슴없이 각각의 연못마다 흑인을 한 명씩 집어 던졌다.

"으악!"

"으아악!"

흑인들은 비명을 지르며 연못에 빠졌는데 그 안에서 끔찍한 일이 벌어졌다.

"끄아아아아악!"

"아아아아악!"

붉은색의 액체에 빠진 순간 흑인들의 몸체가 흐늘거리며 녹기 시작했고 액체에 몸을 담갔던 사내들이 마치 진기를 빨아들이듯 녹고 있는 흑인의 몸체를 흡수하는 것이었다.

뭉클뭉클.

그러자 붉은색 연기가 더욱 짙어졌고 그 연기의 모양은 악마의 형상을 이루었다. 다름 아닌 사령체의 모습이었다. 노인은 그것들을 보고 매우 만족한 듯 광소를 흘렸다.

"큭큭큭큭! 앞으로 한 달만 지나면 모두 기환지체를 이루어 사령체로 변신이 가능해지겠군."

노인은 그러다 갑자기 표정이 굳어졌다. 밀실의 문 앞에 한 명의 인물이 서 있었던 것이다. 노인이 외쳤다.

"…네놈은 누구냐?"

"이 가증스러운 놈들!"

"다, 당신은……!"

수십 명의 사람이 한꺼번에 말하는 것 같은 사이한 목소리. 노인은 일순 전신을 부르르 떨었다. 목소리를 듣고 경악하는 것을 보니 며칠 전 비혼을 본 적 있는 것 같았다. 그러나 이유강은 내심 치를 떨고 있었다.

'밀교의 기환지체라는 것이 산 사람을 녹여 그 액을 흡수해야 완성되는 것이라니.'

방금 전 들어와 실로 믿기지 않는 섬뜩한 장면을 목격한 것이다. 이런 장면을 본 이상 이들을 가만 놔둘 수 없었다.

'마교를 견제하기 위해 가급적 자제하려 했건만, 이제는 도저히 묵과할 수 없구나. 어찌 정파의 무사들은 이러한 자들과 동맹을 맺을 생각을 했단 말인가.'

비혼은 말했다.

"감히 사람을 제물로 삼아 대법을 펼칠 생각을 하다니 실로 사악한 놈들이로군."

"으으… 저자를 막아라!"

노인은 뒷걸음질치며 소리쳤다. 무사들 십여 명이 우르르 비혼을 향해 뛰어왔다. 비혼의 도가 번뜩였다.

"크아악!"

"크악!"

달려오던 무사들이 모두 쓰러졌고 비혼의 신형이 지하 밀실을 누비기 시작했다.

"크아아악!"

"으아악!"

"카아악……!"

마치 시커먼 구름이 뱀처럼 꾸불꾸불 밀실을 노니는 것 같았다. 연못 안에 정좌해 있던 칠십 명의 사내들은 제대로 저항도 해보지 못하고 모조리 죽음을 당했다.

"으으… 살려주시오!"

노인은 비혼이 그를 향해 다가오는 것을 보며 계속 뒷걸음질쳤다. 비혼은 차갑게 물었다.

"이런 곳이 또 있느냐?"

"……."

"사실대로 말하면 살려주겠다."

"대략, 백여 곳은 될 것이오."

노인은 살려준다는 말에 다소 안도한 듯 말했다. 이유강은 어이가 없었다.

'…이런 곳이 백여 곳이나 있단 말인가.'

그때 일순 노인의 형체가 흐릿해지더니 투명해지며 사라지려 했다. 순간, 비혼의 칼이 공간을 갈랐다.

"크아아악……!"

제대로 맞은 듯 처참한 비명 소리가 들렸으나 노인의 모습은 사라지고 보이지 않았다.

'도망갔군…….'

비혼은 감옥을 부수고 흑인들을 풀어준 후 지하 계단 밖으로 나와 사원에 또 다른 밀교의 인물이 있나 찾아보았으나 아무도 보이지 않았다. 홧김에 사령체의 동상들을 모조리 박살 내고 사원 건물을 무너뜨려 버렸다.

"당분간 밀교 사원을 찾아다니며 모조리 부숴 버려야겠군."

그냥 놔두고 마교와 서로 양패구상시킬 수도 있었으나 그때까지 기다리기에는 이들은 너무 사악한 집단이었다. 몰랐다면 모를까 오늘의 끔찍한 대법을 목격한 이상 가만히 있을 수 없는 것이다.

"마교보다 세상에서 더욱 빨리 없어져야 할 곳이 바로 밀교다."

일단은 배가 고파 견딜 수 없었다. 비혼을 근처 은밀한 곳으로 이동시킨 후 주위에 미환진을 펼치고 정좌시켰다.

다음날 날이 밝자마자 이유강은 절벽의 동굴 속에 있던 환물 비조를 움직여 비혼이 있는 곳으로 오게 했다. 환물 비조는 비혼을 태우고 하늘 높이 날아올랐다. 대략 일각 정도 날았을까. 멀리 밀교의 사원으로 보이는 건물이 보였다. 사원 주위에 사령체 동상들이 십여 개 서 있는 것으로 보아 틀림없는 것 같았다.

쾌아앙!

"크아악!"

"크악!"

비혼은 내려가자마자 지하 밀실의 문을 박살 내고 그 안 연못에 있던 인물들을 모두 도살했다. 감옥에 갇혀 있던 노예들을 풀어주고 밖으로 나오니 두 개의 사령체가 이유강을 노려보고 있었다.

“쿠쿠쿠쿠… 감히 본 교의 일을 방해하다니 용서할 수 없다!”

“큭!”

비혼은 냉소하고는 곧바로 도를 휘둘렀다.

“…허억!”

사령체들은 미처 방비도 하기 전에 거대한 불덩이와 같은 기운에 작렬당했다.

콰아아앙!

“크아아악!”

“크아악!”

두 개의 사령체는 곧바로 사라졌다. 이유강은 내심 인상을 찌푸렸다.

‘모두 극심한 부상을 입었을 텐데 어찌 이렇게 잘 도망간단 말인가.’

그러다 멀리서 이쪽을 바라보며 숨을 죽이고 있는 밀교의 무사 몇 명을 발견했다. 비혼은 곧바로 그곳으로 날아가 한 명을 제외하고 모조리 목을 베어버렸다.

“으…….”

살아남은 한 명의 밀교 무사는 공포에 질려 벌벌 떨었다. 비혼은 차갑게 말했다.

“이곳 말고 다른 곳에 위치한 사원 위치를 알려주면 살려주겠다. 알고 있는 곳이 있느냐?”

“…예, 몇 곳 알고 있습니다.”

무사는 살려준다는 말에 안도한 듯 표정이 밝아졌다. 비혼은 날아올라 사령체의 동상들과 사원 건물을 박살 내버렸다.

"으……."

그러자 무사는 사색이 된 표정으로 숨소리조차 제대로 내지 못하고 신음했다.

한 달이 지났다. 이유강은 아침을 먹은 후 다시 비혼과 일체하려 침상 위에 정좌했다. 지난 한 달의 기간 동안 비혼은 밀교의 사원 오십여 개를 박살 내고 사악한 대법을 펼치던 밀교의 인물들을 모두 도살했다. 그러나 환물 비조를 타고 종일 날아다니며 찾아도 가끔 허탕을 칠 때가 있었다. 어제는 한 곳도 찾지 못했던 것이다.

'오늘은 적어도 두 곳은 박살 내야 할 텐데…….'

어지간히 찾기 쉬운 곳은 다 찾아내 박살 낸 터라 요즘은 찾기가 쉽지 않았다. 아무래도 사원의 위치를 잘 알고 있는 밀교의 상위 인물 중 한 명을 사로잡아야 할 것 같았다. 이유강은 눈을 감았다. 그때 밖에서 누군가 말했다.

"대인, 바쁘신가요?"

임수아의 목소리였다. 이유강은 눈을 뜨고 미환진을 해제했다.

"들어오시오."

그러자 임수아는 문을 열고 들어왔다. 그녀는 매우 반가운 기색이었다.

"오랜만이에요."

"하하하, 어서 오시오. 연구에 진척은 있었소?"

이유강 역시 반색하며 그녀를 맞았다. 서로 연구에 몰두하느라 섬에 온 후 대략 두어 달 만에 만난 것이었다. 임수아는 미소를 지었다.

"네. 대인께서 부탁하신 명광석(明光石)을 만드는 데 성공했어요."

"오오! 정말이오?"

"네. 제가 좀 늦었죠?"

"아니오. 앞으로 한 달은 더 걸릴 것이라 예상했었소."

이유강은 그녀를 탁자 앞에 앉게 하고 차를 따라주었다. 임수아는 품속에서 조그만 백색의 돌멩이 세 개를 꺼내 이유강에게 건넸다.

"흠……."

이유강은 돌멩이들을 받아 들고 유심히 살폈다. 겉보기는 그저 평범해 보이는 반달 모양의 돌멩이들이었다.

츠으읏……!

그런데 암흑마기를 주입하자 돌멩이에서 저항이 느껴지는 것이었다. 그것은 이전에 임수아에게 암흑마기의 결박을 시도했을 때 느껴지는 저항과 동일한 종류의 힘, 즉 명광지기였다. 이유강은 임수아를 향해 따스한 시선을 보냈다.

"대단하오. 임 소저, 진정 수고했소."

"대단하긴요. 저는 그저 대인께서 시킨 대로 했을 뿐이에요."

"확실한 것이 아니라 천여 가지의 가능성을 모두 얘기했을 뿐이오. 임 소저께서 이를 위해 고생한 것 잘 알고 있소. 진심으로 감사하오."

"…네."

이유강의 칭찬에 임수아는 기쁜 듯 미소를 지었다. 사실 이유강은 암흑마기가 일정한 흐름에 따라 흐르고 있는 환물석(幻物石), 일명 암흑석(暗黑石)이라 불리는 것을 한 달 전쯤 완성했고 틈틈이 그것을 만들어 지금은 천여 개 정도 쌓아놓은 상태였다.

고대의 진법 중에 음양회회진(陰陽回回陣)이라는 난해한 진법이 있는데, 암흑석과 명광석은 이 진법의 원리에 따라 만들어진 환물석들이었다. 이는 일양무양일(一兩無兩一), 즉 빛이 곧 어둠이고, 어둠이 곧 빛이라는 특이한 진론(陣論)을 바탕으로 생문(生門)이 곧 사문(死門)이 되고, 사문이 다시 생문이 되며, 궁극적으로 생문과 사문이 모두 존재하지 않을 수도 있고 또한 모두 존재할 수도 있었다. 즉, 생문과 사문이 뜻에 따라 바뀔 수 있게 만들어진 천고의 절진이었다.

이유강은 이 진법의 흐름을 환물에 부여하여 각각 암흑마기와 명광지기를 담아낼 수 있는 환물석을 만들고 싶었던 것이다. 그러나 이에는 각각 천여 가지의 경우의 수가 존재했고, 그 천여 가지의 방법 중 오직 하나의 방법만 성공할 수 있는 것이었다. 이유강은 다행히 사백오십칠 번째 시도에서 성공을 했고 그것이 한 달 전의 일이었다.

그러나 임수아는 육백이십오 번째 시도에서 성공을 했다고 했다. 그러므로 이유강보다 꼬박 한 달가량이 더 걸린 것이었다. 명광석이나 암흑석이 음양(陰陽)이 서로 뒤바뀔 수도 있다는 음양회회진의 흐름에 따라 만들어지긴 했으나 그렇다 해서 명광지기를 곧 암흑마기로, 혹은 암흑마기를 명광지기로 변형시킬 수 있는 것은 아니었다. 이유강이 말했다.

"그동안 고생을 하셨으니 며칠 푹 쉬시오. 그리고 계속 이 명광석을 만들어주셨으면 하오."

"그렇게 할게요."

"이렇게 계속 부탁만 해서 미안하오."

"그런 말씀 마세요. 대인의 일을 돕는 것이 제겐 기쁨이에요. 다만 궁금한 것이 있어요."

임수아는 사실 이유강의 부탁에 의해 명광석을 만들고서도 그 쓰임에 대해서는 알지 못했다.

"대체 이 명광석들이 무슨 용도로 쓰이는 것인지 궁금해요."

"그렇지 않아도 그것을 설명해 주려던 참이오."

이유강은 빙긋 웃으며 탁자 밑 상자를 열고 반달 모양의 시커먼 돌 십여 개를 꺼냈다. 임수아는 눈에 이채를 발했다.

"그것이 암흑석이군요."

"그렇소."

이유강은 고개를 끄덕였다. 임수아는 신기한 듯 암흑석을 들고 요리조리 살폈다.

"잘 보시오."

이유강은 그렇게 말한 후 반달 모양의 암흑석 하나와 명광석 하나를 맞대었다. 명광석 역시 반달 모양인지라 두 환물석을 맞대니 원형으로 밀착되었다.

츠으읏……!

이유강이 암흑마기를 살짝 주입하자 흑색과 백색의 두 반달 환물석에서 각각 검은 빛과 백색의 빛이 일어나더니 심하게 소용돌이치기 시작했다.

"아……!"

임수아는 매우 신기한 듯 탄성을 질렀다. 소용돌이치던 빛이 잠시 후 사라졌다. 한데 놀랍게도 환물석의 색이 바뀌어 있었다. 암흑석과 명광석 모두 흑백이 뒤섞여 어느 것이 암흑석 혹은, 명광석인지 분간이 되지 않았다. 이유강은 다소 상기된 표정으로 말했다.

"성공이오."

"어찌 된 거죠?"

임수아 역시 놀란 표정이었다. 이유강은 말했다.

"이것들은 이제 명광석도, 암흑석도 아니오. 그냥 조화석(造化石)이라 부르겠소."

"조화석이라면… 설마 두 개의 기운이 합쳐졌다는 것인가요?"

"그렇다고 할 수 있소. 실로 이 조화석의 용도는 무궁무진할 것이나 아직은 한 가지밖에 생각나지 않소. 비아를 한번 불러보겠소?"

"비아(飛兒)를요?"

임수아는 다소 의아했으나 일전에 만든 환물 매를 불렀다. 비아나 구아 등은 모두 섬에 있는 빈집 중 한곳에 넣어둔 상태였다. 비아는 임수아의 지시에 따라 이유강의 집으로 날아왔다. 임수아는 창문을 열고 비아를 안으로 들어오게 해 탁자 위에 앉게 했다. 이유강은 두 개의 조화석 중 하나를 임수아에게 건네며 말했다.

"이것을 비아의 몸에 부착시키시오."

"어떻게 부착시키죠?"

"비아의 몸 아무 데나 그것을 붙인 후 내가 말하는 대로 명광지기를 주입하시오."

"네……."

임수아는 비아의 가슴팍에 조화석을 댄 후 이유강이 말하는 대로 명광지기를 한동안 주입했다. 그러자 흑백의 빛이 반짝이며 조화석이 비아의 몸속으로 스며드는 것이었다.

"아!"

임수아는 감탄하며 이유강을 쳐다봤다. 이유강은 고개를 끄덕이며 말했다.

"이제부터 환물과 일체되는 경험을 하게 되게 될 것이오."

"일체라면 저 역시 많이 경험해 봤는걸요."

임수아는 품속에서 작은 인형을 꺼내 들며 말을 이었다. 그녀가 만든 예쁜 환물 인형이었다.

"이 인형과 일체되는 경험은 많이 해봤어요."

"그럴 것이오. 하나 이 비아와 일체되는 경험을 해보진 못했을 것이오."

"그게 가능한가요?"

임수아는 일순 눈을 동그랗게 뜨고 말했다. 사실 동물의 뼈로 만든 환물들은 지시를 통해 마음먹은 대로 움직일 수는 있지만 일체가 되어 움직일 수는 없었던 것이다. 즉, 어느 곳으로 날아가라는 지시를 내리고 비아의 눈을 통해 사물을 볼 수는 있으나 그것은 그저 대략적으로 느끼는 것일 뿐 환물 인형을 통해 보듯 생생하게 보지는 못하는 것이었다. 이유강은 고개를 끄덕였다.

"물론이오."

이유강은 바닥에 평범한 돌멩이 수십 개를 특이한 진형으로 깔았다. 그러자 그곳에 자색의 둥근 띠가 반짝이기 시작했다. 그 원형의 띠는 그 안에 대략 한 사람 정도가 들어가 앉을 수 있을 정도의 크기였다.

이유강은 말했다.

"음양회회진의 일양무극공간(一兩無極空間), 일명 자광원(紫光圓)이
오. 그 조화석을 이마에 대고 저 안에 들어가 정좌하면 조화석이 이마
에 붙어 떨어지지 않을 것이오. 그러면 정신을 미간에 집중해 보시오."

"네."

임수아는 끄덕이며 조심스레 자광원으로 걸어갔다. 이유강이 말했
다.

"자광원으로 들어가 환물과 일체가 되는 순간 음양회회진이 발동하
여 누군가 진을 파훼하지 않는 한 자광원으로 절대 접근할 수가 없소.
그러나 강제로 진을 파훼할 경우 자광원 안에 있던 사람은 일체가 임
의로 깨지면서 큰 충격을 받아 혼절하게 될 것이오. 일체를 벗어나려
면 본신을 생각하며 마음을 강하게 집중하시오."

"네……."

임수아는 신중한 표정으로 고개를 끄덕이며 자광원 안에 앉아 이마
에 조화석을 갖다 댔다. 그러자 조화석에서 흑백의 빛이 일렁이기 시
작했다. 임수아는 조심스레 조화석에서 손을 떼었다. 과연 조화석은
이마에 붙어서 떨어지지 않았다.

'신기해…….'

임수아는 두근거리는 마음을 진정시키고는 미간에 정신을 집중시켰
다. 그러자 자색의 빛이 임수아의 전신을 휘감았다.

"……."

탁자 위에 있던 비아가 고개를 갸웃하더니 뒤뚱뒤뚱 걷다가 탁자 밑
으로 퍽 하고 떨어졌다.

“…켁!”

비아는 고개를 도리 치며 일어났다. 이유강이 크게 웃었다.

“하하하하, 다소 적응이 필요할 것이오. 서두르지 말고 침착하게 해 보시오.”

“……!”

비아는 고개를 끄덕였다. 그리고 다시 잠시 비틀거리다 이윽고 날아올라 창밖으로 나갔다.

푸득푸득!

비아는 힘차게 날개를 움직여 높이 날았다. 순식간에 안개가 자욱한 섬을 벗어났고 잠시 후에는 구름 위에까지 날아올랐다.

‘내가 새가 되다니……!’

임수아는 매우 신이 났다. 동시에 비아의 체내에서 특이한 힘이 느껴졌다.

‘이 기운은 무엇이지?’

잠시 고민하던 임수아는 오래지 않아 그것이 상처를 치유할 수 있는 명광지기의 신비로운 힘임을 깨달았다. 본신으로 명광지기를 쏘아내 상처를 치료하는 것과 비슷했다.

푸득! 푸득!

잠시 하늘을 빠르게 비행하며 새가 된 기분을 만끽하던 임수아는 이유강의 집으로 돌아와 다시 창문을 통해 탁자 위에 내려섰다.

“대단해요!”

그녀는 이마에서 조화석을 떼어내며 말했다. 전신을 휘감았던 자색 빛도 사라져 있었다. 이유강은 미소 지었다.

“그것은 조화석의 기능 중 극히 일부일 뿐이오. 앞으로 연구함에 따라 그동안 상상도 못했던 환물을 만들 수도 있을 것이오.”

“네. 그러면 명광석이 많이 필요하겠군요.”

임수아는 눈을 빛내며 말했다. 이유강은 고개를 끄덕였다.

“많으면 많을수록 좋을 것이오. 나는 앞으로 대략 한 달 정도 급히 해야 할 일이 있으니 그동안 명광석을 계속 만들어주셨으면 하오. 한 달 후부터는 조화석을 이용한 환물을 함께 연구해 보도록 하겠소.”

“네. 기대할게요.”

이유강은 하나의 두루마리를 품속에서 꺼냈다.

“자광원을 만들 수 있는 방법을 적어놓았소. 이미 음양회회진에 대해 알고 있을 것이니 쉽게 이해할 수 있을 것이오. 또한 명광석과 암흑석을 조화석으로 만드는 방법도 간단히 적어놓았으니 명광석을 만들다 지루하면 조화석을 이용한 환물 제조에 대해 나름대로 연구해 보시오.”

“네…….”

“혹시 부담이 된다면 당분간 쉬었다가 나중에 나와 함께 해도 괜찮소.”

“부담이라니요. 저는 사실 무척 재밌는걸요.”

임수아는 두루마리를 받아 들며 호기심 어린 표정을 지었다. 그리고는 환하게 미소를 지으며 말했다.

“이렇게 대인께 작은 도움이라도 되어드리니 무척 기뻐요. 제게 어떤 부담도 갖지 마세요.”

‘아, 저리도 나를 배려하다니…….’

이유강은 임수아의 미소를 바라보고 있자 순간 마음이 따뜻해짐을 느꼈다.

"…소저!"

이유강은 자신도 모르게 임수아를 끌어안았다. 임수아는 약간 당황한 듯 볼이 붉어졌으나 이내 눈을 내리깔고 이유강의 품에 안겼다. 이유강은 말했다.

"소저를 만난 것이 내게 큰 복이오."

"별말씀을……."

임수아는 수줍은 듯 조그맣게 대답했다. 이유강은 문득 그런 그녀의 모습이 무척 아름답다는 생각이 들었다. 그녀의 몸에서 은은하고 새콤한 향이 맡아졌다. 이유강은 임수아의 입술에 자신의 입술을 포갰다.

"……."

임수아의 눈이 크게 떠지며 이유강을 쳐다봤다. 그러다 그녀는 서서히 눈을 다시 감았다. 이유강은 임수아의 윗입술을 빨았다. 촉촉하고 부드러운 감촉이 느껴졌다. 이어서 혀로 그녀의 입술을 열었다.

"으음……!"

임수아의 몸이 살짝 떨렸다. 이유강은 조심스레 입술을 떼고는 그녀를 바라보았다. 임수아의 감겨 있던 눈이 서서히 떠졌다. 그녀는 말없이 이유강을 응시했다. 이유강은 속삭이듯 말했다.

"수아, 실로 아름답소."

순간 임수아의 두 눈망울이 심하게 떨리더니 눈물이 주룩 흘러내렸다.

"…지금 수아라 하셨나요?"

이유강은 그녀를 사랑스럽게 쳐다보며 고개를 끄덕였다. 그리고는 오른손을 들어 그녀의 볼에 흐르는 눈물을 닦아주며 말했다.

"모든 일이 끝나면 그대를 아내로 삼고 싶소."

"대인! 진심이신가요?"

임수아는 깜짝 놀란 표정으로 되물었다.

"그렇소. 나의 아내가 되어주겠소?"

"…물론이에요."

임수아가 나간 후 이유강은 비혼으로 일체되어 밀교의 사원들을
파괴하려다 문득 호기심이 일어 명광석과 암흑석을 맞대어 조화석 한
쌍을 만들었다. 사실 이 조화석을 이용한다면 암흑마기나 명광지기가
없는 평범한 사람들도 환물과 일체되어 조종할 수 있었다. 물론 이를
위해서는 소정의 훈련을 겪어야 했다.

'밀교의 사령체, 마교의 혈강시, 앞으로 그보다 더한 것들이 나타날
것이다. 그러한 마물들 앞에 나의 부하들을 허무하게 희생시키고 싶지
않다.'

사령체나 혈강시들은 사람의 힘으로는 감당하기 힘든 마물들이었
다. 무림의 절정 급에 속하는 고수들도 힘에 부치는 마물들인 것이다.
이전에 죽은 광마전사들도 기환지체라는 사악한 대법을 연성한 밀교칠

위에 의해 희생되지 않았던가.

'광마전사들 중 뛰어난 자들은 앞으로 환물일체전사가 되어 최전방
에 투입시킬 것이다.'

부하들을 능력별로 잘 간추려 각각 그들이 감당할 수 있을 만한 임
무에만 투입시킬 작정이었다. 보통의 광마전사들은 명나라 내에서 풍
운장의 각종 사업에 대한 호송 임무를 시키면 되는 것이다. 이미 그러
한 것들은 여송이 잘 알아서 하고 있었다.

'여송 등에게 환물에 대한 지식을 개방한 것은 실로 잘한 것일까.'

암흑마기까지 주입하여 주고 환물에 대한 이론을 전수한 것은 이유
강의 가장 큰 밑천을 내준 것이나 다름없는 행위였던 것이다. 비록 철
저히 신뢰할 만한 자들에게 전수할지라도 사람의 마음은 아무도 알 수
없는 것이다. 만일 누군가 배신하기라도 한다면 상당히 곤란한 지경에
처할 수도 있었다.

그러나 사실 이것에 대해 그다지 걱정을 하지 않아도 될 것 같았다.
이유강 자신이 흑의인에 대해 두려움을 가지고 있듯이, 여송을 비롯한
그 누구든 암흑마기와 환물의 놀라운 능력에 대해 알아가면 갈수록 이
유강을 두려워하지 않을 수 없는 것이다. 즉, 언제든 자신들이 가진 암
흑마기를 비롯하여 그들이 만든 환물까지 무력화시킬 수 있는 존재를
두려워하지 않을 수 없는 것이다.

따라서 그들은 배신이라는 어리석은 선택보다는 오히려 환물에 대
한 새로운 학문에 더욱 호기심과 관심을 가질 것이 분명했다. 그로 인
해 이유강조차 상상도 못했던 환물의 새로운 응용 연구가 이루어져 특
이한 것들을 만들어내고 있었다. 이미 암흑마기와 환물에 대한 지식이

전혀 없는 사람도 환물 괴어가 움직이는 배를 조종할 수 있는 놀라운 방법을 알아내는 데 성공했고, 앞으로 또 어떤 경천동지할 만한 것들을 만들어낼지는 누구도 알 수 없었다.

'만일을 대비해 그 누구에게도 암흑마기를 축기(畜氣)할 수 있는 암흑심법만은 전수하지 않았다.'

즉, 암흑마기 자체를 주입해 주어 암흑마기를 이용해 환물을 만드는 방법이나 암흑마기를 통한 결박, 환물 조종 방법 등에 대해서만 가르쳐 준 것이다. 따라서 설령 누군가 배신을 한다 해도 모두 이유강이 전수해 준 암흑마기를 가지고 있기에 언제든 그 암흑마기를 회수할 수 있는 것이었다. 암흑마기가 사라지면 제아무리 환물에 대한 지식이 있다 해도, 더 이상 환물을 만들거나 조종하기 불가능해지는 것이다.

'암흑마기를 축기하는 방법은 절대로 함부로 세상에 알려져서는 안 된다.'

이것은 단순히 누군가 배신하는 것을 막는 것 이상의 의미가 있었다. 이유강 역시 흑의인에 의해 우연히 이것을 배우기는 했으나 절대로 함부로 다른 사람들에게 전수할 수 있는 것이 아니라는 것을 깨달았던 것이다. 그것은 매우 위험한 일이었던 것이다.

'자칫 세상이 환물에 의해 완전 멸망할 수도 있다.'

흑의인과 같은 인물이 세상에 또 등장할 수 있는 것이다.

끼이익.

이유강은 문을 열고 밖으로 나갔다. 조금 전 만든 조화석을 이용해 한 가지 시험해 볼 것이 있었다. 신형을 날려 해변으로 간 후 광룡을 불렀다. 광룡은 환물 괴어들과 함께 섬 근처 바다 밑에 있었다. 잠시 후 광룡이 해변으로 걸어나왔다. 이유강은 내심 마음이 설레었다.

'광룡에게 일체한다면 어떤 기분이 들지 궁금하군.'

그동안 광룡은 이유강의 지시에 의해 움직이며 공격을 했다. 앞발로 치라고 하면 앞발로 치고 꼬리를 움직이라 하면 꼬리를 움직였다. 그러나 막무가내로 공격하라고 한 적은 한번도 없었다. 제아무리 환물로 만들었다 하지만 광룡 특유의 흉포한 성질이 그대로 환물에게 이어졌던지라 그것이 발휘되면 자칫 끔찍한 재앙이 벌어질 수가 있었던 것이다.

'비혼은 수백 년의 내공을 끌어올려 바위나 건물을 부수지만, 광룡은 발로 슬쩍 후려갈겨도 그와 비슷한 위력을 낸다……'

특히 거대한 반경을 잡아 도는 꼬리의 위력은 상상을 불허했다. 물론 초극고수를 상대할 때는 광룡이 아닌 비혼의 광마도법이 훨씬 유용할 것이다. 그러나 뭔가를 때려 부수거나, 수많은 보통 고수들과의 싸움에서는 광룡이 더욱 위력을 발휘할 것이다.

'광룡과 일체되어 움직인다면 그동안에 비해 광룡은 수십 배는 강한 위력을 낼지도 모른다.'

이유강은 날아올라 광룡의 이마에 조화석을 부착하고 암흑마기를 주입했다.

츠으으읏!

순간 무언지 모를 강한 저항이 광룡의 내부에서 느껴지며 조화석을 밀어내는 것이었다.

'…어찌 된 일인가?'

이유강은 내심 당황하며 바닥으로 내려섰다. 아까 임수아가 비아에게 행했을 때와는 달리 광룡의 이마에 부착했던 조화석은 강한 저항에 의해 안으로 스며들기는커녕, 오히려 튕기듯 떨어져 나왔던 것이다.

'그렇군!'

이유강은 잠시 고민하다 어렵지 않게 그 이유를 알아내고는 미소를 지었다. 이유강은 다시 날아올라 조화석을 광룡의 이마에 부착하고는 암흑마기를 최대로 끌어올려 주입했다.

츠츠츠츠츠.

그러자 조화석이 서서히 흑백으로 빛나기 시작했다. 흑백의 빛이 광룡의 전신을 흑백으로 물들이다가 사라졌고 조화석은 광룡의 이마 속으로 스며들었다.

'역시 이백 년이 넘는 암흑마기의 힘을 가해야 가능했군.'

비아와 같은 작은 환물의 경우는 상관없으나 광룡과 같은 강한 환물은 조화석을 부착할 때 적어도 이백 년의 암흑마기의 힘을 가해야 했던 것이다. 놀라운 점은 이렇게 조화석을 한번 부착하고 나면 누구라도 그것과 쌍을 이룬 조화석을 이용해 환물과 일체되어 조종을 할 수 있었다.

'좋아. 이제 광룡이 되어볼까……'

광룡을 물속으로 들어가게 한 다음 집으로 돌아와 자광원 안에 정좌했다. 그리고 나머지 광룡의 조화석을 이마에 부착했다. 자색의 빛이 이유강의 전신을 휘감았다.

'……'

이유강은 잠시 멀뚱히 있었다.

'…여기가 어디지? 그렇지. 바다 속이로군.'

바다 밑에 웅크려 앉아 있는 시커멓고 거대한 몸체. 이유강은 광룡이 되어 있었다. 서서히 움직여 보았다. 몸체가 커서인지 다소 동작이 느렸다. 고개를 들어 위를 쳐다봤다. 멀리 수면이 환하게 빛나고 있었다.

'멋지군……'

물속에서 자유롭게 움직이기까지는 다소 시간이 걸렸다. 잠시 후 앞발과 뒷발을 움직여 위로 헤엄쳐 올라갔다.

촤아아아악!

고개를 내밀자 햇살이 눈부셨다. 명광도에서 그리 떨어져 있지 않은 곳이었다. 다시 물속으로 잠수했다. 돌아다니니 서서히 속도가 붙기 시작했다. 온갖 작은 물고기들이 겁을 먹고 도망가는 모습이 생생하게 보였다. 광룡을 조종할 때는 몰랐으나 막상 광룡과 일체가 되어보니 확실히 달라진 게 하나 있었다.

'모든 것이 너무 작아 보인다. 상어가 마치 피라미처럼 느껴지는구나. 흐흐흐… 재미있군.'

한동안 상어 등을 쫓아다니며 괴롭혔다. 이제 물속에서 움직이는 것이 매우 자유로웠다. 환물 괴어만큼은 아니지만 그래도 어지간한 배의 속도 정도는 쉽게 따라잡을 만큼 빠른 속도였다.

'섬에 한번 올라가 볼까……'

근처에 다른 섬이 없기에 조심스레 명광도로 올라갔다.

쿠웅! 쿠웅! 쿠웅……!

최대한 조심한다고 걸었지만 땅이 진동을 하며 큰 소리가 났다.

"뭐, 뭐냐?"

도법을 연마하던 장칠이 사색이 되어 꽁지가 빠져라 도망치고 있었
다. 장칠은 광룡을 한번도 보지 못했던지라 놀라는 것은 당연했다. 철
영 역시 멀리서 입이 딱 벌어진 채 멍하니 서 있었다. 철영 역시 광룡
을 본 적이 없었다. 광룡은 입을 벌려 말했다.

"놀라지 마라!"

"…허억!"

마치 악마가 울부짖으며 말하는 것 같았다. 애써 태연하려던 철영마
저 안색이 창백해진 채 도망치기 시작했다.

'쯧! 미리 말해 두지 않은 게 잘못이로군.'

이유강은 내심 씁쓸히 웃었다. 이곳에서 뭔가 시험해 보려 했는데
그랬다가는 사람들이 더욱 놀랄 것 같아 다시 물속으로 들어갔다. 한
참을 빠른 속도로 헤엄치니 멀리 작은 섬이 하나 보였다.

'사람이 없어야 할 텐데…….'

혹시라도 무인도가 아닌 사람이 사는 곳이라면 난리가 벌어질 것이
었다. 다행히 올라가 둘러보니 사람의 흔적이 없었다.

쿠웅! 쿠웅! 쿠웅!

광룡은 육지에서 강한 전투력을 발휘하는 터라 육지에서의 움직임
에 익숙해져야 했다.

쿵쿵쿵쿵! 쿠웅!

걸음이 익숙해진 후에는 빠르게 뛰었다가 훌쩍 도약도 해보았다.

‘…오오!’

놀랍게도 광룡은 대단한 도약력을 가지고 있었다. 처음에는 십여 장에 불과했지만 몇 번을 연속하니 가히 그 몸체의 서너 배, 즉 수십 장을 뛰어올랐던 것이다.

콰아아앙!

수십 장을 도약했다가 바닥으로 떨어지니 섬 전체가 떠나갈 것 같은 굉음과 함께 진동이 일었다. 땅이 갈라지며 움푹 패었다.

푸드드득! 까아악! 깍!

섬의 나무들에 앉아 있던 새들이 깜짝 놀라며 날아가고 있었다.

‘가공하군…….’

섬에 있는 동물들에게 다소 미안했으나 이유강은 계속 광룡을 움직이며 동작을 익혔다. 사실 빨리 비혼으로 돌아가 밀교의 사원들을 파괴해야 했으나 광룡이 되어 움직이는 것에 재미가 붙어 종일 이 섬에 붙어 있었다.

하루가 지났을 때 섬은 온통 폐허가 되어 있었다. 나무들이 대부분 다 부러지거나 뽑혀 있었고 바위들은 깨지고 땅은 뒤죽박죽 파헤쳐져 있었다.

쿠쿵! 쿵! 파파파팟!

광룡의 신형이 앞으로 퉁겨지듯 날아가더니 바닥에 착지했다. 그와 동시에 광룡의 뒷발이 빠르게 서로 교차하며 회전을 했고 그로 인해 꼬리가 사방에 휘둘러지기 시작했다.

휘잉! 휘잉! 휭휭휭휭휭!

단순하게 움직이던 꼬리가 거의 보이지 않게 빨리 움직였고 급기야 기이한 곡선을 그리기 시작했다.

꽈광! 꽈아앙! 퍼어억! 퍼퍽! 꽈지지직⋯⋯!

땅이 파이고 바윗돌이 부서졌다. 광룡은 계속 회전하며 주위를 맴돌았고 그로 인해 피해 반경은 더욱 늘어났다. 삼 일 동안 다 뽑히고 이제 몇 그루 남지 않은 나무들마저 모조리 뿌리째 허공으로 날려갔다. 방원 수십여 장이 완전 초토화가 되어 있었다.

'휴우⋯⋯. 성공이로군.'

가득했던 흙먼지가 가라앉으며 폐허 가운데 오연히 서 있는 광룡.

'일단 기초적인 광룡삼식(狂龍三式)을 만들었다. 나중에 기회가 되면 광마도법을 응용하여 좀 더 강력한 무공을 만들어봐야겠군.'

흥미가 붙은 터라 하루 동안 잠도 자지 않고 몰두한 결과 광룡의 모든 신체에 대한 움직임을 완전히 파악했고 이를 무공에 접목하여 강력한 광룡박투술(狂龍搏鬪術)을 창안한 것이다. 이를 통해 도출한 세 개의 초식. 그것이 바로 광룡삼식이고 방금 전 사방을 초토화시킨 것이 바로 광룡삼식의 마지막 초식인 회(回)였다.

제일식은 격(擊)이고, 제이식은 파(破)였다. 모두 다 광룡의 가공할 힘을 이용해 때려 부수는 초식들이었다. 제일식 격은 멀리서부터 빠르게 앞으로 도약해서 두 개의 앞발로 빠르게 수십 번의 가격을 하는 것이고, 제이식 파는 공중으로 높이 도약한 후 빠르게 회전하여 내려오며 두 개의 뒷발로 대상을 가격하여 파괴하는 것이었다. 마지막 회는 꼬리를 이용한 범위 공격으로 마음만 먹으면 계속 돌아다니며 수백 장이라도 폐허로 만들 수 있는 것이었다.

물론 광룡삼식은 상당히 특별한 경우에만 쓸 작정이었다. 보통 때는 기초적인 박투술인 앞발 공격, 날아 뒷발차기, 도약 후 몸통 밀기, 날아 박치기, 돌려 물어뜯기 등등 다양한 공격법을 쓸 수 있었다. 이런 보통의 공격법만 해도 당하는 자들 입장에서는 매우 끔찍한 공포일 것이 분명했다.

'상당히 졸립구나. 그리고……'

배도 상당히 고팠다. 하루를 내리 굶고 날밤을 샜으니 그럴 만했다. 그러나 그것 못지않게 급한 것이 있었다. 광룡을 물속에 두고 본신으로 돌아왔다.

'……!'

이유강은 눈을 뜨고 자광원에서 일어나다가 주위를 둘러보고 놀랐다. 장칠과 철영이 쓰러져 있었고, 비스트로와 푸앙, 임수아가 걱정스런 표정으로 주위에 서 있었다.

'이런……'

음양회회진이 발동한 것이 분명했다. 자광원 안에 들어가 자광원이 빛나는 동안에는 음양회회진이 발동하여 누구도 접근할 수 없는 것이다. 아무래도 어제 광룡을 보고 놀란 철영과 장칠이 보고하기 위해 이곳에 왔다가 변을 당한 듯했다. 둘 다 뭔가에 놀란 듯 공포에 젖은 채 혼절해 있었다. 이유강은 자광원에서 나가며 장칠과 철영의 혈도를 몇 군데 눌렀다.

"장칠, 철영 일어나라."

"…으음!"

"으으……!"

이유강이 자광원에서 나온 이상 음양회회진의 발동은 자연 해제되었다. 장칠과 철영은 머리가 아픈 듯 인상을 찌푸리며 일어났다. 임수아가 눈물을 그렁거리며 다가왔다.

"대인, 어찌 하루 동안이나… 걱정을 많이 했어요."

"그럴 일이 있었소. 걱정 끼쳐 미안하오. 앞으로도 종종 이런 일이 있을 것이니 크게 걱정하지 마시오."

이유강은 그러다 문득 비스트로 등을 향해 말했다.

"비스트로, 내가 하루 동안 아무것도 못 먹었더니 배가 몹시 고프구나. 지금 즉시 먹을 요리가 있느냐?"

그러자 비스트로가 머리를 긁적이며 말했다.

"…금방 요리해 올리겠습니다. 조금만 기다리십시오."

그러고 보니 모두 걱정으로 인해 식사조차 거르고 있었던 것이 분명했다. 장칠과 철영뿐만 아니라 임수아와 비스트로, 푸앙 모두 안색이 초췌해 보였다. 장칠과 철영은 이제 겨우 정신을 차리고 이유강을 향해 말했다.

"대인… 엄청난 괴물이 나타났습니다!"

"사람의 말까지 했습니다!"

이유강은 피식 웃으며 끄덕였다.

"알고 있다. 그것은 내 부하이니 앞으로는 놀라지 말거라."

"옛?"

장칠 등은 눈이 휘둥그레졌다. 이유강은 임수아를 향해 말했다.

"오늘은 다 같이 저녁을 먹었으면 하오. 멋진 요리를 부탁해도 되겠소?"

“…정말이신가요?”

임수아가 놀란 듯 되물었다. 이유강은 고개를 끄덕였다.

“그동안 모두 고생이 많았는데 오늘 저녁은 모두 즐겁게 술과 음식을 먹으며 쉬었으면 하오.”

“좋은 생각이에요. 맛있는 요리를 준비할게요.”

“하하, 저희도 돕겠습니다!”

비스트로가 환한 표정으로 말했다. 장칠과 철영도 기대 어린 표정으로 서 있었다. 특히 술이란 말에 장칠은 희색이 만연해 있었다.

“으하하핫, 방금 술이라 하셨습니까요?”

“장칠, 그동안 수고 많았다. 오늘은 실컷 마시도록 해라.”

“존명!”

장칠은 순간 엄숙한 표정을 지으며 정중한 포권 자세를 취했다. 모두들 그 모습에 웃음 지었다. 모두가 사라진 후 이유강은 측간으로 날아 들어갔다.

‘…휴우!’

촤아아아! 철썩……!

물살이 연신 해변으로 밀려왔다 물러감을 반복했다. 안개가 걷힌 밤하늘엔 수많은 별들이 총총히 빛나고 있었다.

지글지글.

토실토실한 돼지 한 마리가 꼬치에 꽂혀 적당히 구워지고 있었고, 한쪽에서는 큼직한 생선들과 조개들이 철판 위에서 노릇노릇하게 변하고 있었다. 비스트로가 돼지를 뒤척이더니 칼로 몇몇 부위를 자른 후

먹기 좋게 잘게 썰었다. 옆에서는 푸앙이 흐뭇한 표정으로 서너 종류의 생선회를 접시 위에 보기 좋게 치장하고 있었고, 임수아는 국자를 든 채 부글부글 끓는 몇 개의 솥을 바라보며 미소 짓고 있었다. 이유강은 장칠 등과 함께 모닥불 앞에 앉아 있었다.

“수아, 몹시 배가 고프오. 아직 멀었소?”

“다 되어가요. 조금만 기다리세요.”

이유강의 재촉에 임수아의 손이 더욱 분주하게 움직였다. 장칠이 벌떡 일어나 푸앙의 손에 있던 생선회 한 접시를 빼앗듯이 들고 왔다.

“크흐흐, 일단 생선회에 술부터 한잔하시는 게 어떻겠습니까요?”

“좋은 생각이군.”

이유강은 반색하며 고개를 끄덕였다. 그러자 임수아가 말했다.

“그러고 보니 저희 집 뒷마당에 이전에 담가 묻어놓은 명광주(明光酒)가 꽤 있어요. 누가 좀 가져다주세요.”

“제가 가져오겠습니다.”

“네. 철영, 부탁해요. 뒷마당에 가보면 작은 호로병 모양의 조각이 있는데 그 주위를 파보세요. 꽤 많이 있으나 아마 한 병이면 충분할 거예요.”

“알겠습니다.”

그러자 문득 장칠이 임수아의 눈치를 살피더니 철영을 향해 황급히 소리쳤다.

“철영, 최대한 많이 가져와야 한다!”

“…예, 형님!”

철영은 쓴웃음을 지으며 대답하고는 임수아의 집 쪽으로 신형을 날렸다. 이유강이 물었다.

"명광주라 하면 혹시 명광초를 이용해 담근 술이오?"

"네. 맛이 신비로워요. 피로가 회복되기도 하고요. 다만… 무척 독해서 그리 많이 드시긴 힘들 거예요."

잠시 후 철영이 명광주 두 병을 가져왔다. 장칠이 침을 꿀꺽 삼키며 말했다.

"대인, 제가 먼저 한잔 올리겠습니다요."

이유강은 고개를 끄덕이며 잔을 받았고 모두에게 한잔씩 따라주었다.

'카아……!'

명광주를 한잔 들이키자 마치 부드러운 여인의 혀가 입 안으로 들어오듯 달콤하고 감미로운 맛에 정신이 몽롱해졌다. 그러나 그와 동시에 뜨거운 불이 목구멍을 타고 흐르는 듯 화끈거렸고 온몸의 피로가 풀리며 나른해지는 것이었다. 그리고 독한 화주(火酒) 한 병을 들이킨 것과 비슷한 알딸딸한 취기가 밀려왔다.

"오오……!"

이유강은 이토록 멋진 술은 처음 맛보았던지라 절로 감탄사가 나왔다.

"카아아아! 이런 술은 생전 처음입니다요!"

"하하하, 많이 마시도록 해라."

"예. 대인, 다시 한 잔 올리겠습니다요."

"좋지."

　장칠의 입이 헤벌쭉 찢어졌고, 철영과 비스트로, 푸앙도 약간 눈이 풀린 채 싱글벙글거렸다. 임수아는 술을 마시지 않은 채 요리만 먹고 있었지만 즐거운 기색이었다. 그녀가 만든 얼큰한 해물탕은 명광주와 어울리는 최고의 안주였다. 이유강은 모두의 기뻐하는 표정을 보며 내심 생각했다.

　'이렇게들 좋아하다니. 앞으로 이런 기회를 자주 가져야겠구나.'

　조만간 여송이나 유풍룡 등과도 이런 자리를 만들어야겠다는 생각도 들었다.

　촤아아아. 철썩……!

　파도 소리와 함께 시원한 바람이 밀려왔다.

　'내일부터는 한동안 밀교의 사원들을 박살 내러 다녀야겠군.'

　다른 무엇보다도 사람을 제물로 사악한 대법을 연성하는 가증스러운 사원들을 박살 내는 게 급선무였다.

　'카아! 그래도 오늘은 아무 생각 없이 마음껏 취하고 싶구나.'

　벌써 네 잔째 마시는 명광주였다. 온몸이 나른한 게 무척 기분이 좋았다.

　"헤헷! 대인 제가 춤 한번 추겠습니다요."

　장칠이 벌떡 일어나 이유강을 향해 포권을 하고는 엉덩이를 흔들거리며 우스꽝스런 춤을 추기 시작했다. 그러자 비스트로와 푸앙도 제각기 몸을 비틀거리며 특이한 춤을 추었고 장칠에 의해 강제로 끌려나온 철영도 어색하게 몸을 움직이며 춤을 추기 시작했다.

　띵디띵. 띵띵……!

　임수아가 언제 가져왔는지 금(琴)을 다리 위에 올려놓고 연주했다.

이에 이유강은 크게 웃으며 춤추는 데 합류했다.

"하하핫, 모두들 멋지구나! 나도 빠질 수 없지!"

주흥은 무르익었고 밤은 깊어져 갔다.

차앙! 창! 차아앙!

두 개의 신형이 허공에서 교차함과 동시에 강한 금속성이 연신 울려 퍼졌다.

"으윽……!"

"으음!"

두 인물이 허공에서 동시에 내려오며 비틀거렸다. 비록 신음성을 흘렸으나 모두 부상을 입지는 않은 듯 안색은 멀쩡했다. 온몸에서 시커먼 기운을 풍기며 도를 들고 있는 청년, 그는 다름 아닌 철무생이었다. 철무생은 약간 숨을 몰아쉬었다. 그러자 시커먼 기운이 사라졌고 원래의 얼굴이 드러났다. 그는 앞의 인물을 향해 정중히 포권했다.

"가르침 감사합니다."

“벌써 그 정도의 경지를 이루다니, 조만간 나를 능가할 것 같군.”

땀을 닦으며 말하는 사내는 하토였다. 철무생은 미소 지었다.

“모두 형님의 가르침 덕분입니다.”

“나의 가르침보다는 밤낮을 잊고 수련에 몰두한 자네의 집념이 이룬 결과다.”

하토는 흐뭇한 표정으로 철무생을 쳐다봤다. 그동안 철무생은 하토 등에게 광마도법의 초식들을 전해주었고, 하토는 철무생에게 인자들이 사용하는 잠행술을 가르쳤던 것이다. 그러면서 둘은 국적을 떠나 형님 아우 사이로 지낼 만큼 친해졌다. 철무생은 환물 사지로 인해 하토 등이 혀를 내두를 만큼 빠르게 잠행술을 깨우쳤고, 밤낮 도법 수련에 몰두하여 광마도법에도 많은 진전이 있었다. 철무생이 말했다.

“이렇게 수련만 하니 몸이 근질근질합니다. 대인께서는 언제쯤 우리를 불러주실지…… 이러다 목 빠지겠습니다. 크큭!”

“조만간 불러주시겠지.”

하토는 동감한다는 표정으로 고개를 끄덕였다. 철무생이 문득 물었다.

“참, 일전에 듣자 하니 반도들이 아직도 설친다던데 그놈들은 모두 처리했습니까?”

“아직이야. 혼조가 기를 쓰고 찾아다니고 있지만 그놈들이 워낙 잔머리가 뛰어나 미리 숨어버리니 잡을 길이 없어 골치라더군.”

“대체 어떤 놈입니까?”

“이전 아스케 대제의 조카인 곤도란 자로 잔인 독랄하기로 소문난 놈이야. 아직도 우리 눈을 피해 해적질을 숱하게 벌이고 있지.”

철무생은 흥미롭다는 표정을 지었다.

"심심하던 차에 잘되었군요. 제가 그놈을 한번 잡아보겠습니다."

"자네가?"

"크큭, 잔머리는 잔머리로 제압해야 합니다. 그런 놈은 제게 맡겨주십시오."

"흠… 뜻은 알겠지만 이 일은 내가 결정할 일이 아니야. 맹주님께 말씀드려 보는 것이 좋겠군. 일단 혼조에게는 말을 해두도록 하겠다."

"감사합니다."

철무생은 포권을 하고는 처소로 돌아왔다.

'유 형님은 지금 폐관 중이니 며칠 후에나 나오시겠군. 몸도 뻐근한데 온천욕이나 해야겠다.'

섬에는 수백여 명이 한꺼번에 목욕을 할 수 있는 장소가 십여 곳 존재했다. 모두 따끈한 온천수가 나와 사람들의 피로를 풀 수 있었다.

쏴아아! 촤아악……!

철무생은 땀을 씻고 커다란 탕 안으로 들어갔다. 탕 안에는 벌써 수십여 명의 인물들이 목까지 물에 담근 채 온천욕을 즐기고 있었다.

'으음… 좋군.'

철무생 역시 온천물에 목까지 몸을 담갔다. 그러자 근처에 있던 사람들이 슬금슬금 눈치를 보며 멀찍이 피했다. 그동안 철무생의 비위를 건드려서 멀쩡한 인물은 없었기 때문이다.

"켈켈켈! 어이, 무생! 자네 왔는가."

누군가 등을 퍽 쳤다. 철무생은 버럭 고개를 돌려 그를 쳐다봤다. 온몸에 털이 아무것도 없는 한 명의 꾸부정한 노인이 눈앞에 서 있었다.

다름 아닌 아참이었다. 철무생의 눈에 살기가 어렸다.

"늙은이, 내 눈앞에 다시는 띄지 말라고 했을 텐데……."

"쯧쯧, 새파란 놈이 말하는 꼬락서니하고는."

아참은 철무생을 무시한 채 첨벙 하고 탕 속으로 들어가려다 멀리서 자신을 보고 수군대며 낄낄거리는 사람들을 쳐다보고는 인상을 확 구겼다.

"뭘 보고 처웃느냐? 모두 뒈지고 싶은가 보구나."

"크흐흐… 밑의 털은 어쩌다 그렇게 되었소?"

"크흐… 아주 시원하니 보기 좋소이다."

탕 속에 있던 수십 명의 사람들이 모두 낄낄대며 웃었다. 아참은 사실 이곳에서 무모인(無毛人)으로 유명해진 지 오래였다. 예전 같으면 모두 작살냈겠지만 지금은 그런 소리를 듣고도 아참은 그저 고래고래 소리만 지를 뿐이었다. 몇 번 고함을 지르다 지쳤는지 아참은 쿨룩거리며 철무생 옆에 주저앉았다.

"크으으…… 좋구나! 좋아!"

아참은 눈을 감고 뜨끈한 물의 감촉이 좋은지 호들갑을 떨었다. 철무생은 잠시 아참을 때려죽일 듯 쳐다보다가 고개를 돌려 눈을 감았다. 자신을 수귀라는 괴물로 만들기 위해 이상한 대법을 시행하다 중단하여 결국 두 팔과 두 다리를 모조리 잘라낸 장본인이었다. 그것만 생각하면 당장 목을 비틀어 죽이고 싶지만 아참을 건드리지 말라는 특별 명령이 유풍룡으로부터 내려진 상태라 그것을 어길 수는 없었다. 더구나 아참은 최근 수귀들을 사람으로 다시 돌리는 연구에 거의 성공했고, 그러한 지식을 바탕으로 각종 부상이나 외상 치료에 매우 뛰어난 효과를 보이는 약들을 개발하여 유풍룡뿐만 아니라 총군사 여송까지도 특별한 관심을 갖고 있었다.

"제기랄! 언젠가 네놈은 내 손에 죽을 것이다!"

옆에서 히죽거리는 아참을 향해 철무생은 버럭 소리를 질렀다.

"클클, 내가 아니었다면 네놈이 지금처럼 강해질 수 있었을 것 같으냐? 네놈의 팔다리를 내가 몽땅 잘랐기에……."

"닥쳐랏! 계속 나불대면 주둥이를 찢어주겠다!"

철무생이 기어코 살기를 풍기며 시커멓게 변신을 하자 아참은 찔끔하여 입을 닫았다. 그러다 문득 말했다.

"네놈 가끔 몸이 잘린 부위가 지끈거리지 않느냐."

"크으… 그게 다 누구 때문인지 알면서 묻는다는 말인가."

"클클, 그 일은 미안하다고 몇 번이나 말했지 않느냐. 내 이번에 아주 좋은 약을 하나 만들었는데 특별히 네놈에게 줄 수도 있다."

"…정말이냐?"

아참은 순간 기분 나쁜 표정을 지었다.

"내가 언제 약으로 거짓말하는 것 봤느냐? 저번에도 네놈은 내가 만든 충복환(充腹丸)을 복용하고 삼 일 동안 그 효력을 보지 않았더냐."

"그렇긴 하오만……."

시종 때려죽일 듯 노려보며 반말로 대하던 철무생이 일순 공손해졌다. 그만큼 아참이 만든 약은 상당히 특별한 것들이 많았던 것이다. 충복환은 삼 일 동안 밥을 먹지 않아도 배가 고프지 않고 힘이 넘치는 특이한 환약이었다.

"당신이 했던 일을 생각하면 어찌 신뢰할 수 있겠소. 크윽, 그 생각만 하면 당장……."

말을 하던 철무생은 또다시 부아가 치민 듯 눈을 부라렸다. 아참은 찔끔하더니 히죽거렸다.

"클클, 속 좁게 왜 또 옛날 일을 생각하느냐. 내가 이번에 만든 것은 금뇨환(禁尿丸)이라는 것이다."

"금뇨환? 그게 뭐요?"

그러자 아참이 혀를 차며 말했다.

"쯧쯧, 무식하기는… 허우대는 멀쩡한 놈이 글을 모르니 답답하구나. 금뇨환은 말 그대로 소변을 한동안 보지 않게 해주는 환약이다."

"뭐요? 무식? 제기랄! 진짜 무식한 게 어떤지 보고 싶소?"

철무생이 울컥하며 주먹을 움켜쥐자 아참은 다시 손을 휘저으며 말했다.

"클클, 아무튼 성질머리하고는. 그런 식으로 나오면 네놈에게 금뇨환을 줄 성싶으냐?"

"크큭, 그딴 거 필요없소. 오줌 싸는 것도 삶의 낙이라 할 수 있는데 어찌 그런 쓸데없는 것을 만들었는지 모르겠군. 몸이 욱신거리는데 좋은 진통약이나 내놓으시오."

그러자 아참은 화가 난 표정으로 말했다.

"크웃, 멍청한 놈 같으니. 금뇨환의 가치를 진정 네놈이 알게 된다면 지금처럼 내게 불손하지는 못할 것이다."

"오줌이야 싸고 싶을 때 싸면 되는 것이지 굳이 참을 필요가 있겠소?"

"무식한 네놈과 무슨 얘기를 하겠느냐. 내 특별히 말해 주마. 예를 들어 무공 수련 중에 소변이 마려우면 어찌하겠느냐?"

"싸면 되는 것 아니오?"

당연한 걸 왜 묻느냐는 듯 철무생이 신경질적으로 되묻자 아참은 탄식하는 표정을 지었다.

"쯧… 상승무공을 연성시에 적어도 하루 이상 식음을 전폐하고 몰두해야 할 때가 꽤 많은 것으로 알고 있다. 이럴 때 소변으로 인해 그것이 중단되면 자칫 수련에 큰 차질을 빚게 될 것이다. 이것뿐인 줄 아느냐? 간혹 무림의 절정고수들이 승부를 내기 위해 삼 일 밤낮을 싸웠다는 소리를 들어보았을 것이다. 그럴 때 소변이 마려우면 어찌하겠느냐?"

"…그러고 보니 어찌 그것을 참았는지 궁금하군."

"참긴 뭘 참아. 그냥 쌌겠지."

"크큭, 냄새가 지독하지 않겠소?"

"비록 냄새는 나겠지만 그깟 냄새 따위야 승부에 비하면 아무것도 아닌 것이다. 하지만 찝찝한 기분을 저버릴 수는 없는 것, 그 단순한 기분이 승부에 커다란 영향을 미칠 수도 있었을 것이다."

철무생이 호기심을 갖는 것 같자 아참은 신이 난 듯 히죽거리며 말을 이었다.

"클클클, 지금으로부터 대략 삼백 년 전 마교의 대종사와 당시 정파 제일인이었던 소림 방장 사이에 대결투가 벌어졌고 그것은 하루 동안 계속되었다. 그 결과는 어찌 되었는지 아느냐?"

"…어찌 되었소?"

"시종 막중지세를 유지하던 마교의 대종사가 일순 미세한 틈을 보였고 그로 인해 소림 방장에게 패배하고 말았다. 그로 인해 마교는 무림에서 한동안 자취를 감췄었지."

"그 얘기는 왜 하는 것이오?"

"막중지세를 보이던 마교의 대종사가 일순간 보였던 미세한 틈, 그것이 무엇이었겠느냐?"

"설마 오줌이……?"

"물론이다. 무림에 잘 알려지지 않은 비화였지만 당시 결투가 끝난 후 소림 방장은 숲 속으로 후다닥 뛰어들어 변을 보았고, 막대한 내상을 입은 마교 대종사를 부축하던 마교의 인물들은 대종사의 아랫도리로부터 풍겨 나오는 지독한 냄새에 코를 막았다고 했다. 이래도 내가 만든 금뇨환의 가치를 모르겠느냐? 게다가 이 금뇨환은 소변뿐 아니라 대변까지 막아주는 엄청난 효험이 있느니라."

"흠… 알았소. 몇 알 줘보시오."

철무생은 탄복한 표정을 지었다. 아참은 고개를 끄덕였다.

"참고로 금뇨환은 반드시 충복환과 함께 복용을 해야 효험이 있다. 그렇지 않으면 방광이나 창자가 터져 버리거나 자칫 입으로 그것들이 튀어나오는 사태가 벌어질 수도 있다."

"…충복환도 몇 알 주시오."

"오늘 저녁에 내 거처로 와서 가져가라."

"고맙소."

철무생은 그러다 문득 아참을 노려봤다.

"…내게 그런 것들을 주는 이유가 무엇이오?"

"잘해주는 것도 잘못이냐?"

"아무리 그래도 나는 아직 늙은이를 믿을 수 없소. 혹시라도 나를 이용해 섬에서 도망갈 심산이라면 헛된 망상일 뿐이오. 크흐흐, 섬에서 조금이라도 벗어날 시에는 내 손에 먼저 죽게 될 것이니 그리 아시오."

"클클클, 어차피 내가 살아봤자 얼마나 살겠느냐. 도망가는 것은 포기한 지 오래니 쓸데없는 걱정은 하지 마라."

아참은 허탈한 표정으로 말했다. 철무생이 물었다.

"…그럼 혹시 내게 부탁할 것이 있소?"

"있다면 들어주겠느냐?"

"일단 말해 보시오."

"좋다. 네놈이 만일 이 소원만 들어준다면 네놈이 시키는 것은 뭐든 해주겠다."

아참의 눈빛이 비장하게 변했다. 철무생은 피식 웃었다.

"크큭, 죽은 사람 소원도 들어준다는데 조금 있으면 무덤에 들어갈 늙은이 소원 하나쯤 못 들어줄 거 있겠소?"

"십대마존 중에 고루마존, 그 죽일 놈을 산 채로 잡아 내 앞에 데려다 준다면 네놈의 종이라도 되겠다. 할 수 있겠느냐?"

"…지금 뭐라고 했소?"

철무생은 딱딱하게 굳어진 표정으로 물었다. 아참은 서슴없이 말했다.

"고루마존을 산 채로 잡아다 달라고 말했다."

"그게 가능한 일이라 여기시오?"

"네놈이라면 왠지 할 수 있을 것 같은 예감이 들었다. 내 예측이 틀

리지 않는다면 앞으로 몇 년 안에 네놈은 분명 고루마존을 능가할 만
한 경지에 오를 것이다."

"으흠… 물론 그렇긴 할 것이오."

철무생의 입이 헤벌쭉 찢어졌다. 그리고는 아참을 향해 말했다.

"흐흐… 알았소. 내 늙은이의 소원을 들어줄 테니 걱정 마시오."

"…정말이냐?"

아참은 눈물까지 찔끔거리며 되물었다.

"물론이오. 그러니 앞으로 내게 좋은 약이란 약은 다 만들어주시
오."

"허허헐, 걱정 붙들어 매라. 그럼 나는 먼저 갈 테니 나중에 나를 찾
아와라."

"알았소. 살펴 가시오."

철무생은 눈을 감고 흐뭇한 상상에 빠져 있었다.

'크흐흐, 내가 마교 십대마존의 한 명인 고루마존을 때려잡을 만큼
강해진단 말이지? 크크큭…… 이러다 대인보다 더욱 강해지는 것은 아
닌지 모르겠군. 크하하하하!'

눈을 감고 소리없이 입이 찢어져라 웃고 있는 철무생의 모습을 보며
탕 안에 있던 인물들이 고개를 절레절레 흔들고는 밖으로 나갔다.

붉은 야명주가 켜져 있는 지하 밀실. 사이한 분위기가 물씬 풍기는 밀폐된 공간이었다.

"그놈은 어찌 되었느냐?"

"어제는 나타나지 않았습니다."

붉은 망토를 뒤집어쓴 한 명의 노인이 묻자 삼십대 초반의 사내가 대답했다.

"그놈이 나타나면 즉시 연락을 취하도록."

"알겠습니다."

무사는 절을 하고는 물러갔다. 노인은 잠시 고민하는 듯하다 밀실 안쪽의 철로 된 문을 열었다. 문이 열리자 끝을 알 수 없는 어두운 통로가 나타났다.

저벅! 저벅!

노인은 한참을 묵묵히 걸었다. 잠시 후 몇 마리의 악마가 뒤엉켜 싸우는 모양이 양각된 커다란 철문이 보였다. 철문 중앙의 앞에는 두 개의 녹색 사령체가 붉은 눈을 번뜩이며 노인을 노려보고 있었다. 하나의 사령체가 말했다.

"이곳은 금지된 곳이오. 돌아가시오."

"대종사의 명에 따라 제삼천존이 원로들을 뵙기 위해 왔소."

그러자 사령체들은 약간 놀란 표정을 지었다.

"그대가 삼천존이오?"

"그렇소."

노인은 품속에서 하나의 금색 명패를 꺼냈다. 그것을 본 사령체들은 고개를 끄덕였다.

"통과를 허락하겠소."

그 말과 함께 사령체들의 손에서 녹색의 빛이 나가 철문을 휘감았다.

기이이잉……!

요란한 소리가 들리며 철문이 열렸고 노인은 그곳을 통과했다. 그러자 철문은 다시 소리를 내며 닫혔다.

저벅. 저벅.

노인은 안개로 자욱한 정면의 길을 다시 묵묵히 걸어갔다. 잠시 후 안개가 걷히며 수십 개의 거대한 건물이 늘어서 있는 사원이 나타났다.

'흡사 성과 같군.'

노인은 사원을 보며 잠시 감탄에 젖었다. 이전에 한번 몇몇 원로들에게 인사드리러 온 적이 있었고, 오늘이 두 번째였다. 어차피 천존 급 이상의 직위를 가진 자는 추후 이곳 원로원에 들 자격이 주어지고, 노인 역시 앞으로 오 년 후에는 이곳 원로원에서 여생을 보낼 수 있는 것이다.

"이곳에 무슨 이유로 왔는가?"

하나의 건물 앞에 서자 나이를 짐작하기 힘든 한 명의 노인이 나타나 물었다.

"저는 현재 교의 삼천존을 맡고 있는 우타라 합니다. 대종사의 명에 의해 원로님들을 뵙고자 왔습니다."

"흠… 삼천존이라. 내가 백 년 전에 맡았던 자리로군."

"아! 그렇다면 혹시 존자께서는……?"

"헐헐, 이미 옛날 이름 따위는 잊었으니 쓸데없는 소리 말게. 따라오게나."

"예."

우타는 노인을 따라 걸었다. 하나의 문을 통과하니 한쪽에 한 명의 노인과 미녀가 벌거벗고 뒤엉켜 있었다. 여인은 노인의 위에 올라탄 채 눈을 까뒤집고 연신 둔부를 흔들어댔다.

"아학! 아학……!"

"헉헉헉……!"

우타가 다소 황당한 표정을 짓자 앞서 가던 노인이 말했다.

"저리 보여도 두 분 다 환희밀교의 원로들이네."

"아!"

우타는 고개를 끄덕였다. 원래 밀교에는 현재 우타가 속해 있는 밀교, 즉 기환밀교 외에 환희밀교(歡喜密敎), 배수밀교(拜水密敎), 배화밀교(拜火密敎), 배풍밀교(拜風密敎)… 등등 가히 수백여 개의 지류가 존재했다. 그러나 방대한 세력을 가진 기환밀교 외에는 대부분 한두 명이나 십여 명의 소수로 이어지고, 특별히 강한 자가 배출되지 않기에 주목받지 못했던 것이다. 가끔 예외적으로 그들 중 상당한 경지를 이룬 자들이 나와 이곳에 들어오게 된다 들었을 뿐이었다.

"하아! 하아아악!"

일순 여인의 자지러지는 듯한 교성이 들리더니 노인과 여인의 몸이 눈부시게 빛나기 시작했다. 그 빛은 매우 강렬해 우타는 정면으로 그것을 바라볼 수 없었다. 우타는 깜짝 놀랐다.

"설마… 환희밀광(歡喜密光)!"

남녀의 교합을 통해 천지간의 기운을 받아들인다는 환희밀교 최고의 경지인 환희밀광이라니. 그것은 우타가 속한 기환밀교 최고의 경지인 기환밀광(奇幻密光)과 비슷한 경지라 들었던 것이다. 현재 기환밀광의 경지에 이른 자들은 이곳 원로들 중에서도 극히 일부일 뿐이고, 아직 밀교의 대종사도 그 초입에 들었을 뿐이었다. 물론 우타는 아직 꿈도 꾸지 못했다.

"……."

우타는 공손한 표정으로 아직도 뒤엉켜 있는 노인과 여인을 향해 절을 하고는 앞의 노인을 따라갔다. 잠시 후 수십 명의 노인들이 앉아 있는 거대한 대전이 나타났다. 우타는 그들 중 몇 명의 신체에서 은은한 혈광이 비추는 것을 보고 탄성을 질렀다.

"오오! 기환밀광……!"

우타는 대전의 입구에서 납작 엎드려 절을 했다.

"제일백칠십팔대 삼천존 우타가 존자님들을 배알합니다."

그러자 대전 중앙에 앉아 있던 노인이 고개를 끄덕였다.

"여기 온 이유를 말해 보라."

"예……."

우타는 일어나 그 자리에 무릎을 꿇고 말을 이었다.

"말씀드리기 송구하오나 최근 본 교는 매우 커다란 어려움에 봉착했습니다."

"사원들이 파괴된 것 때문인가?"

"…알고 계셨습니까?"

우타는 뜻밖이라는 표정으로 노인을 쳐다봤다. 노인은 잔잔하게 웃었다.

"물론이다. 우리들은 이미 누군가 찾아올 것이라 짐작했지."

"아……!"

우타는 기대 어린 표정으로 노인을 쳐다봤다.

"고대로부터 이곳에 들어오면 더 이상 교의 일에 간섭할 수 없는 것이 율법이나 우리 또한 최근 본 교의 지하 사원이 오십여 곳이나 파괴된 것에 대해 매우 우려를 금치 못하고 있었다."

"어찌 이곳에서 그것을?"

"이곳에서도 알고자 하면 알지 못하는 것이 없다."

노인은 말을 이었다.

"비록 우리가 간섭할 수 없다 하나 본 교가 존망의 위기에 처했을 때에는 예외로 칠 수 있다. 하나, 사원들이 파괴된 것으로 존망의 위기라

볼 수는 없기에 아직 우리가 나설 수는 없다.”

“하면 어찌해야 할지…….”

“세간에는 거의 알려져 있지 않지만 본 교의 지류 중에 염령밀교(念靈密敎)라는 곳이 존재한다. 혹시 들어봤느냐?”

“들어보지 못했습니다.”

우타는 생소한 듯 고개를 갸웃하며 대답했다. 노인은 하나의 서찰을 건네며 말했다.

“이곳 원로 중의 한 사람이 그곳 출신이다. 그는 몇 년 전 이곳에 들어왔는데 그의 진전을 이어받은 제자가 한 명 있다고 하니 찾아가 보도록 해라.”

“…감사합니다. 한데 그자가 과연 그놈을 상대할 수 있을지요?”

우타는 다소 미덥지 못한 표정을 지었다. 그러자 노인은 미소를 지었다.

“사원들을 파괴한 자에 대해 우리 나름대로 결론을 내린 것이 있다. 염령밀교의 전인이 큰 도움을 줄 것이다.”

“그가 어디 있는지 알려주십시오.”

“모든 것은 서찰에 적혀 있다. 이제 그만 나가봐라.”

노인은 말을 마치자 귀찮다는 듯 눈을 감았다. 우타는 노인을 비롯한 대전의 인물들을 향해 공손히 절을 하고는 사원을 빠져나왔다.

이유강은 아침을 먹고 간단히 휴식을 취한 후 침상 위에 올랐다. 오늘부터는 다시 비혼과 일체하여 밀교의 사원들을 파괴할 생각이었다. 그러다 문득 생각한 바가 있어서 침상에서 내려왔다.

스윽, 슥슥.

먹을 갈은 후 붓을 들어 종이에 어제 창안한 광룡박투술의 기본 동작부터 마지막 광룡삼식까지 그림까지 곁들여 적었다. 광룡박투술은 광룡과 일체된 상태가 아니면 거의 펼칠 일이 없기 때문에 자칫 애써 창안했던 초식들을 잊어버릴 수도 있었다.

특히 앞으로 파혼수를 이용한 파혼박투술, 환물 수룡을 이용한 수룡박투술 등 다양한 환물일체 무공들을 창안해야 했다. 그러다 보면 제 아무리 기억력이 좋아도 몇 부분 잊어버릴 수도 있는 것이었다. 따라서 그때그때 적어두는 것이 좋을 것 같았다.

"다 되었군."

다 적고 나니 종이가 수십여 장이나 되었고 한나절이 훌쩍 지나갔다. 이유강은 종이들을 잘 묶은 후 침상 머리맡에 올려놓았다. 어느덧 점심때가 되어 식사를 하고 다시 침상 위에 앉았다.

환물 비조를 타고 돌아다닌 지 한 시진. 멀리 낯익은 건축물들이 보였다.

'드디어 찾았군……'

비혼은 땅에 뛰어내리자마자 곧바로 지하 밀실 문을 때려 부쉈다.

빠지직! 콰앙!

석실 문이 박살나며 십여 개의 연못들이 존재하는 지하 광장으로 들이닥쳤으나 예전과 달리 텅 비어 있었다.

'어찌 된 일인가……'

아무래도 모두 도망간 것 같았다. 지하 밀실을 나와 밖의 사원을 뒤져 보았으나 아무도 없었다. 이유강은 냉소했다.

'도망갔다고 이곳을 그대로 놔둘 수는 없다. 모조리 파괴해 주마.'

꽈아앙! 꽈쾅! 콰르르르!

광마삼식을 연신 펼치며 사원을 파괴했다. 그리고는 다시 환물 비조에 올라타 다른 사원들을 찾았다.

그렇게 삼 일이 지났다. 이유강은 그동안 십여 개의 밀교 사원들을 찾았고 모조리 파괴했다. 모든 사원들은 텅 비어 있었다.

'기왕에 시작한 것, 끝을 보겠다.'

정오가 지났을 쯤, 비혼은 다시 하나의 사원을 발견했다. 배가 슬슬 고프던 참이라 잠시 비혼을 숨겨놓고 본신으로 돌아가 식사를 하려던 참이었는데, 마침 하나를 찾은 것이다. 이유강은 미소 지었다.

'저것을 부수고 점심을 먹으면 되겠군.'

비혼은 사원 앞에 내려섰다. 환물 비조는 공중에서 주위를 맴돌고 있었다. 사원은 가파른 벼랑의 꼭대기에 위치해 있어 보통 사람은 그곳을 올라가기도 힘들어 보였다. 벼랑의 아래를 내려다보니 까마득한 밑에 급류가 흐르고 있어 쳐다보는 것만 해도 간이 철렁할 정도였다. 비혼은 지하 밀실이 있는 곳을 향해 다가갔다. 짐승 몇 마리가 뭔가에 타격을 받아 처참하게 죽어 있는 것이 보였다.

웨에엥! 웨엥!

짐승의 사체들 주위로 커다란 쉬파리 떼가 돌아다니고 있었다.

'……!'

곧바로 지하 밀실이 있는 곳으로 들어가려다 이상한 느낌이 들어 주위를 돌아보니 근처에 사령체 십여 개가 나타나 있었다.

'드디어 나타났군!'

이유강은 내심 긴장했다. 그동안 비혼을 피하며 도망갔던 밀교의 사령체들이 다시 나타난 것을 보면 뭔가 단단히 준비를 한 것이 분명했다. 사령체들은 계속 나타났다.

"쿠쿠쿠쿠……!"

어느덧 수십 개나 되는 사령체들이 비혼을 포위하며 사이한 웃음을 흘리고 있었다. 특이한 것은 수십 개의 사령체 중 한 개는 녹색의 빛을 뿜어내고 있었다. 나머지는 모두 붉은 혈광을 뿜어냈지만, 유독 한 개의 사령체만 녹색인 것이었다.

'…뭔지 모르지만 상당히 기분 나쁘군.'

일단 기선을 제압할 필요가 있었다. 비혼은 도를 빼 들고 크게 웃었다.

"쿠하하핫! 그동안 도망 다니더니 오늘 작정을 하고 모였구나. 그러나 겨우 이 정도로 나를 상대할 수 있을 것 같은가?"

"쿠쿠쿠쿠, 어리석은 놈! 네놈이야말로 오늘 이곳이 네놈의 무덤이 될 것이다!"

사령체의 목소리는 자신감이 넘쳤다. 그동안 사원들을 부수며 숱한 사령체를 상대했지만, 오늘처럼 자신있는 모습은 처음이었다. 이유강은 내심 의아했으나 다시 냉소하며 말했다.

"쿠훗… 숫자를 믿고 그러나 보군. 정신을 차리게 해주지."

그 말과 함께 비혼의 신형이 그 자리에서 사라졌다.

파파라파파팟!

시커먼 도의 폭풍이 회오리치며 비혼 가까이 있던 대여섯 개의 사령체를 휘감았다.

"크아아악!"

"크아악!"

"카아아악……!"

이전에 이유강이 직접 도를 휘둘렀을 때는 사령체의 몸에 도가 박혀 빠지지 않았다. 그러나 비혼이 삼백 년 이상의 공력을 끌어올려 광마도법 오백 번대 초식을 펼치자 그 위력은 상상을 불허했다. 도의 폭풍에 휘말린 사령체들은 처참하게 분시되어 흩어지고 있었다. 얼마 전 사령체와는 비교할 수 없이 강한 사야마존의 마왕지체도 무력하게 부서져 내렸던 초식이었으니 사령체들이 이를 감당할 수 없었던 것이다.

"우우……!"

"으……!"

의기양양하게 서 있던 사령체들은 겁을 집어먹은 듯 공포에 젖어 뒷걸음질쳤다. 그때 녹색의 사령체가 비혼의 앞에 나타났다.

파앗!

비혼은 서슴없이 도를 휘둘러 녹색의 사령체를 수십 조각으로 잘라 버렸다. 그러나 바로 그 자리에서 녹색 사령체는 다시 복원되더니 발로 비혼의 가슴을 찼다.

파아악!

놀랍게도 비혼의 신형이 일순 비틀거리며 뒤로 몇 걸음 물러났다. 이유강은 내심 놀랐다.

'…비혼을 물러서게 하다니.'

붉은 사령체의 경우 비혼을 찼을 때 발이 뭉그러졌던 것과는 달리 녹색 사령체의 발은 멀쩡했다.

"쿠쿠쿠쿠……!"

녹색 사령체는 비릿하게 웃더니 입을 벌려 녹색의 연기를 내뿜었다.

촤아아아아.

그것은 분수처럼 넓게 퍼지며 비혼의 전신을 뒤덮었다. 순간 치이이익 소리가 나며 비혼이 입고 있던 옷이 모두 녹아버렸다. 그와 함께 구릿빛 비혼의 나신이 드러났다. 이유강은 쓴웃음을 지었다.

'…독이로군!'

비혼에게 독은 아무런 해를 끼칠 수 없었으나 옷은 달랐던 것이다.

"…네, 네놈은 인간이 아니로구나!"

그동안 옷에 가려져 자세히 볼 수 없었던 비혼의 몸체. 그것은 마치 동으로 정교히 만들어진 동상(銅像) 같았던 것이다. 녹색의 사령체는 매우 놀라는 표정을 지었다.

'어리석은 놈들! 독지의 독액을 흡수한 비혼 앞에서 감히 독이라니. 진정 무서운 독이 무엇인지 알려주마!'

우우우우웅.

비혼의 신형이 허공으로 서서히 떠올랐다.

'어차피 살려둘 생각은 아니었지만 기왕 이렇게 된 것 더 더욱 살려둘 수 없다.'

촤아아아아앗!

비혼의 손에서 진녹(眞綠)의 연기가 녹색 사령체를 휘감았다. 그것은 녹색 사령체가 뿜었던 녹색의 연기보다 훨씬 진한 것이었다. 녹색 사령체의 전신이 함몰되듯 녹아내렸다.

"크으으…… 이럴 리가!"

녹색 사령체는 두 다리가 녹아내려 몸통이 땅에 붙은 상태로 믿을 수 없다는 듯 절규했다.

"우……!"

그 모습에 붉은 사령체들은 모두 기겁하며 뒤로 황급히 물러나고 있었다. 비혼은 크게 웃었다.

"쿠하하핫! 모두 녹여주겠다!"

비혼의 손에서 다시 진녹의 연기가 뿜어져 나갔고 뒤늦게 물러서던 다섯 개의 사령체가 녹아내렸다.

"쿠아아악……!"

"크아악!"

사령체들은 절규했고 비혼은 또다시 네 개의 사령체를 녹여 버렸다. 이로써 남아 있는 사령체들은 처음 나타났을 때의 반수도 되지 않았다. 이유강은 사령체들이 어디론가 사라지기 전에 모두 없애기 위해 비혼을 급히 움직였다. 바로 그때였다.

"합(合)……!"

어디선가 들려온 괴이한 음성과 함께 물러서던 사령체들이 일시에 비혼에게 달려들더니 비혼의 전신을 붙들었다. 급작스럽게 벌어진 일이라 미처 피할 틈이 없었다.

"이혼움끄라뿌……!"

또다시 괴이한 주문성이 들렸고 사령체들도 그 주문을 따라 외우는 것이었다. 비혼은 내공을 끌어올려 몸을 회전시켰고 사령체들을 밀어

내며 허리에 찼던 도를 뽑아 들었다.

"쿠홋! 무슨 수작인지 모르겠다만, 모두 한번에 보내주겠다!"

그러나 밀려났던 사령체들이 일순 타원형의 진형으로 포위했고 이에 따라 비혼의 움직임이 둔화되는 것이었다.

'…기이한 진이로군!'

심상치 않은 진법인 것 같았다. 이유강은 재빨리 진법의 허실을 파악하기 위해 고심했지만 알아낼 수 없었다.

'알 수 없군. 도저히 진법의 위력을 낼 수 없는 진형인데……'

그러다 일순 멀리서 이곳을 보고 있는 한 명의 노인을 발견했다. 그의 전신에서 특이한 색깔의 빛이 뿜어져 나왔고 연신 입술을 달싹이는 것이 무언가 주문을 외우는 것 같았다. 비혼의 움직임은 더욱 둔화되고 있었다.

'이런……!'

이런 적은 처음이었다. 이유강은 내심 당황하여 내공을 더욱 끌어올렸다. 그러나 여전히 몸은 더욱 둔해지고 있었다.

"클클클클! 아무리 움직여 봤자 소용없다."

노인이 날아와 사령체의 포위 안에 내려섰다. 비혼은 이제 거의 멈춰 서 있었다. 노인은 상기된 표정으로 말했다.

"전설로만 알았던 환물을 내 눈으로 보게 되다니. 클클클! 그러나 염령밀교의 비전(秘傳)인 이혼비술(離魂秘術) 앞에서는 어림도 없는 일이다."

"…환물을 아느냐?"

이유강은 깜짝 놀라 비혼의 입을 통해 물었다. 노인은 고개를 끄덕였다.

"물론이다. 불가능한 것으로만 알았던 환물이 실존하다니 놀랍군."

"무슨 사술을 썼기에 나를 꼼짝 못하게 한 것이냐?"

"클클클! 이제 네놈의 심령은 내게서 벗어나지 못한다. 본신으로 영원히 돌아갈 수 없을 것이다."

"……!"

이유강은 대경실색하여 잽싸게 비혼과의 일체를 풀고 본신으로 돌아가려 했다. 그러나 제아무리 기를 써도 비혼에서 벗어나지 못했다.

'이럴 수가!'

비혼이 당혹해하자 노인은 득의의 표정으로 말했다.

"아무리 용을 써도 소용없다. 네놈이 갇혀 있는 그 환물이 부서지면 네놈의 본신 역시 실성하게 되어 조만간 죽게 될 것이다. 살고 싶으면 내 말대로 해야 할 것이다."

"…내게 원하는 것이 있느냐?"

"나의 종이 되어 내게 환물에 대한 모든 것을 알려준다면 살려주도록 하겠다."

"네놈 따위의 종이 되느니 차라리 죽는 것을 택하겠다."

딱 잘라 거절하자 노인의 표정이 굳어졌다.

"클클클, 아무리 그래 봤자 결국 나의 뜻을 따르게 될 것이다. 일단 네놈을 내가 있는 곳으로 데려가야겠다."

"……"

이유강은 순간 비혼의 전신 공력을 최대로 끌어올렸다. 오백 년을 상회하는 내력이 용솟음치듯 끌어올려지자 일순 주위에서 주문을 외우던 사령체들이 움찔하며 흔들거렸다.

'…움직여진다.'

빠르지는 않지만 서서히 몸이 움직여지고 있었다.

웅웅웅웅……!

비혼의 도가 진동하며 떨렸다. 그러자 앞에 있던 노인의 안색이 창백해졌다.

"믿을 수 없다……. 어찌 움직일 수 있단 말이냐?"

"쿠후후, 각오해라."

비혼의 도에서 번쩍 하며 빛이 났고 순간 마치 거대한 폭발이 일어난 듯 도의 폭풍이 사방에 몰아쳤다. 오백 년의 내공으로 펼친 광마도법 제칠백 번째 초식이었다. 사방이 암흑으로 변했고 가공할 파공성들이 끝없이 이어졌다.

"…이, 이혼움끄라쁘… 크아악!"

그러나 그 순간 노인은 무언가 주문을 외웠고 채 주문이 마쳐지기도 전에 전신이 분시당해 흩어져 버렸다. 원형으로 포위했던 사령체들 역시 모두 처참하게 도륙되어 있었다.

'휴우…….'

주위에는 아무런 생존자도 보이지 않았다. 한데 이유강은 기이한 기분을 느꼈다. 조금 전 노인이 죽은 자리에서 회색 연기가 스멀거리며 비혼을 향해 다가오고 있었던 것이다. 더욱이 놀라운 것은 비혼의 움직임이 다시 멈춰 있었다. 완전히 굳어진 듯 미동도 없었다.

'…이런!'

이유강은 급히 본신으로 돌아가려 했으나 불가능했다.

‘설마 마지막으로 외친 주문 때문이란 말인가?

노인이 죽기 전에 외친 괴이한 주문이 효력을 발휘하는 것 같았다. 회색 연기는 어느새 비혼의 전신을 뒤덮고 있었다. 순간 이유강은 정신이 아득해지는 것을 느꼈다.

‘…으윽!’

폐허로 변한 듯한 사원의 앞에 한 명의 인물이 내려섰다. 삼천존 우타였다. 그는 매우 놀란 표정으로 주위를 둘러봤다. 그러다 폐허의 한가운데 도를 하늘 위로 바짝 들고 서 있는 하나의 동상을 쳐다봤다.

"…웬 동상이!"

우타는 의아함을 느끼며 동상을 향해 다가갔다. 그러다 일순 대경실색하여 뒤로 물러났다.

"허억! 설마……!"

도망치려던 그는 다시 뭔가 이상함을 느끼고 동상 앞으로 다가갔다. 그리고 조심스레 손으로 동상의 몸체를 만져 보았다.

"차갑군. 설마 이 동상이 그놈이란 말인가……."

갸웃거리며 동상을 살피던 우타는 일순 주위를 두리번거리다 안색이 창백해졌다.

"…이럴 수가! 모두 전멸했다!"

불신의 표정으로 절규하는 그의 귀에 갑자기 쩌정 하며 쇠가 깨지는 소리가 들렸다. 깜짝 놀라 돌아보니 동상의 오른손에 들렸던 도신에 금이 가고 있었다.

쩌정! 쩌저저정! 푸스스스……!

도신에 지속적으로 균열이 일더니 일순 자루까지 완전 가루가 되어 허공에 흩어졌다. 우타는 그 모습에 뭔가 안도한 듯 다시 안색을 회복했다.

"크흐흐훗, 그렇군. 어찌 되었든 해치웠구나."

우타는 벌떡 날아올라 동상의 기슴을 두 손으로 가격했다.

퍼어억!

동상은 십여 장을 날려가 벼랑 아래로 까마득히 떨어져 내렸다.

첨벙!

시커먼 급류에 휘말려 어디론가 떠내려가고 있는 듯한 동상의 모습을 보고 우타는 만족한 표정을 지었다. 잠시 후 그의 신형은 어디론가 사라진 듯 보이지 않았다.

"놈을 해치웠습니다."

"수고했소. 참, 그분은 어찌 되었소?"

"…안타깝게도 그놈과 함께 동귀어진하신 듯싶습니다."

"으음……!"

지하 대전의 중앙 옥좌에 앉아 있던 중년인이 침음성을 흘렸다. 대전 양옆에 수십 명이 늘어서 시립하고 있었고 중앙에는 제삼천존 우타가 중년인을 향해 부복해 있었다. 중년인은 말했다.

"염령밀교는 오직 일인단맥으로 이어진다 했는데 큰일이로군."

"…아무래도 원로원에 다시 가서 보고해야 할 듯싶습니다."

우타가 말하자 중년인은 고개를 저었다.

"그럴 필요는 없소. 크홋, 염령밀교에는 안된 일이지만 더 이상 신경쓰지 말고 마교의 습격에 대비해 사령대법을 지속적으로 시행하시오."

"크크큭, 골칫덩이가 제거되었으니 앞으로 본 교를 막을 세력은 아무도 없을 것입니다. 마교의 십대마존들도 벌벌 떨던 악마공자의 형이라 불리는 그놈을 우리가 해치운 것을 알면 마교 역시 가슴이 철렁하겠지요."

"크흐흐흐… 물론이오."

중년인은 음침하게 웃었다. 우타 역시 음침하게 웃다가 문득 물었다.

"참, 정파 놈들은 어찌하실 생각이신지요? 그놈들 앞에서 정인군자 노릇 하기가 쉽지 않습니다. 혹시라도 사령대법의 실체를 그들이 알게 되면 가만있지 않을 것이 분명합니다. 이쯤에서 우리가 먼저 그들을 제거해야 합니다."

그러자 중년인은 침중한 표정으로 고개를 저었다.

"팽가주는 만만한 인물이 아니오. 그는 그동안 신비로만 알려졌던 서방무림의 숱한 방파들을 포섭하고 있소."

"…그렇다고 언제까지 그의 뜻대로 움직일 수는 없지 않겠습니까. 본 교의 제일천존과 제이천존이 팽가주를 수행하며 움직이고 있으니

통탄할 지경입니다. 특히, 팽가주보다 더욱 꺼림칙한 인물인 화옥이라
는 놈이 문제입니다. 대종사 역시 그놈의 세 치 혓바닥에 팽가주를 돕
기로 하지 않았습니까?"

"…그 일은 더 이상 거론하지 마시오. 어찌 되었든 그들은 추후 마
교가 무너지면 중원 땅에 본 교의 사원 천 곳을 세울 수 있도록 모든
지원을 하겠다 약속했소."

"그 약속이 제대로 지켜질지 의문입니다."

"……."

우타는 미덥지 못한 표정으로 말했고 중년인은 말없이 생각에 잠겼
다. 그러다 문득 눈을 강하게 빛내며 말했다.

"크흣, 만일 우리를 배신하면 그 대가를 톡톡히 치르게 될 것이니 걱
정 마시오. 무너진 사원들을 복구하는 데는 얼마나 걸릴 것 같소?"

"…완전 복구하려면 상당한 시일이 소요될 것입니다. 사령체들 역
시 모두 심각한 부상을 입은 터라 이전 상태로 회복하려면 적어도 육
개월은 걸릴 듯합니다."

"육 개월이라……."

중년인은 인상을 찌푸렸다.

"그사이에 마교가 습격해 오면 감당하기 힘들겠군."

"우리가 그놈을 해치운 것을 아직 마교에서는 모를 것이니 섣불리
쳐들어오지는 않을 것입니다. 적어도 육 개월의 시간은 있습니다."

"흠… 알았소. 수고해 주시오."

"존명!"

우타는 절을 하고는 물러났다. 잠시 후 모두가 물러가고 대전 내부

는 서서히 어두워졌다.

뜨거운 태양의 빛이 작렬하는 망망한 사막(沙漠). 사방이 물기라고
는 한 점도 찾아볼 수 없이 건조했다.

차박! 차박!

이러한 열사(熱沙)의 땅을 걷고 있는 두 명의 인물이 있었다. 한 명
은 평범한 흑의를 입고 있는 이십대 후반의 미청년이었고, 다른 한 명
은 얼굴을 흑색 천으로 가린 여인이었다. 비록 얼굴을 가렸으나 등 뒤
로 허리까지 길게 뻗은 머리카락과 몸매의 매끈한 굴곡이 그녀가 여인
임을 짐작케 했다.

차박! 차박!

다리까지 푹푹 빠지는 모래 위를 걸으면서도 이들은 조금도 힘든 기
색이 없었다. 특히 청년의 표정은 마치 산보를 거닐 듯 담담해 보였다.

휘이이이잉!

갑자기 바람이 몰아치자 모래들이 떠올라 흩날렸다. 청년은 일순 걸
음을 멈추고 멀리서 시커멓게 몰려오는 사풍(沙風)을 쳐다봤다.

"언제 봐도 멋지군."

"……."

여인은 묵묵히 고개를 끄덕였다. 해일처럼 몰려오는 모래바람이 두
렵기도 하련만 청년과 여인은 흡사 산천의 기경을 감상하듯 여유로웠
다.

휘이이이잉! 휘이잉!

사풍은 금세 밀어닥쳤다. 그들의 모습은 시커먼 모래바람에 뒤덮여

보이지 않았다.

차박! 차박!

잠시 후 사막에는 다시 태양 빛이 작렬했다. 사풍으로 인해 지형이 바뀌었지만 청년과 여인은 묵묵히 가던 방향으로 가고 있었다. 그렇게 한참을 가자 멀리 암석들이 가득한 산이 나타났다. 간혹 파릇한 나무들도 보였다. 자세히 쳐다보니 촌락이 형성되어 있고 사람들도 보이는 것 같았다. 청년이 말했다.

"저곳인가?"

"그런 것 같습니다."

여인이 고개를 끄덕이자 청년은 눈을 빛냈다.

"사신(沙神)이라는 자가 저곳에 있단 말이지?"

"정보대로라면 틀림없습니다."

"사영(死影), 네가 가서 그를 불러와라."

"존명!"

여인, 즉 사영은 청년의 앞에서 부복했고 그 상태로 꺼지듯 사라졌다. 그녀의 신형은 멀리 촌락의 바위 위에 보이는가 싶더니 또다시 어디론가 사라졌다. 청년은 팔짱을 끼고 서 있었다. 촌락에서 뭔가가 부서지고 깨지는 소리가 연신 들렸다. 슬쩍 살펴보니 커다란 탑과 같은 건축물이 부서지고 집 수십 채가 내려앉고 있었다.

파앗!

잠시 후 사영이 나타나서 부복했다.

"그는 곧 올 것입니다."

"수고했다."

청년은 고개를 끄덕였다. 항상 그렇듯이 사영의 방식은 아주 간단했다. 그저 간단히 소란을 좀 떨면 되는 것이다. 이것은 상대가 누군지도 모르고 언어도 통하지 않는 지역에서도 아주 적절하게 목적을 달성할 수 있는 유용한 방법이었다.

콰아앙!

갑자기 거대한 굉음이 들리며 청년과 사영이 있는 주위가 푹 꺼졌다. 방원 십 장 정도의 커다란 원형의 공간이 움푹 파여 있었다. 청년은 미소 지었다.

"왔군."

놀랍게도 청년과 사영은 땅이 꺼진 공간에 아무렇지도 않은 듯 떠 있었다.

"우우우워워어!"

우레 같은 소리와 함께 대략 이십 척은 되어 보이는 거대한 흑인 한 명이 그들의 앞에 나타났다. 그는 매우 분노한 듯 두 눈이 이글거렸다. 그리고 뭐라 하며 크게 외쳤는데 무슨 소린지 알아들을 수 없었다. 청년은 그를 향해 가볍게 포권했다.

"나는 마교주 엽무극이라 하지. 한 수 부탁하네."

이미 사영은 멀리 물러서 있었다.

"우홧홧홧홧홧!"

도전의 의미로 받아들였는지 거인은 가슴을 두드리며 앙천광소했다. 분노에 젖어 있던 그의 눈빛은 어느새 흥미롭다는 듯 호기심에 젖어 있었다. 그리고는 자신을 향해 손짓을 했다. 엽무극은 피식 웃었다.

"선공을 양보한다는 뜻인가? 뜻대로 해주지."

그는 오른팔을 휘저었다.

"…*끄으윽!*"

순간 무언가에 충격을 받은 듯 거인의 허리가 뒤로 구부러지더니 바닥에 나뒹굴었다.

"우우우우워어!"

거인은 넘어짐과 동시에 벌떡 일어났다. 갑자기 받은 충격에 놀란 듯 안색이 굳어지더니 엽무극을 향해 돌진해 왔다.

쒸아아아앙!

거대한 주먹이 엽무극의 면전에 쇄도했다. 엽무극의 안색이 가볍게 변했다.

'빠르군.'

덩치에 걸맞지 않게 빠른 동작이었다. 그러나 엽무극은 슬쩍 옆으로 피하며 다시 오른손을 휘저었다.

"…*끄어억!*"

거인은 비명을 지르며 십여 장을 붕 날랐다가 나뒹굴었다. 엽무극은 말했다.

"그런 단순한 공격 말고 본 실력을 보여라."

그 말과 함께 엽무극은 오른손을 기이하게 휘젓다가 앞으로 강하게 뻗었다.

파아아아악!

순간 거인이 넘어져 있는 곳 옆의 모래 언덕이 뭔가에 강하게 얻어맞은 듯 함몰되어 흩어졌다.

"……!"

거인은 깜짝 놀라더니 엽무극을 뚫어져라 노려봤다. 엽무극은 씩 웃으며 고개를 끄덕였다. 그러자 거인의 눈빛이 차가워지더니 냉소를 흘렸다.

"쿳쿳쿳!"

서서히 일어나는 거인의 전신에서 가공할 기세가 일어났다. 그와 동시에 거인 주위의 모래들이 허공으로 떠오르며 서서히 회오리치기 시작했다.

휘이이이이잉!

바람은 더욱 거세졌고 모래들이 그것에 휘말려 끝없이 허공으로 날려 올라갔다. 엽무극은 탄성을 질렀다.

"용권풍(龍卷風)……!"

놀랍게도 사막의 폭풍이라 불리는 거대한 용권풍이 형성되고 있었다. 용권풍의 거센 바람에 옷자락이 찢어질 듯 파락거렸다. 엽무극의 표정이 상기되더니 서서히 다시 미소가 번졌다.

"좋아. 이 정도는 돼야 여기까지 찾아온 보람이 있지."

그는 어지럽게 휘날리는 모래들을 뚫고 자신을 쳐다보고 있는 커다란 두 개의 눈동자를 주시했다. 그 눈동자는 점점 커지고 있었다. 엽무극은 재미있다는 듯 담담히 눈동자들을 쳐다봤다.

촤아아아아아악!

점점 커지던 눈동자가 일순 깜빡이더니 용권풍에 의해 하늘로 아득히 말려 올라갔던 모래들이 일시에 눈동자 곁으로 모여들었다.

"……!"

놀랍게도 모래들은 거대한 사람의 형상으로 뭉쳐 있었다. 마치 작은 산 하나가 눈앞에 서 있는 것 같은 기괴한 장면이었다. 엽무극의 신형이 허공으로 떠오르더니 거인의 눈이 있는 높이에 이르러 멈췄다.

츠츠츠웃……!

오른손에서 빛이 일렁이더니 대략 사 척 정도 되어 보이는 시커먼 검(劍)의 모양으로 바뀌었다. 그것을 본 거인의 눈빛이 놀라움에 젖었다. 엽무극은 거인을 향해 검을 휘둘렀다.

화아아아악……!

순간 흑색의 빛이 마치 물살의 파동처럼 수평으로 번져 나갔다.

파악! 푸스스……!

모래거인의 몸통이 수평으로 잘리며 아랫부분이 내려앉고 있었다. 그러나 다시 용권풍이 일며 모래가 떠올랐고 모래거인은 원래의 모습을 회복했다. 그와 동시에 모래거인의 두 팔이 매우 빠른 속도로 엽무극을 잡아왔다.

촤아아악!

엽무극은 잽싸게 피했으나 모래거인의 팔들은 길게 늘어남과 동시에 수십 갈래로 갈라졌고 엽무극을 포위했다.

꽈아아악!

사방에 혼재하던 수십 개의 팔들이 일순 엽무극을 향해 빠르게 뭉쳐졌고 엽무극의 신형은 모래 속에 파묻혀 버렸다. 모래는 점점 늘어났고 엽무극은 그 안에서 가공할 압력을 느꼈다.

파아아앙!

일순 뭉쳐졌던 모래들이 폭발하듯 사방으로 흩어졌고 엽무극의 신형이 뒤로 물러났다. 그는 옷에 묻은 모래들을 털어내며 비릿하게 웃었다.

“제법이군. 하나 이 정도로는 내게 아무런 충격도 주지 못한다.”

“……!”

담담하게 모래를 털어내고 있는 엽무극을 보며 모래거인의 눈빛이 몇 번 흔들렸다. 그러더니 두 팔을 크게 벌리며 소리쳤다.

“우워어어어어어!”

그러자 사방에 바람이 몰아치기 시작했다.

휘이이잉— 휘이잉— 휘이이이잉!

수십 개의 작은 용권풍이 일어나더니 그것들은 곧 작은 모래거인들로 화했다. 처음 모래거인에 비해 삼분의 일 정도에 불과했으나 그래도 가히 서너 장에 육박할 만큼 거대했다. 그것을 본 엽무극은 인상을 찌푸렸다.

“이런 어린애 같은 장난이라니. 더 이상 내보일 밑천이 없나 보군.”

그 말이 끝남과 동시에 그의 신형이 맹렬히 회전했다.

우우우웅!

그러자 붉은색의 기류가 형성되더니 번쩍 하며 사방으로 퍼져 나갔다.

“끄아아아악!”

순간 커다란 모래거인뿐 아니라 수십 개의 작은 모래거인들까지 와르르 무너져 내렸다.

푸스스스스.

“끄으윽……!”

모래들이 모두 흩어지며 전신에 피를 철철 흘리는 흑인의 모습이 나타났다. 그는 공포에 젖은 눈빛으로 엽무극을 쳐다보고 있었다. 엽무극은 무심한 눈빛으로 흑인을 잠시 쳐다보다가 돌아섰다.

"어디를 가도 악마공자나 파천도 팽우에 필적할 만한 자들은 보이지 않는군. 천외무림의 실력이 고작 이 정도였단 말인가."

"……."

엽무극이 매우 실망한 기색으로 말하자 사영은 묵묵히 고개를 끄덕이다가 입을 열었다.

"서장에는 안 가보실 작정이십니까? 가히 수백 개의 지류가 존재하는 서장밀교의 고수들이라면 대종사께서도 만족하실지도 모르겠습니다."

"밀교의 원로고수들 말인가?"

"그렇습니다."

그러자 엽무극은 잠시 고민하는 표정을 짓다가 아쉬운 표정으로 고개를 저었다.

"그곳은 아직 아니다."

"무슨 말씀이온지……."

"지금 치면 재미가 없지."

"……."

사영은 묵묵히 고개를 끄덕였다. 엽무극은 걸음을 옮기며 말했다.

"아직 천외무림의 십분의 일도 돌아보지 못했으니 실망은 이르다. 이제 사막은 지긋지긋하니 다른 곳으로 가봐야겠군."

"교에는 언제쯤 돌아가실 생각이신지요?"

"마룡이 알아서 잘하겠지. 사영, 너는 돌아가고 싶은가?"

“…저는 오직 대종사님을 따를 뿐입니다.”

둘은 다시 걷기 시작했다. 그러다 어느 순간 모래바람이 강하게 불었고 그들의 신형은 어디론가 사라졌는지 보이지 않았다.

임수아는 백색의 돌멩이를 만지작거리다 상자 속에 집어넣었다. 상자 안에는 하얀 돌멩이들이 벌써 백여 개 정도 쌓여 있었다. 모두 명광석들이었다.

"잠시 쉬었다 할까……."

임수아는 기지개를 켜며 자리에서 일어났다. 문득 지난밤에 꾸었던 꿈이 생각나 피식 웃음이 나왔다.

"후훗… 이상한 꿈이었어. 그런 괴상한 꿈을 꾸다니 요즘 너무 무리를 해서 몸이 허해진 것일까."

다름 아니라 꿈속에 이유강이 이상한 모습으로 움직이고 있었던 것이다. 두 손을 비비적거리며 돌아다니더니 뭔가를 먹고 있었다. 그것은 놀랍게도 짐승의 변이었다. 임수아는 그것이 떠오르자 고개를 흔들었다.

"잊어야 해. 잊어야 해."

그러나 아무리 도리질을 해도 그것은 더욱 선명하게 떠올랐다. 그와 함께 그 다음에 꾸었던 꿈이 생각났다. 그 꿈 역시 이유강이 나오는 꿈이었는데 이유강이 매우 초췌한 안색으로 임수아에게 배가 고프니 먹을 것을 좀 달라고 말을 했던 것이다. 그리고 또 하나의 꿈이 이어졌는데 차마 그것은 입에 담기 힘든 것이었다. 임수아는 한숨을 쉬었다.

"휴우… 대인께서 너무 무리하셔서 혹시 병이라도 나신 것 아닌지……."

문득 걱정이 드는 것이었다. 그때 누군가가 문을 두드렸다.

"임 소저, 비스트로입니다."

임수아는 의아해하며 문을 열었다. 저녁을 먹으려면 아직 한 시진 정도 시간이 남아 있었다. 보통 식사 때에만 요리를 가지고 오기에 비스트로가 이 시간 때에 임수아를 찾아오는 것은 드문 일이었던 것이다. 비스트로는 상당히 다급한 기색이었다.

"큰일났습니다. 소저께서 급히 가보셔야 할 것 같습니다."

"네? 무슨 일이죠?"

"대인께서 이상합니다."

"…그게 무슨 말인가요?"

임수아는 가슴이 철렁하여 되물었다. 비스트로가 말했다.

"어제 점심때부터 대인께서 식사를 하지 않으시기에 이전처럼 바쁜 일이 있으신가 싶었습니다. 한데 오늘 점심까지 거르는 것이 이상하여 푸앙과 논의 끝에 대인께서 거하시는 방의 문을 열어보았습니다."

"대인께서 어찌 되셨나요?"

임수아는 급히 집을 나서며 물었다. 비스트로가 앞장서며 말했다.

"방 안에 들어서자 기이한 연기가 가로막았고 푸앙은 연기 속에서 헤매다 쓰러졌습니다. 저는 잽싸게 뒤로 물러났기에 변을 면했습니다만 장칠 형님 역시 연기 속으로 뛰어들었다가 쓰러졌습니다."

"미환진……!"

임수아는 얼마 전 이유강으로부터 음양회회진에 대해 배울 때 미환진에 대해서도 배운 적이 있었다. 이유강의 집에 도착해 보니 이유강의 방문 앞에서 철영이 근심스런 기색으로 서 있었다. 철영은 임수아를 보자 정중하게 포권했다.

"임 소저를 뵙습니다."

"네. 어찌 된 일이죠?"

"아무래도 진법이 설치된 것 같은데 저로서는 알 수가 없습니다."

임수아는 고개를 끄덕이며 조심스레 방문을 열어보았다. 그러자 하얀 연기가 자욱하게 피어오르며 시야를 차단했다. 그로 인해 푸앙과 장칠이 쓰러져 있는 모습이 희미하게 보일 뿐 이유강의 모습은 보이지 않았다.

"미환진이 분명하군요."

임수아는 긴장된 기색으로 말하고는 철영을 쳐다보며 다시 말했다.

"저를 도와주실 수 있나요?"

"무엇이든 하명하십시오."

"주먹만 한 돌멩이 십여 개를 최대한 빨리 주워 오세요."

"알겠습니다."

철영은 급히 뛰어갔고 임수아는 방 안을 유심히 살폈다. 비록 배우긴 했으나 한번도 직접 펼쳐 본 적이 없는 난해한 진법이었다. 더구나 남이 펼쳐 놓은 진법을 파훼하기란 더 더욱 어려운 일이었다. 이를 위해서는 돌멩이를 적절한 위치에 던져 넣어야 하는데 그것은 내공이 없는 임수아로서는 불가능한 일인 것이다.

"소저, 준비해 왔습니다."

철영이 수십 개의 돌멩이를 들고 뛰어왔다. 비스트로 역시 서너 개의 돌멩이를 들고 옆에 서 있었다. 임수아는 말했다.

"제가 말하는 위치로 정확히 돌을 던져 넣어야 해요. 조금이라도 어긋나면 돌이킬 수 없으니 조심하세요."

"예……"

철영은 긴장한 표정으로 고개를 끄덕였다. 임수아가 말했다.

"저기 안쪽에 뾰족한 돌이 하나 보이죠?"

"보입니다."

"그 돌 우측 일 척 옆으로 하나의 돌을 던지세요."

타악!

철영은 정확히 임수아가 말한 지점으로 돌을 던졌다.

"그 다음은 좌측 일 척 반, 다시 일 척 반… 마지막으로 앞쪽 세 치 반이에요."

탁! 탁! 타악……!

철영은 침착하게 돌을 던졌다. 마지막 돌이 정확히 던져지자 하얀 연기가 서서히 사라지며 방 안의 사물이 뚜렷하게 보이기 시작했다. 임수아는 반색하며 외쳤다.

"성공이군요! 수고하셨어요!"

"다행입니다."

철영은 머리를 긁적이다가 일순 침상 위에서 피를 토하고 쓰러져 있는 이유강을 발견했다.

"대인!"

임수아 역시 깜짝 놀라며 이유강을 향해 달려갔다.

"대인! 어찌 된 일인가요?"

그러나 이유강은 의식 불명 상태로 혼절해 있었다. 다행히 호흡은 고른 상태인 것 같았다. 임수아는 이유강의 입에서 흐른 피를 조심스레 닦았다. 철영이 침중한 표정으로 말했다.

"피를 토하고 쓰러지신 것을 보니 아무래도 연공 중에 큰 내상을 입으신 듯합니다. 잠시 살펴보겠습니다."

철영은 이유강의 맥을 몇 군데 짚어보고는 의아한 표정을 지었다.

"이상합니다. 모든 혈맥이 정상이시고 내상의 흔적이 없는데 어찌 혼절하셨는지……."

바로 그때 이유강의 배에서 꼬르륵 소리가 들렸다. 임수아와 철영, 비스트로의 눈이 동시에 이유강의 배로 향했다. 임수아는 무의식적으로 말했다.

"역시 배가 고프시다는……?"

"옛?"

임수아의 말에 철영과 비스트로는 황당하다는 표정으로 그녀를 쳐다봤다.

"아 그러니까……."

임수아는 사실 자신이 말해 놓고도 어이없었다. 피를 토하고 쓰러진 사람 앞에서 할 말이 아닌 것이다. 그때 다시 이유강의 배에서 꼬르륵 소리가 났다. 임수아는 순간 확신했다.

"안 되겠어요. 빨리 죽을 좀 끓여야겠군요."

임수아는 후다닥 뛰어가더니 직접 죽을 끓여왔다. 그리고는 숟가락에 죽을 퍼 이유강의 입에 넣어주려 했다. 그러자 돌연 이유강이 벌떡 일어나더니 죽 그릇을 빼앗아 직접 수저로 입에 허겁지겁 집어넣는 것이었다.

우물우물. 꿀꺽! 꿀꺽!

그 모습에 임수아 등은 깜짝 놀라면서도 기쁜 기색을 감추지 못했다.

"대인! 깨어나셨군요."

"……."

그러나 이유강은 여전히 눈을 감은 채 말없이 죽 그릇을 비우고는 멍하니 앉아 있었다. 임수아는 애타는 표정으로 다시 물었다.

"대인! 어찌 된 일인지요?"

"……."

이유강은 아무 대답이 없었는데 갑자기 그의 안색이 매우 괴롭게 찡그려지고 있었다. 그것은 무언가 엄청난 고통을 참는 표정 비슷해 보였다. 조금 전 일어나 멍한 모습으로 이유강을 지켜보던 장칠이 문득 말했다.

"저 표정은 분명 변을 참는 표정이 분명합니다요."

"예? 그럴 리가요?"

임수아는 말도 안 된다는 듯 고개를 흔들었다. 그러다 문득 간밤의 꿈이 생각났다. 차마 기억을 떠올리기 싫은 마지막 꿈이었다. 임수아는 발갛게 얼굴이 상기되어 고개를 끄덕였다.

"그러고 보니 아무래도 그런 것 같아요. 대인을 측간으로 모셔야겠어요. 누가 좀 도와주세요."

"…제, 제가 하겠습니다."

철영이 황당한 표정으로 말했다. 철영은 이유강을 업고 측간으로 향했다. 한데 기이하게도 측간 문을 열자 이유강이 철영의 등에서 내려 안으로 걸어 들어가 측간 문을 닫는 것이었다.

"대, 대인!"

철영은 다시 깜짝 놀라 이유강을 불렀으나 이유강은 대답이 없었고 잠시 후 볼일을 잘 마쳤는지 문을 열고 밖으로 나왔다. 철영은 멍하니 이유강을 쳐다봤다.

'이 무슨 기가 막힌 일이란 말인가.'

여전히 눈을 감고 있는 그를 철영은 다시 업고 방으로 돌아왔다. 임수아가 물었다.

"어찌 되었나요?"

"…대인께서 스스로 측간으로 걸어 들어가 볼일 보시고 나오셨습니다. 한데 문을 나오자마자 그대로 멈춰 계셔서 다시 제가 업고 왔습니다."

"스스로 걸어 들어가 볼일을 보셨다고요?"

"그렇습니다."

모두의 얼굴에 황당한 기색이 어렸다. 임수아가 말했다.

“아무래도 대인께서 기이한 무공을 연성하시느라 음식을 먹는 것과
볼일을 보는 것 외에는 다른 아무 일도 하실 수 없는 것 같아요.”
“저희들이 교대로 대인을 지키겠습니다요.”
장칠과 철영은 걱정 말라는 듯 임수아를 안심시켰다. 이유강은 침상
위에 올라가자 정좌한 채로 눈을 감고 앉아 있었다. 고통스러워했던
아까와는 달리 지금은 매우 편안한 표정이었다. 임수아는 그 모습에
안도하며 사람들과 함께 방을 나왔다. 지금은 철영이 이유강을 지키고
있었다.

캄캄한 밤. 하늘에는 달이 떠 있었지만 이상하게도 음침한 어두움
이 사방에 깔려 있었다.

휘스스스.

시커먼 구름이 소용돌이치며 허공을 날아오더니 서서히 흩어졌다.
그와 함께 한 명의 청년이 나타났다.

"크크큭."

청년은 양손에 각각 도를 한 자루씩 들고 있었는데 한 자루는 붉은
색, 다른 한 자루는 검은색이었다. 그런 청년의 주위로 시커먼 것들이
몰려들기 시작했다. 마치 지옥에서나 볼 수 있는 끔찍한 형상의 괴물
들이었다.

끼끼끼끼……!

ㄲㄲㄲㄲ!

괴물들은 산 아래서 기다리고 있던 많은 사람들을 향해 달려들었고 각종 무기로 무장한 사람들 역시 괴물들에 맞서 뛰어 올라왔다.

"크아악!"

"아아악!"

그러나 괴물들에게는 도검이 통하지 않았고 사람들은 무력하게 당하고 있었다. 제법 무공이 강한 무사들이 괴물들을 뚫고 청년에게 다가왔으나 모두 청년이 휘두른 도에 의해 처참한 죽음을 당했다.

"크아아악!"

마지막 한 명의 비명을 끝으로 사방은 조용해졌다. 전멸이었다.

휘이이이잉!

바람이 세차게 불었고 청년의 눈빛이 사악하게 번뜩였다. 그러자 사방에 늘어선 괴물들이 사람들의 시체들을 뒤적거리며 집어 드는 것이었다. 청년은 다시 시커먼 구름으로 뒤덮여 어디론가 사라졌고 시체들을 짊어진 괴물들 또한 청년을 따라 어디론가 사라졌다.

휘스스스.

청년이 다시 모습을 드러낸 곳은 깊은 산속의 한 계곡 근처였고 괴물들 또한 시체들을 들고 계곡 근처에 있었다. 괴물들은 청년의 지시에 계곡을 따라 계속 이동했고 잠시 후 하나의 폭포가 나타났다. 청년은 폭포수가 떨어지는 곳을 그대로 통과해 지나갔고 괴물들 역시 그 안으로 따라 들어갔다.

폭포수 안쪽에는 하나의 동굴이 있었는데 그것은 매우 지루할 만큼 길게 늘어져 있었다. 한참을 들어가자 동굴 안쪽에 마치 어둠을 집어

삼킬 듯한 무거운 암흑 공간이 나타났다. 청년은 그 앞에서 멈춰 섰고 괴물들은 차례차례 그 암흑 공간에 시체들을 집어 던진 후 동굴 밖으로 나갔다. 청년은 괴이한 미소를 지으며 그것을 지켜봤다.

"크크큭!"

괴물들이 모두 시체를 암흑 공간에 집어 던지고 밖으로 나간 후 청년은 홀로 남아 담담히 암흑 공간을 주시했다.

"수고했다."

순간, 만족스런 웃음소리와 함께 누군가의 음성이 들렸고 암흑 공간 안에서 한 사람의 모습이 보였다. 그러나 희미해서 그가 누군지 분간하기 힘들었다. 청년은 그를 보기 위해 암흑 공간으로 가까이 다가갔다. 그러자 안에 있던 인물이 선명히 보였다.

'허억!'

이유강은 소스라치게 놀라며 눈을 떴다.

부우우웅. 부웅! 부우웅……!

'……!'

시끄러운 소리들이 들렸다. 세상이 이상하게 보였다. 도무지 한번도 보지 못했던 기이한 풍경이 눈앞에 펼쳐져 있었다.

'으음!'

머리가 지끈거리며 아팠다. 천지가 빙빙 잡아 도는 것 같았다.

'어지럽군…….'

속이 울렁거려 토할 것 같았다. 애써 정신을 차리고 주위를 돌아봤다.

'…헉!'

수백 마리가 넘는 커다란 날짐승들이 날아다니고 있었다. 전신에 털이 가득하고 괴이하게도 머리에 수많은 눈이 달려 있었다. 날개는 매우 얇았다. 그러나 그것의 속도는 실로 엄청나게 빠른 것이었다.

부웅! 부우우우웅!

땅에 있다가 순식간에 까마득한 곳까지 솟구치고 자유자재로 허공을 날아다녔다.

'대체 저것들은 무엇인가?'

어디선가 본 것 같다는 생각도 들었으나 잘 생각나지 않았다.

'제길, 아직도 꿈속인가 보군.'

악몽을 꾸고 놀라 깼는데 이상한 세계가 펼쳐져 있는 것이다. 아무리 생각해도 저런 날짐승들은 세상에 존재할 수 없는 것이다. 더구나 기이하게도 이유강은 마치 머리 위나, 뒤에도 눈이 달린 것처럼 방대한 공간을 볼 수 있었다. 또한 내력을 전혀 끌어올리지도 않았는데 주위의 모든 사소한 움직임까지 선명하게 느껴지는 것이 마치 무슨 초감각이라도 생긴 것 같았다. 꿈이 아니면 있을 수 없는 일이었다. 그러다 문득 그 꿈이 생각났다.

'그 괴물들……. 그것들은 환물이었고, 그렇다면 그 청년은 아마 악마공자였을 것이다. 한데…….'

사실 그런 꿈은 처음이 아니었다. 그러나 이전에 꾸었던 꿈과는 다른 새로운 것이 있었다. 환물들이 시체들을 어디론가 들고 갔던 것이다.

'잃어버린 기억들이 꿈으로 나타난 것일 수도 있다. 한데, 어찌 그

안의 인물이 나란 말인가.'

놀랍게도 꿈속의 동굴 안에 있던 암흑 공간. 그곳에서 희미하게 미소를 짓고 있던 인물은 이유강 자신이었다.

'그렇다면 그 청년은 누구란 말인가.'

악마공자로 예상되는 그 청년. 이유강은 사실 그 청년이 자신이라고 생각하고 있었다. 한데 놀랍게도 꿈속에 있던 암흑 공간 안의 인물이 바로 자신이었던 것이다.

'어찌 흑의인이 아니라 나란 말인가?'

소름 끼치는 꿈이었다. 악몽임이 분명했다.

부우웅! 부웅… 부우우웅!

여전히 날짐승들이 날아다니는 소리로 주위는 시끄러웠다. 내심 짜증이 났다.

'제길, 빨리 꿈에서 깨야 할 텐데……. 허억!'

도저히 믿을 수 없었다. 잠시 몸을 비틀었을 뿐인데 까마득한 상공에 올라와 있었다.

부우우웅!

날개가 빠르게 움직였다. 온몸의 무수한 털들이 주변 공기의 미세한 흐름을 감지하고 있었다. 또한 수십 개가 넘는 붉은색 눈이 다닥다닥 붙은 채 좌우로 나뉘어져 있었는데 그것들이 사방을 모조리 살피며 평소의 시야로는 볼 수 없었던 부분까지 보고 있었다.

'……!'

황당하게도 이유강은 날짐승이 되어 있었던 것이다. 더욱 기가 막힌 일은 이것이 꿈이 아닌 현실임이 생생하게 느껴지는 것이었다.

부우우웅. 부우웅.

'…….'

이유강은 잠시 멍하니 있다가 주위를 돌아보았다. 거대한 동물의 사체 주위로 몰려 있는 수백 마리의 날짐승. 멀리서 보니 그것은 영락없는 쉬파리였다.

'……허허허!'

기가 막혀 웃음이 나왔다.

'지금 내가 쉬파리가 된 것인가?'

그때 서너 마리의 커다란 날짐승, 즉 쉬파리가 이유강을 향해 가까이 다가왔다.

'…헉!'

환물 괴물들과 생활까지 했던 이유강이라 어지간한 것으로는 눈 하나 깜빡하지 않았으나 커다란 쉬파리들을 가까이서 보니 소름이 확 끼쳤다. 그러자 쉬파리들은 웨에엥 소리를 내며 주위를 맴돌았다.

『이봐, 뭘 그렇게 놀래?』

『너 오늘 이상하다. 왜 먹을 것도 안 먹고 여기서 이러고 있어?』

괴이하게도 쉬파리들이 말하는 소리가 들렸다. 게다가 무슨 뜻인지도 명확히 알 수 있었다.

『…….』

『어쭈, 이게 우릴 무시해?』

이유강이 아무 말도 하지 않자 쉬파리 중 하나가 부웅 소리를 내며 매우 빠르게 면전에 다가와 얼굴을 후려갈겼다.

퍼억!

‘…크흑!’

이유강은 깜짝 놀라 뒤로 물러났다. 꽤 강하게 얻어맞은 것 같은데 다행히 통증은 느껴지지 않았다.

퍼억! 퍼억!

멍하니 있자 또 다른 놈들이 달려들어 갈기는 것이었다. 그렇게 몇 대 얻어맞자 이유강은 내심 화가 치밀었다.

‘이것들이……?’

부우우웅.

일단 뒤로 빠르게 물러났다. 그러자 쉬파리들은 재밌다는 듯 빠른 속도로 쫓아왔다. 이유강은 잽싸게 온몸의 기능을 파악했다. 이미 며칠 전 광룡을 이용한 광룡박투술도 창안한 경험이 있던지라 쉬파리쯤이야 그리 어렵지 않았다. 그때 한 마리의 쉬파리가 다시 정면으로 쇄도해 왔다.

‘훗, 단순한 공격이군.’

부우웅! 퍼억!

이유강은 옆으로 공격을 피하고는 한 바퀴 돌아 뒷발로 강하게 쉬파리를 찍어 찼다.

『끄워억!』

쉬파리는 큰 충격을 입었는지 힘을 잃고 땅으로 떨어져 내렸다.

‘후후후, 별것 아니로군.’

이유강은 내심 미소했다. 그러나 웃고 있을 때가 아니었다. 세 마리의 쉬파리가 눈에 불을 켜고 달려들었던 것이다.

『가만두지 않겠다!』

『각오해라!』

이유강은 순간 세 마리의 합공을 보며 잠시 놀랐다.

'…사십칠!'

물경 광마도법 사십칠 번째 초식에 해당하는 변화가 느껴졌다. 쉬파리들은 그저 본능적으로 합공을 했을 뿐인데도 작은 공기의 미세한 흐름까지 파악하는 놀라운 능력을 가지고 있는지라 이런 위력을 발휘하는 것 같았다.

부웅. 붕붕붕. 부웅! 퍽! 퍼억! 퍼퍽!

『끄워억!』

『끄웍!』

『끄웍……!』

세 마리의 쉬파리는 비명을 지르며 땅바닥으로 떨어져 내렸다. 다소 황당하지만 이유강도 현재 쉬파리의 몸인지라 쉬파리의 반사 신경과 힘을 그대로 사용할 수 있었다. 이 능력은 실로 가공하여 내공이 전혀 없이도 광마도법의 가히 수백 번째 초식까지도 능히 펼칠 수 있는 것이었다. 물론 그 위력은 쉬파리만 한 곤충들에게나 미칠 수 있는 것이었지만 그것만으로도 쉬파리들 세계에서는 엄청난 전투력인 것이다.

『무슨 일이냐?』

『모두 저놈을 잡아라!』

이유강에 의해 땅바닥으로 떨어진 네 마리의 쉬파리들은 모두 죽은 것 같았다. 그로 인해 난리가 나며 수십 마리의 쉬파리들이 이유강을 향해 몰려왔다. 수십 마리의 합공이었다.

'백팔십구!'

수십 마리가 한꺼번에 덤벼들어서인지 가히 광마도법 백팔십구 번
째 초식에 해당하는 변화가 느껴졌다.

부웅부웅… 붕붕붕붕붕!

『꾸웍!』

『끄워억!』

『끄아악!』

십여 마리의 쉬파리가 힘을 잃고 땅바닥으로 떨어지자 다른 쉬파리
들은 겁에 질린 채 감히 다가오지 못했다.

『저놈을 잡아라!』

그러나 누군가 외치는 소리에 쉬파리들은 어쩔 수 없다는 듯 다시
달려들기 시작했다.

'저놈이 두목인 듯하군.'

이유강은 밀려드는 쉬파리들을 피하던 중 그것들 중에 가장 덩치가
크고 날렵해 보이는 놈을 발견했다. 그놈을 향해 곧바로 돌진했다. 그
러자 몇 마리의 쉬파리들이 앞을 가로막았다.

부우우웅! 퍼퍽! 퍽!

『끄워억!』

『꾸악!』

기를 쓰고 달려드는 서너 마리의 쉬파리들을 해치우자 두목 쉬파리
가 소리치며 달려들었다.

『건방진 놈! 각오해라!』

부우웅. 쒸앙!

'…빠르군.'

비록 단순하고 직선적인 공격이었지만 강력한 힘이 느껴졌고 동작도 빨랐다. 과연 두목이었다. 이유강은 슬쩍 옆으로 몸을 틀어 피했다.

쒸아앙! 쒸앙!

그러자 두목 쉬파리는 거칠게 허공에서 방향을 바꾸며 다시 공격을 해왔다. 이유강은 미끄러지듯 두목 쉬파리의 공격을 피하고는 뒷발로 연달아 두목 쉬파리의 머리를 십여 차례 가격했다.

퍼퍼퍼퍼퍽……!

『꾸워어어억!』

처참한 비명 소리와 함께 머리가 부서진 두목 쉬파리는 힘없이 땅으로 떨어져 내렸다. 이유강은 피식 웃으며 주위를 돌아봤다. 역시 두목 쉬파리를 해치우자 모든 쉬파리들이 두려워하며 벌벌 떨고 있었다.

웨에엥! 웨엥…….

일순 주변 수백 마리의 쉬파리들이 시끄럽게 소리를 질러대기 시작했다. 그리고는 이유강의 주위를 향해 조심스레 모여들었다.

『새로운 대왕님으로 모시겠습니다!』

『대왕님이시여……!』

『대왕님이시여……!』

모든 쉬파리들이 이구동성으로 대왕님이라고 외치고 있었다. 이유강은 어처구니가 없었지만 일단 다리를 비비적거리며 답례했다. 그러자 모든 쉬파리들이 다리를 비비적거리며 춤을 추었다. 새로운 대왕의 탄생이었다.

'대체 이 무슨 해괴한 일인지 모르겠구나.'

대왕이 된 후로는 와서 귀찮게 하는 쉬파리는 없었으나 이유강은 조그만 흙덩이들을 이용해 미환진을 펼쳤다. 비록 파리의 몸이긴 했으나 조심스레 작은 흙덩이나 모래들을 이용해 진을 설치하는 것은 어려운 일이 아니었다. 그래도 다소 시간이 걸렸다.

'다 되었군.'

잠시 후 진이 모두 설치되자 하얀 연기가 뭉클거리며 이유강의 모습은 미환진 속에 가려져 보이지 않았다. 이유강은 조금 안도하며 차근차근 생각해 보기로 했다.

'비혼과 일체되어 사령체들을 해치우고 있던 중 이상한 노인이 나타나 주문을 외웠고 갑자기 비혼의 몸이 잘 움직이지 않았다.'

그러다 전신 공력을 끌어올려 노인은 물론 주변의 사령체들까지 모조리 박살 내버렸다. 가공할 광마도법 제칠백 번째 초식의 위력이었다.

'문제는 그 이상한 회색 연기가 비혼에게 스며들었고 나는 정신을 잃었다.'

그리고 깨어나니 쉬파리가 되어 있었던 것이었다.

'그 노인이 사악한 대법을 펼쳤음이 분명한데……'

무슨 괴이한 대법인지 본신으로 돌아갈 수가 없었다. 사실 현재 이유강의 상태는 환물이 아닌 곤충인 쉬파리와 일체된 상태인 것이다. 그러나 쉬파리의 통증이나 갈증, 배고픔 같은 것은 직접적으로 느껴지지 않았다. 그래도 본능적으로 그 느낌이 전해져 와 목이 마르거나 배가 고프면 뭐라도 먹어야 했다.

'뭘 먹어야 하나?'

현재 일체되어 있는 쉬파리는 한동안 음식을 섭취하지 않아 상당히 힘이 빠져 있는 것 같았다. 그런 상태에서 싸움까지 했으니 더 더욱 상태가 말이 아니었다. 그러나 무엇을 먹어야 할지 생각이 나지 않았다.

'그렇군. 다른 파리들이 먹는 것을 같이 먹으면 되겠군.'

쉬파리들이 모여 있는 곳에 가보니 짐승의 것으로 추정되는 변이 있었다. 이유강이 나타나자 모여 있던 파리들이 일제히 날아오르더니 다리를 비비적거렸다. 이유강은 차라리 죽고 싶은 심정이었다.

'제기랄! 내가 짐승의 똥을 먹어야 한단 말이냐?'

그래도 이대로 죽을 수는 없었다. 부우웅 날아 누런 똥 위에 가볍게 착지했다.

뭉클.

'으으!'

쉬파리의 입은 똥을 빨아들이기에 적당했다. 다행히 냄새가 직접적으로 느껴지지 않는 게 천만다행이었다.

쭈우욱!

슬쩍 힘을 주었건만 똥은 입을 통해 힘차게 빨려 들어왔다.

'……!'

놀랍게도 똥이 들어오자 쉬파리의 몸에 활력이 솟는 것 같았다. 한참을 빨아들이자 똥이 들어오는 속도가 좀 늦춰졌다.

'배가 부른 모양이군.'

너무 빨아들였는지 약간 몸이 무거워진 기분이었다. 또한 전신이 누렇게 변한 것 같은 느낌도 들었다.

'어찌 되었든 배를 채웠군.'

육중하게 변한 쉬파리를 움직여 다시 미환진 안으로 들어왔다.

'그건 그렇고, 내 본신은 어찌 되었을까.'

아무래도 누군가 돌보고 있음이 분명했다. 그렇지 않다면 쉬파리와 일체된 의식 역시 사라졌을 것이었다.

'비록 의식은 없으나 본능은 있으니 누군가 밥을 주거나 측간으로 인도만 해도 스스로 움직일 것이다. 그녀가 미환진을 해제하고 나를 돌보고 있겠군.'

임수아에게 음양회회진뿐만 아니라 미환진까지 가르쳐 준 것이 실로 천만다행인 듯했다. 그녀가 돌본다면 당분간 본신을 걱정할 필요는 없는 것이다. 문제는 쉬파리였다.

'쉬파리의 수명이 그다지 길지 않은 것으로 알고 있는데……'

성충(成蟲)이 된 쉬파리의 수명은 보통 길어야 한 달이 좀 넘었다.

'그렇다면 지금 내가 일체되어 있는 이놈의 수명은 대략 보름 정도 남아 있겠군.'

앞으로 보름 안에 뭔가 방법을 알아내지 않으면 보름 후 이 쉬파리와 함께 인생을 마감하게 될 수도 있었다.

'크흐흐… 염령밀교의 이혼비술이라고 했던가. 밀교! 때려 부숴 버리겠다.'

생각할수록 화가 치밀었다. 그러나 지금은 빨리 뭔가 대책을 세워야 했다.

'다행히 현재 일체된 나의 의식과 함께 약간의 암흑마기가 쉬파리 안에 존재하고 있다.'

비혼의 체내에서 질서있게 흐르던 암흑마기의 기운들이 기이한 주문에 의해 혼돈 상태로 변했고 그와 함께 이유강의 의식은 주위를 배회하던 수많은 쉬파리 중 하나에 일체된 것이었다. 그 와중에 암흑마기 역시 흘러들었을 것이다. 그러나 이 암흑마기를 통해 이전에 만들었던 그 어떤 환물들도 감지되지 않았다. 비혼 역시 마찬가지였다.

'그렇군. 본신의 의식으로 돌아가야 비혼을 비롯하여 이전에 만들었던 환물들을 감지할 수 있는 것이다. 일단, 비혼을 찾아야 한다. 비혼을 찾아 암흑마기를 이용해 나의 의식을 비혼으로 일체시키는 것만이 본신으로 돌아갈 수 있는 유일한 방법이다.'

이유강은 미환진을 해제했다.

'모두가 죽었으니 비혼은 그 자세 그대로 이 근처 어디엔가 있겠지. 비혼만 찾으면 모든 것이 해결된다.'

이유강은 급히 허공을 날아 주위를 살펴보았다. 하늘 꼭대기에 닿아 있는 것같이 거대하게 뻗은 나무들. 나뭇잎이나 풀 포기 하나조차도 거대해 보였다. 얼마 전 광룡과 일체되었을 때 모든 것이 너무도 작게 보였던 것과는 완전 반대의 상황이었다.

'저곳이 그때의 그 사원임이 분명한데……'

커다란 격전이 있었던 흔적이 도처에서 보였다. 그러나 아무리 찾아도 비혼이 보이지 않았다.

'설마……'

불길한 생각이 들었으나 내심 고개를 저었다. 암흑마기의 흐름이 혼돈 상태로 정지했기에 더 더욱 비혼의 몸은 그 무엇으로도 손상시킬 수 없는 완벽한 불괴지신(不壞之身)이었다. 적어도 부서질 염려는 없었다.

쒸이이이잉…….

벼랑 밑에서 강한 바람이 불어왔다.

'……!'

이유강은 반사적으로 벼랑 끝을 향해 날아갔다. 까마득한 아래에 시커멓게 흐르는 급류가 보였다.

'…설마!'

이유강은 순간 울고 싶었다.

'만일, 누군가 비혼을 저 밑으로 던진 것이라면…….'

물속에 가라앉은 비혼을 파리가 무슨 재주로 찾아낼 수 있겠는가. 설령 찾아낸다 한들 그 물살을 뚫고 비혼의 몸체에 접촉하는 것은 더더욱 불가능했다. 비혼의 정지된 암흑마기의 흐름을 정상으로 돌리려면 비혼의 미간에 접촉해야 하기 때문이다.

'…그렇군. 비혼은 비록 단단하나 무겁지는 않다. 저토록 빠른 물살이라면 물 위에 떠내려갔을 것이고 아마도 강가 주위로 떠밀려 있을 수도 있다. 강가를 잘 뒤져 보면 찾을 수 있을지도 모른다.'

희박한 가정이지만 그래도 그것이 마지막 한 가닥 남은 희망이었다.

파앗! 팟!

수십여 개의 도영(刀影)이 사방에 난무하다 사라졌다.

"차앗!"

청년은 힘찬 함성과 함께 공중으로 날아올라 도를 휘둘렀고 또다시 수십여 개의 도영이 생겨났다 사라졌다. 옆에서 그것을 지켜보던 장칠이 탄성을 질렀다.

"우와아! 철영, 대단하구나! 그건 몇 번째 초식이냐?"

"…백오십칠 번째 초식입니다."

"정말이냐?"

"예."

장칠은 놀랍다는 표정을 지었다. 그는 현재 백스물두 번째 초식에서 만족하고 있었다.

"젠장할! 벌써 그런 경지에 이르렀다는 말이냐."

"하하… 아직은 많이 부족합니다."

철영은 머리를 긁적였다. 그때 멀찍이서 힘겹게 도를 휘두르고 있던 푸앙이 헉헉거리며 다가오더니 말했다.

"철영 소제가 부족하다면 이제 세 번째 초식을 연습하고 있는 나는 뭐야. 도저히 못해먹겠군. 너무 힘들어."

"푸앙 네놈은 칼을 잡은 지 얼마나 되었다고 벌써부터 엄살이냐?"

장칠의 말에 푸앙은 한숨을 내쉬었다.

"휴우, 무공이라는 것이 이토록 어려울 줄은 몰랐어요."

그러자 장칠은 짐짓 엄숙한 표정을 지으며 말했다.

"일전에 대인께서 말씀하시길 적어도 한 초식당 수천 번은 반복해야 대략 그 오의를 깨달을 수 있을 것이라 하셨다. 대인처럼 뛰어나신 분도 수천 번씩이나 수련하셨는데, 우리같이 무식한 놈들은 적어도 수만 번은 휘둘러야 겨우 따라잡을 수 있지 않겠느냐. 진도에 신경 쓰지 말고 매일 지쳐 쓰러질 때까지 칼을 휘둘러야 진정한 위력을 나타낼 수 있는 것이다."

"오오, 훌륭하신 말씀입니다."

푸앙은 존경 어린 표정을 지었다. 철영 역시 탄복하는 표정으로 고개 숙여 포권을 했다.

"형님, 제게도 큰 도움이 되는 말씀이었습니다. 앞으로도 좋은 말씀 많이 해주십시오."

"으하하하, 물론이다. 언제든 무공 수련에 지치거나 낙담하게 되면 나를 찾아오거라. 내가 따끔하게 가르침을 내려주겠다.”

장칠은 호탕하게 웃으며 말했다.

‘크흐흐… 예전에 연무관에서 무생이 형님이 한 말을 그대로 한 것뿐인데 이놈들이 이토록 탄복하는구나.’

그는 내심 으쓱해하고 있었다. 푸앙이 말했다.

“그럼 저는 이제 가서 점심 준비를 하도록 하겠습니다.”

“으흠? 벌써 시간이 그렇게 되었군. 오늘 점심은 뭐냐?”

장칠은 침을 꿀꺽 삼키며 물었다. 푸앙은 미소 지었다.

“돈육 남은 것이 있으니 그것을 좀 볶도록 하겠습니다.”

“크허헐… 기대하겠다.”

장칠은 만족한 듯 고개를 끄덕였고 푸앙은 도를 허리에 차고는 총총히 집으로 돌아갔다. 철영은 한쪽에서 다시 도를 휘두르고 있었다. 장칠은 속으로 탄복했다.

‘대단한 놈! 저놈이야말로 진짜 수만 번 넘게 칼을 휘두르는 놈이야. 에잉! 나도 질 수 없지.’

장칠은 도를 빼어 들고 자세를 잡았다. 그러다 문득 멀리서 다가오는 한 척의 배를 발견했다. 오늘은 안개가 갠 날이라 멀리까지 선명히 보였기에 배를 자세히 볼 수 있었는데 대략 수십여 명의 사람들이 타고 있는 것 같았다.

“저놈들은 누구지?”

“예? 누구를 말씀이신지요?”

도법 수련을 하던 철영이 묻자 장칠은 멀리 보이는 배를 향해 손가락을 가리켰다.

"저기 웬 배가 이쪽으로 오고 있다."

"……!"

철영의 안색이 굳어졌다. 평시 같으면 이유강에게 즉각 보고를 했겠지만, 지금은 이유강의 몸이 정상이 아닌 터라 그럴 수 없는 상황이었다. 배는 점점 가까워졌고 배 위에 서 있는 인물들이 선명하게 보였다. 잠시 후 배는 섬에 도착했고 십여 명의 인물이 내려섰다. 모두 사내들이었는데 칼을 차고 있는 것으로 보아 무사들이 분명했다. 장칠이 눈을 부라리며 그들 앞으로 걸어갔다.

"웬 놈들이냐?"

"그러는 네놈은 누구냐?"

사내들은 장칠이 도를 들고 다가오자 다소 의외인 듯 움찔하더니 곧바로 검을 빼어 들고 소리쳤다. 장칠은 말했다.

"나는 장칠이라 한다. 무슨 용무로 이 섬에 왔느냐?"

"이 섬에는 몇 명이나 살고 있느냐?"

사내는 장칠의 말에 대답하지 않은 채 주위를 두리번거리며 물었다. 장칠의 표정이 일그러졌다.

"혹시 해적이냐?"

"크흐흐, 제법 눈치 한번 빠르구나. 계집은 몇 명이나 있느냐?"

사내들은 음침하게 웃으며 말했다. 장칠이 차갑게 그들을 노려봤다.

"뒈지기 싫으면 썩 꺼져라."

"쿡쿡! 네놈이야말로 간댕이가 부었구나."

사내들은 가소롭다는 듯 키득거렸다. 그러자 장칠은 훌쩍 뛰어가 방금 말한 사내의 배를 발로 밀어 차버렸다.

퍼억!

“…커억!”

사내는 뒤로 나자빠져 뒹굴었다. 그러자 다른 사내들이 검을 휘두르
며 달려왔다.

“죽고 싶어 환장했구나.”

“네놈들이 감히 이 장칠이 누군지 알고 까부는 것이냐? 크큭, 그렇
지 않아도 요즘 근질근질한 판에 잘 걸렸다.”

차앙! 창!

장칠은 사내들의 검을 피하며 도를 휘둘렀다. 이미 광마도법 백 초
식이 넘는 변화를 익힌 터라 삼류잡배나 다름없는 해적들의 공격은 장
칠에게 어린애 장난과 같았다.

차앙! 차앙! 창!

“…크윽!”

“으윽!”

장칠은 순식간에 사내들이 들고 있던 검들을 모두 바닥에 떨어뜨려
버렸다. 손아귀가 찢어져 피를 흘리던 사내들은 그제야 만만치 않은
상대란 것을 깨달았는지 슬금슬금 뒷걸음질쳤다. 장칠은 잽싸게 도를
허리에 차고는 훌쩍 날아 그들을 후려갈기며 소리쳤다.

“감히 어딜 도망가려 하느냐?”

퍼억! 퍽!

“끄억!”

“케엑!!”

십여 명의 사내들은 장칠의 주먹과 발에 맞아 나뒹굴었다. 그러자

싸움이 벌어지는 것을 보고 배에서 무기를 빼 들고 내려오던 십여 명의 해적들이 움찔하더니 다시 배 위로 올라가는 것이었다. 장칠은 힐끔 배를 노려보더니 철영을 향해 말했다.

"철영, 이놈들을 잘 감시해라. 내 저놈들도 몽땅 끌어내려 오겠다."

"예. 형님, 조심하십시오."

"크하핫, 걱정 마라. 이런 놈들은 수백 명이 몰려와도 내겐 어림없다."

장칠은 다시 도를 빼 들고는 배를 향해 뛰어갔다. 그러자 갑판 위에서 지켜보던 해적들이 기겁을 하더니 급히 닻을 올려 배를 움직이려 했다. 그리고는 활을 쏘며 접근을 막았다. 그러나 장칠은 화살을 피해 금방 배 위에 올라섰다.

픽! 퍼픽! 퍼버버벅픽!

"크악!"

"케에엑!"

"꾸억!"

한바탕 배 위에서 난리가 났고 잠시 후 대략 이십여 명의 사내들이 시커멓게 쥐어 터진 채 배에서 내려 일렬로 걸어 내려왔다. 모두 합쳐 놓으니 도합 삼십오 명이었다. 장칠은 점심도 거른 채 대략 한 시진 동안 푸닥거리를 시작했다.

"앞으로 굴러! 뒤로 굴러! 대가리 박고 만세! 만만세! 하나, 둘! 하나, 둘……!"

"크으으……!"

"으윽……!"

해적들은 온갖 듣도 보도 못한 가혹한 푸닥거리를 한 시진 동안 당하자 모두 파김치가 되어 흐늘거렸다.

"거기 오른쪽에 다섯 놈! 앞으로 뛰어나와!"

"옛!"

장칠이 소리치자 오른쪽에 있던 다섯 명의 사내가 후다닥 뛰어나왔다. 그들은 겁에 질린 표정으로 장칠의 눈치를 살폈다.

"부, 부르셨습니까?"

"네놈들은 지금 즉시 뛰어가서 배에 있는 물건들을 갖고 와라."

"예?"

"아까 돈 될 만한 물건은 내가 다 봐놨으니 하나라도 빠뜨릴 생각은 하지 않는 게 좋을 것이다. 무기는 물론 식량도 포함된다. 냉큼 갔다 와!"

"아… 예."

사내들은 장칠의 말대로 배에서 몇 가지 물건을 가지고 내려왔다. 은과 패물이 들어 있는 상자들과 비단, 도자기 등이었다. 활과 화살, 검, 창, 도 등 무기 수십여 개와 쌀도 몇 가마니 있었다. 장칠은 흐뭇하게 그것들을 쳐다보더니 말했다.

"이것들은 내가 모두 압수하겠다."

그러자 사내들의 표정이 절망으로 물들었다. 그들 중 한 명이 조심스럽게 말했다.

"장칠님, 부디 식량만은……. 안 그러면 저희들 모두 굶어 죽습니다요."

"흠……."

장칠은 잠시 고민하던 표정을 짓다가 고개를 끄덕였다.

"이 장칠님이 특별히 네놈들을 불쌍히 여겨 식량은 돌려주겠다. 이제 내가 열을 셀 동안 모두 썩 꺼져라. 하나, 둘, 셋, 넷……."

"…허억!"

"헉!"

장칠이 매우 빠른 속도로 숫자를 세어나가자 해적들은 기겁하며 뛰기 시작했다. 몇 명은 식량을 들고 힘겹게 뛰어갔다. 잠시 후 배는 출발했고 얼마 지나지 않아 시야에서 사라졌다. 장칠은 뿌듯한 표정으로 바닥에 쌓인 물건들을 쳐다보았다. 철영이 다가와 말했다.

"형님, 저자들을 이대로 놓아주어도 되는 것입니까? 앙심을 품고 무리를 모아 다시 쳐들어오지 않을까 우려됩니다."

"크하하핫, 걱정 마라. 내 그런 마음이 들지 않도록 단단히 혼을 내주었으니 그럴 일은 없을 것이다."

장칠은 철영의 어깨를 치며 호탕하게 웃었다.

"……."

철영은 고개를 끄덕였으나 내심 불안한 마음을 감추지 못했다.

아침(?)을 먹고 잠시 앉아 있는데 쉬파리 서너 마리가 날아왔다. 이유강은 물었다.

『어찌 되었느냐?』

『아직 못 찾았습니다.』

『계속 찾아봐라.』

『…존명!』

쉬파리들은 공손히 다리를 비비적거린 후 급히 어디론가 날아갔다. 이제는 쉬파리들과 대화를 주고받는 것도 제법 익숙해져 있었다.

'휴우…….'

벌써 이틀째 비혼의 행방을 알아내지 못하고 있었다. 기왕 쉬파리들의 대왕이 된 것, 그것을 활용하는 것이 좋을 것 같아 수백의 쉬파리들을 모아놓고 비혼의 생김새를 말한 후 그것을 찾는 자에게는 대왕 자리를 물려주겠다고 공표를 했다. 그러자 쉬파리들은 눈에 불을 켜고 강가 쪽에 흩어져 비혼의 행방을 찾고 있었다. 쉬파리들 역시 대왕의 자리는 탐나는 모양이었다.

내친김에 어제는 다른 쉬파리 무리들을 복속하기로 작정하고 부하 쉬파리 서너 마리를 대동하여 인근 지역의 크고 작은 쉬파리 파(?) 수십여 개를 복속시켜 현재 이유강의 휘하에는 가히 일만에 다다르는 쉬파리들이 있었다. 그것들이 모두 강가를 돌아다니며 비혼을 찾아다니고 있었다.

그러나 산에는 쉬파리의 천적들도 많이 존재해 강가로 갔다가 돌아오지 않은 쉬파리들도 많았다. 게다가 매일 죽어가는 숫자도 만만치 않았다. 하루에도 몇 번씩 새로 태어나는 성충들을 모아놓고 비혼의 생김새를 전파하는 것도 보통 일이 아니었다. 다시 하루가 지났으나 성과가 없었다. 이유강은 내심 초조해졌다.

'제길, 이놈의 수명이 얼마 남지 않았는데 큰일이군.'

그때 수십여 마리의 쉬파리가 뭔가에 쫓기듯 이유강을 향해 날아왔다.

『무슨 일이냐?』

『대왕님! 큰일났습니다! 빨리 피하십시오!』

쉬파리들은 가히 사색이 되어 호들갑을 떨었다. 순간, 이유강은 뭔가를 봤다. 거대한 혀가 나타나 쉬파리들을 쓸어 먹고 있었던 것이다.

'…허억!'

개구리였다.

『모두 피해라!』

이유강은 깜짝 놀라며 하늘로 날아올랐다.

휘이이익!

아슬아슬하게 혀가 발밑을 스치듯 지나갔다.

'휴우…….'

땀나는 순간이었다. 자칫했으면 개구리에 의해 인생을 하직하게 되는 어이없는 일을 당할 뻔했던 것이다. 제아무리 광마도법을 이용해 인근의 쉬파리들을 복속시킬 수 있었다 해도 개구리에 대항하는 것은 불가능했다.

『십 년 감수했군.』

마교대종사 엽무극의 무공이라 해도 이토록 무섭지는 않을 것 같았다. 내심 마음이 우울해졌다.

『고작 개구리 따위에 벌벌 떨고 있는 이 신세라니. 대체 비혼은 어디에 있단 말인가.』

다시 며칠이 지났을 때 이 일대의 모든 파리들이 이유강의 명령에 의해 움직이고 있었다. 이유강은 잠도 안 자고 다니며 쉬파리뿐만 아니라 비슷한 크기의 곤충들 무리도 모조리 복속시켰다. 그러나 여전히 비혼은 찾을 수 없었다.

'이제 이놈의 수명이 고작 닷새 정도 남은 것 같구나.'

아무래도 슬슬 마음의 준비를 해야 할 것 같았다.

'결국 이렇게 파리가 되어 인생을 마감하는 것인가.'

어처구니없게도 파리가 되어 얻은 소득이 하나 있긴 했다. 그것은 무척 오랫동안 성과가 없었던 광마도법의 후반 초식들에 대한 깨달음이었다. 내공 하나 없이도 전신의 수많은 털들로 미세한 공기의 진동까지 파악하는 파리의 초감각. 그것은 무척 오랫동안 성과가 없었던 광마도법의 후반 변화를 도출하는 데 도움이 되었던 것이다.

이미 기존의 상식으로 도출되는 변화는 모두 이전 초식들에 반영되어 있어서 상식을 깨는 기이한 변화가 아닌 한 아무런 의미가 없었다. 그러나 파리의 초감각은 그것을 가능케 했고 도저히 생각지도 못했던 변화들을 도출해 낼 수 있었던 것이다. 그러나 이유강은 허탈한 심정이 들었다.

'설령 광마도법의 일천 초식을 모두 깨달아 절대초식을 완성할지라도 지금 나의 상태로는 개구리 한 마리도 상대하지 못한다. 이렇게 초식들이나 연구하고 있을 때가 아니다.'

앞으로 닷새 후면 죽을 상황이었다. 이유강은 휘하의 곤충들을 닦달했다.

부우우웅. 부웅. 부웅웅!

퍽! 퍼퍽! 퍼퍼퍽!

『끄워억!』

『끼이익!』

『꽤액……!』

말 안 듣고 농땡이 피우던 모기 수백여 마리와 쉬파리 수십여 마리가 이유강에 의해 잔인하게 공개 처형되었다. 모든 곤충들이 벌벌 떨었다. 이유강은 살기를 내뿜으며 크게 소리쳤다.

『크흐흐… 빨리 찾아라! 이제부터 요령 피우는 놈들은 모두 내 손에 죽을 것이다!』

『조, 존명!』

『…존명!』

곤충들은 발을 비비적거리거나 더듬이를 비비적거리고는 곧바로 흩어졌다.

절뚝거리며 걸어가는 곤충 몇 마리가 눈에 띄었다. 어제 요령을 피우다 이유강에 의해 얻어맞은 왕개미들이었다.

'곤충들에게 내가 뭐 하는 짓인가.'

다소 미안한 마음도 들었지만 시간이 촉박했다. 살아남는 방법은 비혼을 찾는 것 외에는 없었던 것이다. 수단과 방법을 가릴 때가 아니었다.

'잠시만 눈 좀 붙여야겠군.'

이틀 밤을 꼬박 새웠더니 너무 피곤했다. 이유강은 미환진을 설치하기 위해 흙덩이를 굴리기 시작했다. 그때 어디선가 실로 가공할 살기가 느껴지는 것이었다.

'……!'

이유강은 급히 하늘로 날아올랐다. 살기의 정체는 다름 아닌 당랑(螳螂), 즉 사마귀였다. 사마귀는 아쉽다는 듯 허공에 떠 있는 이유강을 향해 입맛을 다셨다.

'제길!'

이유강은 문득 화가 나 사마귀를 향해 돌진했다.

퍼억!

사마귀의 앞발을 피하며 그것의 머리를 강하게 찼다. 그러나 사마귀는 간지럽다는 듯 키득거리며 앞발로 이유강을 잡으려 했다. 이유강은 잽싸게 피해 날아오른 후 사마귀를 노려봤다.

『크크크크……!』

사마귀의 조소 소리가 들렸다. 이유강은 다시 돌진하여 강하게 사마귀의 머리를 발로 찼다.

퍽! 퍼퍽!

『…끄윽!』

사마귀는 일순 비틀거렸으나 앞발을 강하게 휘둘러 이유강을 잡아왔다. 그 속도가 어찌나 빠른지 이유강은 깜짝 놀라고 말았다. 붙잡히면 분명 사마귀에 의해 갈기갈기 찢길 것이었다. 그러나 도저히 피할 엄두가 나지 않았다.

츠으으웃.

본능적으로 암흑마기를 끌어올렸다. 그러자 시커먼 기운이 이유강과 일체되어 있는 쉬파리의 눈에서 빠져나와 사마귀를 휘감았다.

『…끅, 끄끅!』

사마귀는 몸이 뻣뻣하게 굳어진 채 움직이지 못했다.

'……!'

이유강은 순간 가슴이 뛰었다. 그동안 터무니없는 일이라 생각하고 시도조차 하지 않았던 것이었다.

'쉬파리 상태에서도 암흑마기를 이용한 결박이 성공하다니! 그렇다면 혹시 환물도 만들 수 있을지도 모른다. 이러고 있을 때가 아니로군.'

붕! 부웅붕! 부우우웅!

퍽! 퍼퍽! 퍼퍼퍼퍼퍼퍽!

『끄워어억!』

사마귀의 눈과 머리를 수십여 방 후려갈기자 결국 사마귀는 머리가 부서져 즉사했다.

쿠웅!

사마귀의 거대한 몸체는 쓰러졌고 이유강은 잠시 승리감에 도취되었다. 멀리서 지켜보던 쉬파리들과 곤충들이 경이의 표정으로 '대왕님'을 외치며 다리를 비비적거렸다. 그러나 이유강은 그것들을 향해 호통을 쳤다.

『그러고 있지 말고 냉큼 가서 비혼을 찾아라!』

『…조, 존명!』

곤충들은 사라졌고 이유강은 다시 고민에 빠졌다.

'환물을 만들어야 한다.'

막상 만들려고 하니 난감했다. 파리의 몸으로 환물을 어떻게 만들 수 있단 말인가. 문득 죽어 있는 사마귀의 사체가 눈에 들어왔다. 그러나 환물로 만들기에는 너무 크기가 컸다. 주위를 잠시 돌아보니 여기저기 죽어 있는 곤충들의 사체가 많이 보였다.

'곤충의 경우에는 뼈가 따로 존재하지 않고 딱딱한 외골격 안에 내장이 존재하기에 어쩌면 외골격 자체가 뼈라고 볼 수도 있다.'

이유강은 잠시 고민하다가 쉬파리 사체 하나를 들고 왔다. 미환진을 설치한 후 잠시 쉬었다가 작업을 시작했다.

파악 팍! 파곽 팍……!

파리를 일단 완전 가루로 만들어야 했다. 특별히 무기가 존재하지 않기에 그저 힘을 주어 찢고 짓밟는 것 외에는 방법이 없었다.

파삭! 팍! 파사삭!

작업은 거의 온종일이 걸렸다. 쉬파리의 힘이 빠진 것 같기에 잠시 밖으로 나가 음식을 섭취하고 다시 돌아와 작업을 계속했다.

파스스스……

드디어 날개를 비롯하여 외골격 모두를 가루로 만드는 데 성공했다.

'이제 진흙과 배합해야 한다.'

다행히 축축한 진흙이 주변에 존재했다. 어느덧 새벽 이슬이 풀에 맺혀 있어 진흙 덩어리들에 이슬을 묻혀 가루와 함께 반죽을 했다. 이 것 또한 한참의 시간이 걸렸다. 그리고는 암흑마기를 주입하며 쉬파리의 모양으로 만들었다. 하루가 지났을 때 보통의 쉬파리보다 서너 배는 되는 커다란 쉬파리가 완성되었다.

'드디어 만들었군.'

이제 이유강과 일체되어 있는 쉬파리의 수명은 길어야 이틀 정도 남은 것 같았다. 또한 비혼 역시 발견되지 않고 있었다. 이유강은 내심 긴장했다.

'내 예상이 맞다면 이틀 후에 나는 죽게 된다. 아니, 자칫 조금 있다 바로 죽을 수도 있다.'

이유강은 비장한 각오를 했다. 일단 밖으로 나가 쉬파리의 배를 채웠다. 음식은 물론 똥이었다. 처음에는 죽고 싶은 심정이었으나 이제는 익숙해져 그다지 거부감이 들지 않았다. 즉, 똥도 이제는 음식으로 보이는 것이었다. 어쩔 땐 먹음직스럽다는 생각도 들었다.

'이런 내가 무슨 생각을……!'

이유강은 황급히 미환진 안으로 돌아왔다. 똥으로 배를 채워 누렇고

육중하게 변한 쉬파리. 이제는 이것과도 작별이었다. 작별하는 마당에 이렇게 배를 채운 이유는 그나마 정들었기에 마지막으로 쉬파리에게 최후의 만찬을 즐기게 한 것이었다. 또한 잠시 후에 많은 힘이 소진될 것이기에 이를 위해 힘을 회복시킬 필요도 있었다. 자칫 대법 시전 중에 쉬파리가 견디지 못하고 탈진하거나 죽게 되면 이유강 역시 죽을 수 있기 때문이었다.

'지금 나는 의식만 존재하기에 하나 이상의 환물을 조종할 수 없다. 즉, 그 어떤 환물을 조종하든 나는 그 환물과 일체될 수밖에 없는 것이고 그것은 곧 이 쉬파리로부터 내가 완전히 빠져나간다는 것을 의미한다. 동시에 쉬파리는 기력이 탈진되어 죽을 것이고, 만일 이 예상이 틀리다면 나의 의식은 곧바로 소멸되고 말 것이다.'

세상에 완벽한 이론은 없는 법이다. 자칫 예측이 어긋나면 곧바로 죽게 되는 것이다. 그러나 이제는 선택의 여지가 없었다. 이대로 있다가는 쉬파리가 죽을 때 같이 죽어야 했다.

츠으으웃.

이유강은 암흑마기를 끌어올렸고 환물 쉬파리에게 암흑마기를 주입하며 동시에 그것에 정신을 일체시키기 시작했다.

부르르…….

쉬파리가 온몸을 떨며 괴로워했고 금세라도 탈진할 것 같았다. 이유강은 내심 초조했다.

'…부디 조금만 참아라.'

츠으으웃.

환물 쉬파리의 전신이 검게 물들었고 드디어 머리의 많은 곁눈들이 모조리 붉게 변했다. 순간 이유강의 의식은 마치 빨려들 듯 환물 쉬파리로 전이되었다.

'…성공이로군.'

일순 어질했지만 다시 정신이 맑아졌다. 드디어 환물 쉬파리와 완전 일체되었고 쉬파리에 존재하던 암흑마기 역시 환물 쉬파리의 체내로 들어와 이유강의 의식에 의해 조종되어 흐르고 있었다.

'…오오!'

환물 쉬파리의 능력은 역시 기존 쉬파리에 비교할 수 없이 뛰어났다. 사방 미세한 공기의 흐름이 더욱 민감하게 느껴졌고 움직이는 속도 또한 서너 배는 빨랐다. 또한 앞다리에 두 개의 날카로운 칼을 만들어 붙였기에 광마도법을 펼치기에 용이했다. 진흙으로 만든 것이라 비록 철로 만든 칼에 비해 약하긴 했으나 곤충의 세계에서는 이 칼에 대적할 만한 것은 존재하지 않을 것이었다.

또한 환물 자체의 특징인 암흑마기의 보호로 인해 설사 새가 와서 부리로 쪼는 공격을 할지라도 부서지지 않을 만큼 단단했다. 사마귀든 개구리든 굳이 결박을 사용하지 않더라도 가볍게 해치울 수 있을 만한 전투력을 가진 것이다. 이유강은 내심 만족해 미소가 절로 나왔다.

'후훗… 이제는 더 이상 시간에 얽매일 필요가 없군. 또한 똥을 먹을 필요도 없구나.'

환물 쉬파리로 일체된 후부터는 더 이상 생리적인 문제에 신경 쓸 필요가 없는 것이다. 잠시 날아보다 돌아와 보니 쉬파리 한 마리가 탈진되어 죽어 있었다. 이유강은 잠시 숙연해졌다.

'음… 역시 죽었구나. 그동안 고마웠다.'

그래도 십여 일 동안 정이 들었기에 조금은 씁쓸한 마음이 들었다.

파파팍!

흙으로 덮어 작은 무덤을 만들어주는 것으로 마지막 배려를 끝마쳤
다.

야심한 밤. 그러나 하늘에 떠 있는 달과 별들에 의해 시야는 선명하게 보였다.

쏴아아아. 철썩!

시원한 바람과 함께 파도가 밀려왔고 철영은 그 파도를 향해 수없이 도를 휘둘렀다.

타아앗! 타앗!

강하게 밀려오는 파도 속에서 흔들림없이 초식을 펼친 철영은 씁쓸히 고개를 저었다.

'초식상으로는 삼백 번째 변화까지 머릿속으로 깨닫긴 했지만, 내공이 부족해 일백오십칠 번째까지만 무리없이 펼칠 수 있구나.'

내공이 부족한 것이 무척 안타까웠으나 어쩔 수 없는 일이었다.

‘이제 들어가 자야겠군.’

일단 온몸이 땀에 젖어 있어서 몸을 씻어야 할 것 같았다. 다소 멀긴 하지만 우물이 있는 곳으로 걸음을 옮겼다. 그러다 문득 걸음을 멈췄다.

‘…누가 오는 것인가?’

멀리서 불빛들이 다가오고 있었다. 잠시 지켜보니 한 척의 배였는데 배의 갑판 위에서 많은 수의 무사들이 횃불을 들고 서 있는 것 같았다. 얼마 전 장칠에게 쫓겨간 해적들이 탄 배보다 훨씬 큰 배였다. 어림잡아 숫자도 백여 명은 되어 보였다.

‘해적들이다!’

철영은 급히 뛰어가 자고 있던 장칠을 깨웠다.

“형님! 해적들입니다! 저번보다 숫자가 많습니다!”

“…뭣이! 그렇게 혼나고도 또 왔단 말이냐? 내 이놈들을!”

장칠은 벌떡 일어나 도를 허리에 차고는 밖으로 달려나갔다. 철영은 비스트로와 푸앙을 찾아가 말했다.

“형님들, 지금 해적이 쳐들어왔으니 임 소저께 말씀드리고 대인의 처소를 지켜주세요.”

“해적들이 쳐들어왔단 말인가?”

“예. 만일을 모르니 대인의 처소를 지켜주셨으면 합니다.”

“알았네.”

비스트로 등은 놀란 기색을 감추지 못했다. 철영은 급히 장칠이 있는 곳으로 뛰어갔다. 도착해 보니 아직 배는 섬으로 다가오는 중이었다. 장칠이 긴장 어린 표정으로 말했다.

"제기랄! 오늘은 아무래도 피를 좀 봐야겠군."

"작정을 하고 온 것 같습니다."

"사정 봐주지 말고 가차없이 베어버려라. 우리가 패하면 대인께서 위험해지신다."

"걱정 마십시오."

철영은 무겁게 고개를 끄덕였다. 이미 어려서부터 사파의 하나인 흑웅방의 방도로 숱한 싸움을 경험한 바 있었기에 그다지 겁나는 것은 없었다. 어느덧 배는 섬에 도착했고 백여 명의 인물들이 배에서 내려서고 있었다. 장칠이 앞으로 나서며 소리쳤다.

"웬 놈들이냐?"

"크흐흐, 용케 우리가 오는 것을 발견했구나."

"며칠 전 혼나고도 정신을 못 차렸느냐?"

"닥쳐랏! 오늘이야말로 네놈들의 제삿날이다!"

그 말과 함께 배에서 내려선 무리들은 모조리 무기를 빼 들었다. 그들을 요리조리 살피던 장칠의 안색이 굳어졌다.

'…이놈들, 보통 놈들이 아니다.'

백여 명의 해적들 중 팔십 명 정도는 며칠 전에 왔던 자들과 비슷한 수준이었으나 잔혹한 기세를 풍기는 이십여 명의 무리들은 심상치 않아 보였다. 서너 명쯤이라면 몰라도 이십 명 모두는 상대하기 힘들 것 같았다. 특히, 멀찍이서 팔짱을 끼고 있는 한 명의 사내를 보자 일순 몸에 한기가 느껴졌다.

'고수!'

장칠은 급히 철영을 쳐다봤다. 철영 역시 그 사내를 발견했는지 안색이 굳어 있었다. 그때 한 여인의 음성이 들렸다.

"그만 돌아가세요. 이곳에는 가져갈 만한 것들이 없답니다."

철영과 장칠은 깜짝 놀라 그곳을 돌아보았다. 임수아였다. 그녀의 뒤에는 비스트로가 도를 들고 어정쩡한 자세로 서 있었다. 장칠이 급히 소리쳤다.

"아가씨, 이곳은 위험합니다! 들어가 계십시오! 비스트로, 빨리 아가씨를 모시고 들어가라."

"아… 저……."

비스트로가 어색한 표정으로 임수아의 눈치를 살폈다. 그때 멀리서 지켜보던 사내가 훌쩍 날아오르더니 임수아를 향해 다가왔다. 그러자 철영은 잽싸게 임수아의 앞으로 가 사내를 막아섰다.

"더 이상 다가오면 가만두지 않겠소."

사내는 다소 놀란 표정을 지으며 철영을 쳐다봤다.

"제법이군. 어린 나이에 상당한 수련을 쌓았구나. 내 부하가 되면 살려주마."

"닥치시오!"

철영은 사내의 눈을 강하게 노려봤다. 사내는 싸늘히 웃으며 말했다.

"일단 나는 저 아름다운 소저 분과 얘기를 하고 싶구나. 잠시 비켜주는 것이 어떻겠느냐."

"한 발짝이라도 다가서면 적어도 당신의 사지 중 하나는 떨어져 나갈 것이오."

철영은 독기 어린 시선을 보냈다. 순간 사내의 눈이 흔들렸다. 그는 철영의 말이 결코 허언이 아님을 깨달았던 것이다.

'…이놈을 죽이는 것은 어렵지 않다. 하나 그와 동시에 내 팔다리 중 하나가 날아갈 것이다. 아니, 자칫 내 목이 날아갈 수도 있다.'

상대는 죽기를 각오하고 있는 상황인 것이다. 사내는 내심 가슴이 철렁하여 한 발짝 뒤로 물러났다. 그때 임수아가 물었다.

"저와 무슨 얘기를 하고 싶으신가요?"

"…후훗, 나는 곤도라 하오. 소저의 방명을 알고 싶소."

"저는 임수아라고 해요. 이곳에 온 목적이 무엇인가요?"

"나는 단지 그대를 내 배에 정중히 초대하러 왔소. 초대에 응해주겠소?"

곤도는 임수아의 전신을 훑으며 말했다. 그러자 임수아는 차갑게 웃었다.

"곤도라 했나요?"

"그렇소."

곤도는 능글맞게 웃으며 고개를 끄덕였다. 임수아는 말했다.

"당신은 흑골연합의 반도로군요."

"…뭣이!"

곤도는 순간 깜짝 놀라는 표정으로 임수아를 노려봤다.

"네년은 누구냐?"

"흑골연합에서는 분명 해적질을 금하게 되어 있어요. 당신이 이를 어기고 해적질을 하는 것을 보니 반도가 분명해요."

"내가 흑골연합과 전혀 관계가 없다면 어찌하겠느냐? 해상의 모든 해적이 흑골연합 소속인 줄 아느냐?"

"당신은 분명 흑골연합 소속이에요. 그렇지 않다면 어찌 내 말에 그리 놀라는 표정을 지으시는 건가요?"

"크하하핫! 그래서 어쩌겠다는 것이냐? 그놈들이 내가 이곳에 있는 줄 어찌 알겠느냐? 크큭, 제법 반반해서 대우해 주려 했더니 안 되겠군."

곤도는 오른팔을 슬쩍 들었다. 그러자 이십여 명의 무사들이 빠르게 다가와 곤도의 뒤에 섰다. 장칠이 대경실색하며 급히 철영의 옆에 섰다. 곤도가 말했다.

"가소로운 놈들! 일단 네놈들부터 죽이고 저년은 내 첩으로 삼아야겠다."

"크훗, 헛소리하지 마라."

장칠은 지지 않고 대답했다. 그때 임수아가 곤도를 향해 의미심장한 표정으로 물었다.

"이 섬의 주인이 누군지 알고 계시나요?"

"무슨 주인이 따로 있느냐? 크크, 앞으로 이 섬은 바로 내 것이 될 것이다."

"이 섬의 주인은 광마황님이에요."

"…지금, 뭐라 했느냐?"

곤도의 얼굴색이 창백하게 변했다.

"광마황님께서 이 섬의 주인이시라고 말했어요."

"과, 광마황!"

순간 곤도의 뒤에 서 있던 무사들이 기절초풍할 듯한 표정으로 벌벌 떨기 시작했다. 곤도 역시 잠시 멍하니 서 있다가 임수아를 노려봤다.

"크크큭! 어디서 그따위 잡소리를 하는 것이냐! 내가 그 말을 믿을 것 같으냐! 주둥이를 찢어버리겠다!"

그러나 임수아는 태연히 말했다.

"못 믿겠다면 내가 그분을 모셔올게요. 그분이 오시면 당신은 살아남기 힘들 것이니 이제 그만 물러가는 게 어때요?"

"…크큭! 어디 한번 데려와 봐라. 만일 거짓이면 네년은 나를 우롱한 죄로 처참하게 죽게 될 것이다."

"좋아요. 후회하지 마세요."

임수아는 미소를 지으며 돌아섰다. 비스트로가 따라가려 했으나 그녀는 손을 들어 제지했다. 철영과 장칠은 내심 속이 탔으나 곤도를 노려보며 자리를 지켰다. 곤도는 임수아가 자신있게 돌아서자 약간 불안한 듯 초조해 보였다. 그때 임수아가 사라진 방향에서 화아악 하고 하얀 빛이 일어났다.

"…뭐냐?"

모두들 깜짝 놀라 그곳을 바라봤는데 이유강이 차가운 표정으로 걸어오고 있었다. 순간, 곤도의 안색이 사색이 되었다. 그는 일전에 멀찍이서 이유강을 본 적 있었던 것이다.

"…허억!"

"과, 광마황!"

곤도의 부하들 역시 대경실색하여 벌벌 떨기 시작했다.

"대인……!"

"대인을 뵙습니다!"

장칠과 철영은 눈물까지 글썽이며 이유강을 향해 포권했다. 이유강은 그들을 향해 미소를 지으며 고개를 끄덕이고는 곤도를 노려보며 말했다.

"곤도라 했나? 네놈이 감히 내 말을 무시하고 해적질을 하다니 용서할 수 없다!"

"사, 살려주십시오!"

곤도를 비롯한 그의 부하들은 즉시 바닥에 꿇어 엎드렸다.

"닥쳐라! 게다가 네놈은 나의 휴식까지 방해했다. 이곳에서 조용히 쉬려 했거늘 기어코 내 손에 피를 묻히려 하는구나."

"크흑! 그저 한 번만 살려주십시오!"

"살려주십시오!"

곤도와 백여 명의 부하들은 눈물을 펑펑 흘리며 애걸복걸했다. 이유강이 일순 고민을 하는 듯하며 말했다.

"흠……. 사실 내가 며칠 전 새로운 무공 하나를 창안해 기분이 좋은 상태라 오늘 굳이 피를 보고 싶지는 않다."

"……!"

그러자 곤도 등은 약간 안도하는 표정으로 더 더욱 애걸복걸했다.

"…크흐흑, 앞으로 다시는 해적질을 하지 않고 평범하게 살겠습니다! 부디 살려주십시오!"

"광마황님, 살려주십시오!"

이유강은 순간 인상을 찌푸렸다.

"좋다. 대신 지금 즉시 이 섬에서 나가라. 다시 한 번 이곳에 얼씬거렸다가는 이 새로 만든 무공을 네놈들에게 시험할지도 모른다."

화아아아악!

이유강의 손에서 백색의 빛이 일어나 화염처럼 이글거렸다. 곤도 등은 대경실색하여 뒷걸음질쳤다. 이유강은 말을 이었다.

"이 무공이 과연 내 예상대로 수백 장 밖에서도 천 근 거암을 가루로 만들 수 있을지 내심 시험해 보고 싶구나."

"…허억!"

"모두 뛰어랏!"

곤도와 그의 부하들은 눈썹이 휘날리도록 뛰어 배에 올라타고는 곧바로 배를 출발시켰다. 멍하니 상황을 지켜보던 철영과 장칠이 이유강을 향해 다가왔다.

"대인, 그동안 걱정 많이 했습니다."

"그 수백 장 밖에서 천 근 바위를 작살낸다는 엄청난 무공을 창안하시느라 그동안 그러고 계셨군요. 우하하핫! 과연 대인이십니다."

"호호호!"

갑자기 여인이 웃는 소리가 들렸다. 다름 아닌 이유강의 입에서 나는 소리였다. 장칠 등은 깜짝 놀라 이유강을 쳐다봤다. 순간 화아악 하며 빛이 일더니 이유강의 모습은 임수아의 모습으로 바뀌었다.

"아가씨……!"

"이게 어찌 된……!"

모두들 어안이 벙벙해했다. 임수아는 재밌다는 듯 웃으며 말했다.

"어쩔 수 없어서 잠시 대인 흉내를 내봤어요. 모두들 속았군요."

"정말 대단한 변장술입니다."

"영락없이 대인인 줄 알았습니다요."

철영과 장칠은 감탄의 표정을 지었다. 임수아가 말했다.

"많이 놀라셨을 텐데 이제 그만 들어가서 주무세요."

"예. 소저께서도 편히 쉬십시오."

철영은 공손히 포권했다. 장칠이 문득 물었다.

"저… 그런데 조금 전 아가씨께서 사용하신 그 무공이 정말로 수백 장 밖의 천 년 거암을 작살, 아니, 박살 낼 수 있는 것입니까?"

"호홋, 이것 말인가요?"

임수아는 손에서 하얀 빛을 일으켰다. 장칠은 놀라며 고개를 끄덕였다. 그러자 임수아는 피식 웃었다.

"글쎄요……."

픽! 퍼픽!

『꽤에엑!』

커다란 벌 한 마리가 비명을 지르며 바닥에 떨어졌다. 허공에는 커다란 쉬파리 한 마리가 오연히 떠 있었다. 붉은 눈에 시커먼 몸체. 보통의 쉬파리보다 서너 배는 더 큰 크기였다. 이유강의 환물 쉬파리였다. 이유강은 멀리서 벌벌 떨고 있는 벌 떼를 향해 외쳤다.

『이제부터 나를 따르겠느냐?』

『대왕님을 따르겠습니다.』

『대왕님을 따르겠습니다.』

독봉들은 이구동성으로 이유강을 향해 복종을 맹세했다. 붉은 색의 커다란 벌들. 이 벌들은 숲에서 모든 동물들이 가장 두려워하는 독봉(毒

蜂)들이었다. 이유강은 내심 흐뭇했다.

'이로써 가장 악명 높은 놈들인 독봉 떼도 내 휘하에 들어왔군.'

환물 쉬파리로 일체된 지 닷새 동안 이유강은 각종 곤충 무리들을 닥치는 대로 복속시켰다. 이제 산의 곤충들 사이에서 이유강은 대왕으로 통하고 있었다. 그러나 그 모든 곤충들이 이유강의 명령에 따라 비혼을 찾아다니고 있지만 여전히 알아내지 못했다.

'역시 물속에 있는 것인가……'

근처의 강 주변에 있다면 비혼을 발견하지 못할 리가 없었다.

'무슨 방법이 없을까.'

물속에 들어가는 것은 불가능했다. 환물 쉬파리의 강한 힘으로도 물살을 뚫는 것은 불가능했다. 물살의 힘은 독수리나 매라 할지라도 뚫지 못할 만큼 가공했기 때문이다. 이럴 때 환물 괴어들이 있다면 쉽게 찾을 수 있을 것이나 본신으로 돌아가기 전에는 이전에 만들었던 그 어떤 환물도 조종할 수 없었다.

다시 며칠이 지났다. 이유강은 홀로 수련에 몰두하고 있었다.

부우웅. 부웅. 붕붕!

팟! 파팟! 파파팟!

'칠백오십팔, 칠백오십구, 칠백육십, ……칠백육십사.'

최근 새로 깨달은 광마도법 일곱 개의 초식이었다. 비혼을 찾을 특별한 방법이 떠오르지 않자 이유강은 잠시 모든 것을 잊고 광마도법의 초식을 연구하며 지내고 있었다. 도저히 생각나지 않을 것 같던 새로운 변화들이 매일매일 떠오르자 이유강은 하루에 한 시진 정도를 제외하고는 오직 그것에만 매달렸다.

그러다 보니 이전과 달리 하루에 서너 개의 변화를 도출해 내게 되어 불과 십여 일이 지났을 뿐인데 도합 사십삼 개의 변화를 추가하게 되었다.

'이로써 팔백 번째의 초식까지 펼칠 수 있게 되었구나. 앞으로 이백 개만 더 익힌다면 절대 초식을 도출할 수 있겠군.'

이상하게도 그 후로는 또다시 진전이 없었다. 이유강은 잠시 아쉬운 마음이 들었으나 문득 현실을 깨달았다.

'그렇군. 빨리 비혼을 찾아야 한다.'

언제까지 환물 쉬파리로 살 수는 없는 것이다. 그럴 리는 없겠지만 혹시라도 임수아 등이 돌보다 지쳐 이유강의 본신을 포기하기라도 한다면 이 생활도 끝인 것이다. 그 생각을 하자 문득 초조한 마음이 들었다. 그러고 보니 광마도법을 수련하며 한동안 현실을 도피하고 있었던 것이다.

'…곤충들을 좀 더 닦달해 봐야겠군.'

이유강은 미환진 밖으로 나가자 바로 독봉 떼를 소환했다.

우우웅. 우웅!

수천 마리가 넘는 독봉 떼가 날아와 이유강의 눈치를 보더니 도열했다. 이유강은 짐짓 호통을 치며 물었다.

『아직도 못 찾았느냐?』

『…예.』

독봉들은 모두 벌벌 떨었다. 이유강은 이미 예상했던 터라 실망하지 않았고 내심 독봉들을 보며 흐뭇한 마음이 들었다.

'독봉들의 독침 한 방이면 호랑이도 죽일 수 있다. 그동안 다른 곤충들을 감시하며 요령 피우는 놈들을 처치하라고 시켰지만, 이제부터는 이놈들을 이용해서 좀 더 영역을 확장해야겠군.'

환물 쉬파리에게는 독이 통하지 않기에 독봉들에게 이유강은 천적이나 마찬가지였다. 물론 이유강을 제외하고 독봉들에게 대적할 만한 것은 존재하지 않았다. 공간을 격해서 날리는 독침의 속도는 실로 믿을 수 없을 만큼 빨랐고 이에는 설사 하늘의 제왕인 독수리라 할지라도 예외없이 죽음을 면치 못했던 것이다.

'이놈들은 보통 독봉이 아니라 언젠가 고서에서 읽었던 천왕독봉(天王毒蜂)들이란 생각이 든다. 그렇지 않다면 저토록 강력한 독을 보유하지는 않았을 것이다.'

천왕독봉은 이른 바 봉중지왕(蜂中之王), 무적지봉(無敵之蜂)이라 불리는 최강의 벌이었다. 능히 맹수라 할지라도 이것에게 걸리면 즉사하고 말 정도로 강력한 독을 보유했기에 봉중지왕이라 불렀다. 또한 벌들의 천적인 새들조차도 이것들을 두려워하여 피해 다녔기에 천적이 존재하지 않는 벌이라 하여 무적지봉이라고도 불리는 것이었다.

수명이 매우 길지만 번식력이 그다지 좋지 않아 극소수만 존재한다고 알려져 있었는데 놀랍게도 가히 수천 마리의 천왕독봉 떼를 발견하여 복속시킨 것이다.

특히 희귀한 천왕독봉의 꿀은 내공 중진에 탁월한 효과를 준다고도 알려져 있었다. 그러나 그러한 벌꿀은 현재 이유강에게 그림의 떡일 뿐이었다.

따라서 천왕독봉의 벌집들에 꿀이 가득했지만 이유강은 별다른 관심이 없었다. 이유강은 천왕독봉들의 우두머리인 여왕독봉을 불렀다. 그것은 보통의 천왕독봉보다 두 배는 큰 덩치를 가지고 있었다.

『…부르셨나요?』

일전에 초죽음이 되도록 얻어맞았기에 여왕독봉은 이유강 앞에서 벌벌 떨었다. 이유강은 말했다.

『숲을 장악할 것이다. 정예 천 마리를 추려서 나를 따르도록. 나머지는 여전히 감시를 시켜라.』

『…존명!』

여왕독봉은 공손히 다리를 비비적거리고는 독봉 떼로 돌아가 뭐라고 지시하는 것 같았다. 다리를 모아 비비적거리는 것은 사실 쉬파리들이 이유강에게 행했던 복종의 표현이었는데 이것이 자연스럽게 곤충들에게 퍼진 것이었다. 따라서 간혹 다리가 짧아서 이것이 안 되는 곤충들은 더듬이를 이용해서라도 기를 쓰고 비비적거렸다.

사흘이 지났을 때 곰이나 늑대 같은 맹수들을 비롯하여 산에 사는 온갖 짐승들 모두가 이유강의 휘하에 들어왔다.

구워어!

커다란 흑곰 한 마리가 앞발을 비비적거리며 비굴한 표정을 지었다. 그 앞에는 이유강이 날고 있었다. 사실 지금 이유강의 능력으로는 흑곰을 이길 수 없었다. 제아무리 강력하게 광마도법의 초식을 펼친다 해도 흑곰에게는 아무런 충격을 줄 수 없었기 때문이다. 그러나 천왕독봉의 독침은 흑곰에게 공포 그 자체였다. 이유강의 주위에는 항상 천여 마리의 천왕독봉 떼가 웅웅대고 있었다. 이유강은 흑곰을 노려보며 물었다.

『정말이냐?』

쉬파리와 일체되었던 것으로부터 얻었던 가장 큰 소득 중 하나는 바로 곤충이나 짐승들과 소통하는 능력이었다. 즉, 온갖 동물들이 말하는 소리를 들을 수 있었고 그것들에게 의사를 전달할 수도 있었다. 그 능력은 쉬파리를 떠나 환물 쉬파리로 일체되었을 때에도 여전히 존재했다.

구워어어!

흑곰은 뭔가 진지하게 말을 했다.

『예. 그런 모습이라면 본 적이 있습니다.』

『어디서 보았느냐?』

『저 아래쪽 강가에 있던 것을 인간들이 가져갔습니다.』

『……!』

이유강은 순간 가슴이 철렁했다.

'인간들이라면… 설마 밀교에서 가져갔단 말인가.'

곰에게 다시 물었다.

『네가 직접 보았느냐?』

『예. 멀리서 물고기를 잡아먹고 있다가 보았습니다.』

『대충 생김새를 기억할 수 있느냐?』

『어린아이들이었습니다.』

『…어린아이들이었다고?』

『예. 어린아이들 십여 명이 물가에서 놀다가 신기한 듯 그것을 바라보더니 여럿이서 짊어지고 갔습니다.』

『흠…….』

이유강은 내심 안도했다. 어린아이들이 가져갔다면 밀교와는 관계가 없을 것이다. 곰을 향해 말했다.

『좋다. 그곳으로 나를 안내해라.』

『…존명!』

곰은 앞발을 들어 비비적거린 후 강 쪽으로 달리기 시작했다. 이유강은 슬쩍 곰 털 위에 앉았다. 여왕독봉을 비롯한 십여 마리의 수뇌 급(?) 독봉들이 슬금 이유강의 눈치를 보더니 뒤에 도열하여 앉았고 나머지 벌들은 감히 내려앉지 못하고 웅웅대며 날아왔다. 독봉들이 털 위에 앉은 것을 느낀 곰은 간이 콩알만 해진 듯 기겁을 하며 더욱 빠르게 강가를 향해 달려갔다.

쿵쾅쿵쾅!

곰이 빠르게 뛰어가자 사방에서 숱한 산짐승들이 피해 달아나는 소리가 들렸다. 나뭇가지 위에 있던 원숭이들과 다람쥐들이 곰 털 위에 있는 이유강과 천왕독봉들을 발견하고는 황급히 다리를 비비적거렸다.

잠시 후 곰은 강가에 도착했고 강가를 따라서도 한참을 내려갔다. 이윽고 커다란 바위가 있는 곳에 이르러 멈춰 섰다.

『이곳입니다.』

『흠…….』

곰의 말에 의하면 비혼은 이 큰 바위에 걸려 있었는데 아이들이 힘을 모아 물에서 끌어냈다고 했다. 근처의 수심이 얕아 아이들이 놀기에 적당해 보이긴 했다. 이유강은 물었다.

『이 근처에 사람들이 있는 마을을 알고 있느냐?』

『…알고는 있습니다만.』

곰은 두려운 표정으로 고개를 끄덕였다. 그는 사람들에게 한번 봉변을 당한 적이 있던지 그 마을에 가기를 꺼려했다. 이유강은 곰에게 마을의 위치를 자세히 캐물었다.

『수고했다. 너는 이만 돌아가라.』

『……예.』

곰은 가지 않고 이유강의 눈치를 살피며 잠시 머뭇거렸다. 이유강이 물었다.

『내게 볼일이 있느냐?』

『발견하면 상을 주신다고 해서…….』

곰은 머리를 긁적이며 어색하게 웃었다. 이유강은 피식 웃음이 나왔다.

『특별히 원하는 것이 있느냐?』

『제 집에 들어와 살고 있는 사람이 있는데 그 사람을 좀 쫓아주십시오.』

『사람이라 했느냐?』

『예……. 아주 무서운 사람입니다. 저를 죽도록 두들겨 패고 그 집을 차지했습니다.』

곰은 울먹이듯 말했다. 이유강은 내심 호기심이 생겼다.

'곰이 살고 있는 동굴에 들어가 곰을 내쫓고 살고 있다니. 괴이한 일이군.'

이유강은 말했다.

『좋다. 그 사람을 쫓아주겠다. 우선은 그 마을부터 갔다 와야 하니 이 근처에서 기다리고 있거라.』

　『감사합니다.』

　곰은 앞발을 연신 비비적거렸다.

마을은 그리 멀지 않은 곳에 있었다. 집이 대략 백여 채는 되는 꽤 큰 촌락이었다. 외곽에는 울타리가 쳐져 있고 감시탑 위와 울타리 입구에 몇 명의 청년들이 활과 창을 들고 서 있었다. 아마도 맹수의 침입 등에 대비해 망을 보고 있는 듯했다.

'독봉들을 데리고 가면 사람들이 놀라겠군.'

이유강은 독봉들을 숲에서 대기하게 한 후 홀로 마을로 들어갔다. 비록 보통 쉬파리보다 서너 배 크긴 했지만 별다르게 눈에 띄지는 않아 사람들은 경계를 하지 않았다.

'비혼을 가져왔다면 집 안에 두기보다 바깥에 두었겠지.'

이유강은 돌아다니며 비혼을 찾았다. 마을 공터에는 수십여 명의 아이들이 모여 즐겁게 뛰어놀았고 노인들은 나무 그늘에 앉아 담소를 나누고 있었다. 다른 사람들은 모두 어디론가 일을 하러 간 모양이었다.

'……'

한참을 돌아다녔으나 비혼은 보이지 않았다.

'바깥에는 없다. 그렇다면 설마 집 안에 둔 것인가?'

다소 시간이 걸리겠지만 일일이 찾아보기로 했다. 이럴 때 파리의 작은 몸이 매우 유용했다. 그렇게 백여 곳의 집을 다 뒤지고 다니자 하루가 꼬박 소요되었다. 그러나 비혼은 보이지 않았다.

'제길, 없구나.'

이유강은 잠시 낙담하여 방바닥에 앉았다. 이곳이 마지막 집이었던 것이다.

'아무래도 그 미련한 곰 녀석이 잘못 본 게 분명하군.'

돌아가서 혼을 내줘야겠다는 생각이 들었다. 그때였다. 갑자기 공기가 심하게 진동하는 것이 느껴졌다.

'위험!'

이유강은 즉시 날아올랐다.

철푸닥!

하나의 커다란 손이 방바닥을 때리고 있었다. 웬 아이 한 명이 방금 이유강이 있던 곳을 손으로 내려친 것이었다. 아이는 이유강이 피하자 아쉬운 표정을 지으며 허공으로 손을 허우적거렸다.

'…휴우!'

아이는 파리를 잡으려 한 것이다. 이유강은 허우적거리는 손을 피해 천장으로 날아올라 붙었다.

'파리 신세 처량하구나. 대체 비혼은 어디에 있단 말인가.'

일단은 돌아가야 할 것 같았다. 계속 곤충들을 닦달해 보고 강 속으로 진출할 방법을 모색해 보는 것도 좋을 것 같았다. 만일 강 속에 비혼이 있다면 천상 환물 괴어를 만들어야 하는 것이다.

'곰을 시켜 큼직한 물고기를 잡게 만든 후 고기는 먹고 뼈는 부숴뜨리라 해야겠군.'

그렇게 하면 환물 괴어가 될 수 있을 것이다. 그러나 이에는 매우 심각한 문제가 존재했다. 환물 괴어가 되면 지금처럼 극강한 환물 쉬파리의 초감각을 사용할 수 없으니 독봉들도 말을 듣지 않을 것이고 홀로 외로이 방대한 물속을 뒤져야 하는 것이다.

물론 보통의 환물 괴어처럼 아가미 밑에 두 개의 팔과 함께 칼을 달아놓으면 물고기 떼들도 대부분 복속시킬 수는 있을 것이다. 그렇게 된다면 물고기들을 시켜 비혼을 찾을 수 있을지도 모른다. 그러나 만일 비혼이 강바닥 어딘가에 파묻혀 있다면……. 그것은 실로 끔찍한 일이었다.

'휴우, 갈 길이 멀구나.'

그때 문득 아래를 내려다보던 이유강은 깜짝 놀랐다.

'저것은!'

아이가 벽장에서 자그만 인형을 꺼냈는데 그것의 모양이 비혼과 흡사했다. 진흙으로 조잡하게 만들긴 했으나 영락없이 비혼이었다.

'흠……'

이유강은 순간 가슴이 설레었다.

'우연히 만들었을 리는 없다. 분명 이 아이는 비혼을 본 적이 있구나.'

그러나 아이에게 물어볼 수가 없었다. 암흑마기를 진동시켜 사람의 목소리를 낼 수는 있으나 언어가 통하지 않았던 것이다.

"까루학노나강!"

아이가 뭐라고 외치며 몽둥이를 들고 와 이유강을 공격했다. 무슨 말인지 알아들을 수가 없었다. 이유강은 일단 몽둥이를 피해 집 밖으로 나왔다. 일단 비혼이 이 마을에 온 것은 확실했다. 그것만이라도 큰 소득이었다. 그러나 말이 통하지 않으니 비혼의 행방을 캐물을 방법이 없었다.

'무슨 방법이 없을까.'

독봉 떼가 있는 곳으로 돌아오면서 이유강은 고민에 빠졌다. 이유강이 하루가 지나서 돌아오자 독봉들은 지쳤는지 여기저기 걸터앉아 쉬고 있었다. 교대로 식사도 하고 온 것 같았다. 그러다 이유강이 모습을 드러내자 후다닥 정렬하며 다리를 비비적거렸다. 여왕독봉이 다가와 조심스레 말했다.

『저… 대왕님.』

『왜?』

『곰이 어제부터 계속 그 자리에서 기다리고 있어요.』

『…….』

다소 귀찮은 생각이 들었지만 약속은 약속이었다.

『알았다. 일단 그놈 부탁을 들어줘야겠군. 모두 그쪽으로 간다.』

강가로 가자 곰이 웅크리고 앉아 있었다. 그러다 이유강을 보고 반색하며 앞발을 비벼댔다.

『대왕님! 기다렸습니다.』

『그 사람을 쫓아줄 테니 그곳으로 안내해라.』

『존명!』

곰은 신나게 달려갔다. 이유강은 곰 털 위에 앉아 잠시 휴식을 취했다. 휴식이라고 해봤자 그저 멍하니 생각을 안 하고 있는 것뿐 잠을 자는 것은 아니었다. 본신과 완전 분리되어 있는 이유강은 현재 모든 생리적 욕구로부터 자유로운 상태였다. 따라서 잠을 잘 필요도 없었다. 가끔 생각을 많이 하다 보면 다소 피곤하다는 느낌이 들었으나 그것도 잠깐일 뿐이었고 금세 머리는 맑아졌다.

『도착했습니다.』

잠시 후 곰이 멈춰 섰다. 앞을 보니 큼지막한 동굴이 하나 보였다. 제법 깊어 보였고 위치도 좋아 곰이 쉽게 미련을 버리지 못할 만했다. 곰은 동굴을 가리키며 말했다.

『…바로 저곳입니다.』

『알았다. 이곳에서 기다려라.』

우선 어떤 사람인지 볼 필요가 있다. 혹시라도 무공의 고수라도 된다면 쫓아내기는커녕 자칫 큰 봉변을 당할 수도 있는 것이다. 제아무리 환물이 단단하다 해도 비혼이라면 모를까 환물 쉬파리의 몸으로는 무림고수의 주먹 한 방에 산산이 부서져 흩어질 것이었다.

‘…진법을 설치해 놓았군.’

동굴 입구에 들어서자 진법이 설치되어 있는 것이 보였다. 외부의 출입을 막는 간단한 진법의 일종이었다. 이 정도면 곰은 물론 사람들 역시 동굴 안쪽으로 들어올 수 없었으나 이유강이 보기에는 장난과 같았다. 가볍게 진을 통과해 안으로 들어가니 과연 안쪽에 한 명의 사람이 보였다. 가까이 가서 그 얼굴을 확인한 이유강은 깜짝 놀랐다.

'아니, 저 여인은!'

다름 아닌 환가영이었다. 정파의 습격에 의해 어디론가 쫓긴 후 소식이 끊겼던 환가영이 이 동굴 안에 있었던 것이다. 이유강은 반가운 마음에 덜컥 '환 소저' 하고 외치며 다가갈 뻔했다. 그러나 환물 쉬파리의 몸으로 섣불리 그녀에게 다가갈 수는 없는 일이었다. 서문소혜 못지않은 무공을 지닌 그녀가 자칫 주먹이라도 휘두르는 날에는 이유강은 그 즉시 세상과 작별을 고하고 말 것이었다.

'안색이 창백한 것을 보니 내상을 입고 이곳에서 치료하고 있구나.'

환가영은 초췌한 안색으로 가부좌를 틀고 운기조식을 하고 있었다. 운기조식에 집중하는 상황이라 이유강의 기척을 눈치채지 못하는 것 같았다. 하긴 설사 눈치챈다 할지라도 그저 좀 커다란 쉬파리라 생각할 뿐 별다른 경계심을 가지진 않을 게 분명했다. 잠시 환가영의 주위를 돌며 그녀의 기색을 살피던 이유강은 내심 놀랐다.

'땀이 심하게 흐르다니…….'

가끔씩 몸이 심하게 떨리기도 하는 것이 평범한 내상이 아닌 것 같았다.

'이런 상태에서 무리하게 운기조식을 하면 자칫 주화입마에 빠질 수도 있을 텐데…….'

이유강은 안타까운 마음이 들었으나 어찌해 볼 방법이 없었다. 그러다 문득 한 가지 생각이 났다.

'그렇군. 그런 방법이 있었군.'

이유강은 급히 동굴 밖으로 나갔다.

"쿨룩……!"

환가영은 피를 한 모금 토하며 눈을 떴다. 내상은 여전히 치유되지 않았고 오히려 더욱 심해지는 것 같았다. 머리가 어지러웠다.

"아아… 언제까지 이렇게 숨어 있어야 하는 걸까."

정파와 서장무림의 무사들에게 쫓긴 지도 벌써 몇 달째인지 몰랐다. 내상을 입은 채 집요한 추적을 따돌리며 수없이 맴돌다 우연히 이곳을 발견하여 원래 살고 있던 곰을 내쫓고 내상을 치료하고 있었으나 내상은 점점 더 심해질 뿐 차도가 없었다.

"일단 뭘 좀 먹어야겠구나."

며칠 전 따다 놓은 열매들이 다 떨어져 지금은 먹을 게 없었다. 환가영이 산에서 먹을 것이라고는 나무에 열리는 각종 열매들밖에 없었다. 가끔 강에 나가 물고기라도 잡아올 때도 있었지만 그러다 자칫 추격조에게 걸리기라도 하면 지금 상태에서 그들을 감당하기 힘들었다.

"…이게 뭐지?"

환가영은 자리에서 일어나려다 문득 앞에 뭔가가 있는 것을 발견했다. 분명 운기조식에 들기 전에는 없던 것이다. 자세히 살펴보니 조그만 벌집이었다.

"웬 벌집이?"

벌집으로부터 매우 향긋한 냄새가 나 살펴보니 안에 꿀이 가득 들어 있었다. 어려서부터 많은 영약을 복용해 왔던 환가영은 오래지 않아 이 꿀이 범상치 않은 것임을 깨달았다. 그러다 바닥에 뭔가 쓰여져 있는 것을 발견했다.

환 소저, 오랜만이오. 일단 소저의 내상이 심하니 천왕독봉의 꿀을 마시고 속히 치료를 하시오. 자세한 얘기는 나중에 하기로 합시다.

—이유강.

"…이유강이라면 설마 이 대인님이?"

환가영은 믿을 수 없다는 표정으로 주위를 두리번거렸다. 그러나 그 어떤 기척도 느낄 수 없었다. 동굴 입구에 설치에 두었던 진법 역시 파훼되거나 훼손된 흔적이 없었다.

"내가 지금 꿈을 꾸는 것일까?"

환가영은 일순 허벅지를 꼬집어보았다.

"……!"

아픔이 느껴지는 것으로 보아 절대 꿈은 아니었다.

"도대체……."

환가영은 다시금 바닥에 있는 글자들을 읽어보았다.

"천왕독봉의 꿀이라면 내공 증진에 효과가 있는 무가지보인데 이것을 어찌……. 정녕 이 대인님이 이곳에 다녀가신 것일까?"

환가영은 일순 눈물을 글썽이더니 급기야 흐느껴 울었다.

"흑……!"

한참을 목 놓아 울던 환가영은 눈물을 그쳤다. 그리고는 바닥에 있는 벌집을 주워 들었다.

'이것이 진정 천왕독봉의 꿀이라면 내상 치료는 물론이고 적어도 몇 십 년 이상의 내공이 증가하겠구나.'

지금까지 먹었던 그 어떤 영약도 이에 비교할 수 없었다. 그녀는 가슴이 뛰었다. 그리고는 조심스레 벌집 안의 꿀을 손가락으로 찍어 먹었다.

'음… 맛있어.'

꿀은 매우 달고 맛있었으나 그녀는 십분의 일 정도만 먹고는 곧바로 운기조식에 들어갔다. 경험상 이런 종류의 강력한 영약은 한 번에 복용하기보다 매일 적당량을 나누어 복용하며 흡수하는 것이 큰 고통 없이 효력을 빨리 볼 수 있었던 것이다.

'…으음!'

천왕독봉의 꿀이 들어가자 온몸에 땀이 나며 후끈거리기 시작했다. 그와 함께 그동안 얽혀 있던 진기들이 제자리를 찾아가며 극심했던 고통들이 사라지고 있었다.

'아아… 정말 천왕독봉의 꿀이 맞구나. 이런 기연이……!'

그녀는 모처럼 상쾌한 기분으로 운기조식을 계속했다.

삼 일이 지났다. 내상은 완전 치료되었고 내공 또한 조금 증진되어 있었다. 벌꿀은 아직도 많이 남아 있었다. 이미 내상이 치료되었으니 더 이상 복용하지 않아도 될 것 같아 배낭 속에서 약병을 꺼내 꿀을 조심스레 담았다.

"앞으로 귀하게 쓰이겠구나."

환가영은 미소를 지었다. 사실 이 약병은 내상을 치료하는 환약들을 담았던 것인데 안에 있던 환약들은 모두 먹어 지금은 비어 있었다. 약병 안에 꿀을 가득 담았으나 여전히 벌집에 꿀은 조금 남아 있었다. 대충 보니 이틀 정도 나누어 먹을 수 있는 분량인 것 같았다.

"이것까지 마시면 앞으로 내공이 많이 증진되겠구나."

환가영은 다시 이틀 동안 꿀을 복용하며 운기조식을 했다. 이틀이 지나자 전신에 활력이 넘쳐흘렀다.

츠으으으읏.

내공을 운기해 보았다. 이틀 전과 내공 수준은 비슷했다. 천왕독봉의 꿀을 복용한다고 해서 곧바로 내공이 향상되는 것은 아니다. 적어도 일이 년 정도의 기간 동안 꾸준히 내공 수련을 해야 모두 내력으로 흡수될 수 있는 것이다. 환가영은 이에 대해 잘 알고 있었기에 그다지 조급해하지 않았다.

그래서 벌꿀을 모두 마시지 않고 남겨둔 것이다. 체험해 본 바 천왕독봉의 꿀이 내상 치료에 탁월한 효능을 발휘하는 것을 깨달았던 것이다. 약병에 가득한 벌꿀을 이용해 내상약을 만든다면 적어도 백 개가 넘는 환약을 만들 수 있을 것 같았다.

"한데 이 대인님은 어디에 계신 것일까?"

그동안 혹시나 하며 기대했으나 이유강은 나타나지 않았던 것이다. 그로 인해 이제 내상이 완전 회복되어 운신이 자유로웠으나 환가영은 쉽게 동굴을 떠나지 못하고 있었다.

"동굴 속에만 있었더니 갑갑하구나."

환가영은 잠시 산책이나 할까 하고 밖으로 나왔다. 이제는 몸이 완전히 회복되었을 뿐만 아니라 내공까지 약간 증진되었기에 추격조를 만난다 해도 그다지 겁나지 않았다. 그래도 그녀는 조심스레 주위를 살피며 강가로 나왔다. 맑은 물속에 헤엄치고 있는 물고기들이 보였다. 잠시 강의 정취를 감상하다가 일순 손을 뻗어 물속에서 물고기 한 마리를 잡았다.

"호호… 제법 큼직하구나."

그동안 나무 열매만으로 허기를 채웠기에 오랜만에 물고기를 구워 먹을 생각을 하자 마음이 즐거워졌다. 한데 그때 어디선가 이상한 소리가 들렸다.

"…이게 무슨 소리지?"

환가영은 소리가 나는 쪽으로 신형을 날렸다. 그러자 소리가 확연히 들렸다. 웬 사내들이 한 소녀의 입을 틀어막고 옷을 벗기고 있었던 것이다.

'저자들은?'

사내들의 복장이 눈에 익었다. 밀교의 무사들이 분명했다. 환가영은 순간 고민했다. 파렴치한 사내들을 해치우는 것은 쉬운 일이었으나 그로 인해 자칫 자신의 행적이 탄로날 수가 있는 것이었다.

"으으… 흑!"

소녀는 어느새 옷이 모두 벗겨져 민망한 자태를 드러내고 있었다. 소녀는 입이 막혀 소리를 지를 수 없자 애걸의 표정으로 눈물을 흘려댔다.

"크흐흐흐……!"

"흐흐흐!"

사내들은 소녀를 보며 음침한 웃음을 흘리더니 훌렁훌렁 옷을 벗기 시작했다. 환가영은 더 이상 참지 못하고 그들을 향해 손가락을 뻗었다.

"크악!"

"크억!"

"컥!"

세 명의 사내 모두 미간에서 피를 쏟으며 쓰러졌다.

"까아악!"

소녀는 그제야 크게 소리를 질렀다. 환가영은 다가가 소녀를 다독이며 옷을 입혀주었다. 그리고는 소녀를 향해 말했다.

"이제 괜찮으니 속히 집으로 돌아가고, 내가 구해준 것은 아무에게도 말하지 말아라."

"……."

소녀는 고개를 갸웃하고는 급히 어디론가 뛰어갔다. 환가영은 바닥에 꼴사납게 널브러진 사내들의 시신을 쳐다보고는 인상을 찌푸렸다.

'이대로 두면 내 행적이 탄로날 텐데…….'

당분간 동굴에 더 있을 작정이라 이곳으로 밀교의 무사들이 몰려오면 안 되었다. 잠시 고민 끝에 장력을 날려 사내의 시체들을 땅속으로 파묻고는 그 위에 커다란 바윗돌을 날려 올려놓았다.

'흠… 이제 일부나마 아이들의 말을 알아들을 수 있겠군.'

지난 오 일 동안 이유강은 다시 그 촌락에 가서 꼬박 붙어 있었다. 아이들이 말하는 것을 계속 들으며 말을 이해하려고 노력했는데 닷새가 지난 지금 조금의 성과가 있었다. 물론 모든 것은 비혼에 초점을 맞추고 들었다. 비혼 모양의 인형은 인기가 있는지 어이없게도 마을의 모든 어린아이들이 들고 다녔고, 아이들은 그것으로 장난을 하며 놀았다.

'꾼뿌라에 가져갔다고 하는데 꾼뿌라가 대체 무엇이란 말인 가…….'

아이들이 말하는 소리들을 종합한 결과 커다란 인형, 즉 비혼은 어른들이 꾼뿌라에 가져간 것이다. 이제 꾼뿌라가 뭔지 알아내야 했다. 이유강은 이제 어른들이나 노인들의 주위를 떠돌며 혹시 '꾼뿌라' 라는 말이 들리는지 촉각을 세웠다.

그렇게 하루가 지났을 무렵 드디어 그 말을 들을 수 있었다. 사십대 정도 되어 보이는 사내 한 명이 늑대 가죽을 들고는 꾼뿌라라는 말을 했던 것이다. 뭔가 흡족한 표정이었다. 사냥꾼으로 보이는 그는 직접 늑대를 잡은 것 같았다.

'그렇군. 꾼뿌라는 혹시 시장이 아닐까.'

사냥꾼이 늑대 가죽을 들고 흡족해한다는 것은 그것을 팔아 돈을 버는 것을 의미할 것이다. 그런 곳은 시장 외에는 없는 것이다. 이유강은 내심 꾼뿌라가 시장임을 확신했지만 조금 더 지켜보기로 했다. 과연 조금 있으니 삼십대 중반으로 보이는 여인 서너 명이 노리개 등을 들고는 꾼뿌라라는 말을 사용했다.

'후훗, 시장에서 노리개를 샀다는 말이로군.'

이유강은 회심의 미소를 지었다. 이제 더 이상 이곳에 있을 때가 아니었다. 아무래도 이 무식한 인간들이 비혼을 시장에 내다 판 것 같았다. 하긴 강인한 인상을 풍기는 비혼의 모습은 일부 돈있는 자들에게 소장 가치가 있는 멋진 예술 작품으로 볼 수도 있는 것이다.

'이 근처에 시장이 형성된 곳이 있나 찾아봐야겠군.'

혼자서 돌아다니는 것보다는 내일 아침 뭔가를 팔기 위해 짐을 지고 나가는 마을 사람들을 쫓아보면 알 수 있을 것이다. 한데 그때 마을로 들이닥치는 일단의 무리들이 있었다. 입구를 지키던 청년들은 그들을 보며 벌벌 떨며 길을 비켜주었다.

'밀교의 무사들이군.'

마을 안으로 들어온 자들은 밀교의 무사들이었다. 그들은 무척 화난 표정으로 마을 사람들을 다그치기 시작했고 그에 항의하던 몇 명의 노인이 죽음을 당했다.

'대체 무슨 일인가……'

잠시 더 지켜보니 웬 소녀 한 명이 울면서 밀교의 무사들에게 뭐라고 말을 하는 것이었다. 밀교의 무사들은 팔짱을 끼고 소녀의 말을 듣더니 고개를 끄덕이고는 돌아섰다. 그러다 일순 그중 한 명이 고개를 돌리더니 소녀를 향해 단검을 던졌다.

"아악!"

소녀는 가슴에 단검을 맞고 쓰러졌다. 즉사한 것 같았다. 마을 사람들은 울부짖었으나 밀교의 무사들은 이미 어디론가 사라져 버린 후였다. 이유강은 내심 살의를 느꼈다.

'힘없는 촌민들을 죽이다니, 실로 잔혹하구나.'

비혼의 몸이었다면 당장 쫓아가 모조리 척살을 했을 것이나 지금 환물 쉬파리의 속도로 밀교 무사들의 경공술을 따라잡기는 불가능했다. 설령 따라잡는다 해도 환물 쉬파리로 그들과 싸울 수는 없는 일이었다. 일단은 환가영이 무사히 회복되었는지 알아보러 동굴로 가보았다.

'……!'

환가영은 아직 동굴에 있었다. 내상이 완전히 회복되었는지 안색이 밝고 기력도 충만해 보였다. 이유강은 내심 안도하며 동굴을 나섰다.

'다행히 잘 치료되었구나. 과연 천왕독봉의 꿀은 효험이 있나 보군.'

사실 내친김에 환가영을 명나라로 돌아갈 수 있게 도와주고 싶었으나 지금으로서는 방법이 없었다.

'내상이 회복되었으니 그녀 스스로도 잘 돌아갈 수 있겠지.'

그렇지 않다면 지금처럼 계속 숨어 있다가 마교의 토벌대가 다시 도착하면 그들과 합류하는 방법도 있을 것이다. 어쨌든 지금은 그녀를 신경 쓸 때가 아니었다.

'시장에서 어디로 팔려가기 전에 빨리 찾아야 한다.'

벌써 기일이 한참 지났으니 어쩌면 팔렸을지도 몰랐다. 그렇다면 비혼을 찾기는 더 더욱 막막해지는 것이다. 그러던 중 이유강은 문득 멀리서 다가오는 오륙십 명의 무사들을 발견했다.

'저들은?'

모두 심상치 않은 기세를 풍기고 있었는데 밀교의 무사들뿐 아니라 정파무림의 고수들도 있었다. 그중에는 아까 촌락에 들이닥쳤던 자들도 보였다.

'환 소저가 위험하다.'

환가영 혼자서 상대하기는 숫자가 너무 많았다. 이유강은 뒤에서 공손히 따라오고 있는 여왕독봉에게 말했다.

『지금 즉시 전원 소집하여 나를 따라와라.』

『존명!』

　여왕독봉은 다리를 비비적거린 후 뒤따라오던 십여 마리의 독봉들에게 다가가 뭐라고 말했다. 그러자 독봉들 역시 여왕독봉을 향해 다리를 비비적거린 후 여기저기로 사라졌다.

"**동**굴 안에만 있기 무료하구나."

환가영은 밖으로 나왔다. 밖은 날이 어둑해지고 있었는데 바람이 세차게 불고 있었다.

"시원해."

환가영은 잠시 눈을 감고 바람을 만끽했다. 어제 파렴치한 짓을 하던 밀교의 무사들을 죽인 이후 내심 불안했는데 아직까지 아무 일도 없는 것으로 보아 밀교에서 시체들을 발견하지 못한 것 같았다.

"그래, 공연히 겁낼 필요는 없겠지. 어제는 입맛이 떨어져 물고기를 버렸지만 오늘은 구워 먹어야겠어."

환가영은 강가 쪽으로 신형을 날렸다. 그러다 갑자기 그녀는 소스라치게 놀라며 신형을 멈췄다.

"…누군가 오고 있어!"

그녀는 급히 근처에 있는 높은 나무의 나뭇가지 위에 올라섰다. 적지 않은 사람들이 몰려오고 있는 기척이 느껴졌다.

'설마 나를 찾아온 것일까. 그들이 발견된 것이 분명해.'

환가영은 내심 가슴이 떨려 숨을 죽이고 나뭇잎들을 이용해 신형을 은폐했다. 그리고는 잠시 기다리자 어림잡아도 오륙십 명은 됨직한 무사들이 나타났다.

'이렇게 많이 몰려오다니……!'

기세를 보니 어제 죽인 자들과는 달리 모두 상당히 강한 자들 같았다. 더구나 정파의 무사로 보이는 자들도 있었다.

'십여 명 정도라면 모를까 이들 모두를 감당하기는 힘들겠구나.'

이대로 몸을 숨기고 있으면 들킬 염려는 없었다. 그러나 문득 환가영의 안색이 굳어졌다.

'동굴 안에 있는 배낭은 어쩌지?'

그러고 보니 봇짐 안에 천왕독봉의 꿀이 가득 들어 있는 약병도 있었다. 다른 것은 몰라도 그것만은 잃고 싶지 않았다. 그것은 그녀에게 영약 이상의 소중한 가치가 있었던 것이다.

'…그것을 뺏길 순 없어.'

환가영은 입술을 깨물고는 조심스레 무사들의 뒤를 따랐다. 잠시 후 밀교의 무사들은 환가영이 거처하던 동굴을 발견했다.

"저 동굴을 뒤져 봐라!"

누군가 소리치자 두 명의 무사가 동굴 안으로 뛰어들었다. 그들은 들어간 후 곧바로 하나의 배낭을 들고 나왔다.

"…이것이 있습니다."

그 순간 환가영은 그들을 향해 몸을 날렸다.

"흥! 감히 남의 물건에 손을 대다니!"

"큭!"

"크윽!"

두 명의 무사는 입에서 피를 토하며 쓰러졌다. 환가영은 쓰러지는 무사로부터 배낭을 낚아챈 후 등에 멨다. 그리고는 어느새 주위를 둥글게 포위하고 있는 무사들을 노려봤다. 가운데 있던 중년 도사가 말했다.

"역시 환가장의 환 소저 그대였구려. 그동안 잘도 도망 다녔소이다. 정중히 모실 테니 이제 그만 저항을 포기하시오."

"이토록 무리를 지어 핍박하는 것이 정파무림의 법도인가 보죠? 게다가 파렴치한 밀교의 무리들과 결탁까지 하다니."

"……."

순간 중년 도사의 표정이 수치심으로 물들었다. 그러자 옆에 있던 밀교의 무사가 정중히 포권하며 말했다.

"환 소저, 어찌 우리 밀교를 파렴치하다 말씀하시오. 부디 더 이상 고집 부리지 말고 그만 항복하시오. 절대 불편하지 않게 모시겠소."

"좋아요. 당신들 중 누구라도 혼자서 나를 능가할 자가 있다면 순순히 따라가겠어요."

그러자 사람들의 안색이 변했다. 그들은 서로 눈치를 보기만 할 뿐 아무도 나서려 하지 않았다. 좀 전의 그 밀교 무사가 말했다.

"환 소저가 비록 아수마존의 제자라 하나 너무 기고만장한 것 같소."

“조만간 사부님이 이곳에 오시면 당신들은 결코 무사할 수 없을 거예요.”

“하하하, 아직 모르셨소? 소저의 사부인 아수마존은 얼마 전 초죽음이 되어 쫓겨갔다는 것을 말이오.”

“…그런 거짓말을 믿을 것 같나요?”

환가영은 불신의 표정을 지었다. 그러자 무사는 득의의 미소를 지었다.

“내가 거짓말을 할 이유가 있겠소? 믿기 싫겠지만 그것은 사실이오. 소저 역시 이제 그만 포기하고 항복하시오.”

“닥쳐요!”

환가영은 화가 난 듯 크게 외치며 무사를 향해 손을 뻗었다. 그러자 붉은 장력이 쇄도했고 무사는 대경실색한 표정을 짓더니 급히 손을 들어 막았다.

파박!

“크윽!”

마치 실이 끊어진 연처럼 무사는 피를 토하며 뒤로 나가떨어졌다. 그러자 중년 도사를 비롯하여 좌중의 인물들이 모두 함께 환가영을 합공하기 시작했다. 순간, 환가영의 신형이 마치 바람처럼 좌측으로 향했다.

“크악!”

“으아악!”

두 명의 무사가 쓰러짐과 동시에 포위망에 미세한 틈이 보였다. 환가영은 그것을 놓치지 않고 잽싸게 포위망을 빠져나갔다. 그러나 바로 그 순간 하나의 장력이 환가영의 어깨를 가격했다.

파악!

"……!"

환가영은 극심한 충격에 균형을 잃고 바닥에 떨어져 내렸다. 오른쪽 어깨가 후들거렸다. 그와 동시에 네 개의 검이 그녀의 정면으로 쇄도했다. 가까스로 피했으나 또다시 네 개의 검이 그녀의 정면으로 쇄도했다. 그와 동시에 네 개의 검이 후면을 봉쇄했고, 좌측과 우측에도 검들이 모든 퇴로를 봉쇄했다.

'……!'

환가영은 기를 쓰고 벗어나려 신형을 움직였으나 어느새 네 개의 검이 그녀의 목에 닿아 있었다. 중년 도사가 말했다.

"환 소저, 그만 포기하시오."

"……."

환가영은 절망 어린 표정을 지었다. 조금만 움직여도 목에 닿아 있는 검들에 의해 목이 잘릴 것이었다. 그녀는 눈을 감았다. 바로 그때였다.

웅웅웅웅! 웅웅웅……!

어디선가 벌 떼가 몰려오는 소리가 들리는 것이었다. 그와 동시에 공포에 질린 목소리가 사방에서 들렸다.

"…허억! 천왕독봉!"

"도, 독봉 떼다! 피해랏!"

"으아아아……!"

환가영은 깜짝 놀라 눈을 떠보니 그녀의 목에 둘러져 있던 검들이 사라져 있었다. 그와 동시에 하늘을 시뻘겋게 뒤덮은 수많은 벌 떼가 몰려오는 것이 보였다. 보통의 벌보다 크고 날렵하게 생긴 붉은색의 벌들이었다.

'천왕독봉……!'

환가영 역시 두려움에 젖었다. 저 많은 벌들 중에 단 한 마리라도 그녀에게 다가와 독침을 쏜다면 죽을 수밖에 없는 것이다. 그런데 이상하게도 그녀의 곁에는 벌들이 다가오지 않는 것이었다.

"크아악!"

"으아아아악!"

독침에 쏘여 전신이 시커멓게 타 들어가는 사람들이 하나둘 눈에 띄었다. 환가영을 공격하려 모였던 무사들은 모두 기겁을 하며 도망갔다. 특이하게도 죽어 쓰러지는 무사들의 대부분은 밀교 무사들이었다. 그때 환가영은 안색이 창백하게 변했다.

'…허억!'

그녀의 전신을 향해 천왕독봉들이 몰려왔기 때문이다. 수백 마리의 벌들이 그녀의 옷과 얼굴, 머리카락 등에 다닥다닥 붙기 시작했다.

'…아아아악!'

환가영은 입을 벌리지도 못하고 속으로 비명을 질렀다. 그녀의 전신은 완전히 벌들로 덮여 있었다.

"쯧……!"

멀리서 중년 도사가 환가영의 그 모습을 보고는 혀를 차더니 무사들과 함께 벌들을 피해 멀리 사라졌다. 오륙십 명의 인물 중 살아서 돌아간 자들은 불과 이십여 명뿐이었고 나머지는 모두 벌침에 쏘여 즉사한 것이다.

　웅웅웅웅! 웅웅……!
　벌 떼들이 움직이는 소리는 여전히 시끄럽게 들렸다. 환가영은 조심스럽게 눈을 떴다.
　'……?'
　그녀의 전신에 둘러붙었던 독봉들은 모두 떨어지고 없었다.
　'다행히 벌에 쏘이지 않았구나.'
　분명 독침에 쏘여 죽을 것이라 생각했는데 아무 일도 발생하지 않은 것이었다. 주위를 돌아보니 시커멓게 타 들어가 죽어 있는 시체들이 도처에 널브러져 있었다. 그녀는 신기한 눈빛으로 독봉 떼를 쳐다봤다.
　'마치 독봉들이 나를 구해준 것 같구나. 어찌 이런 일이 벌어질 수 있는지…….'
　그때 독봉 떼로부터 하나의 음성이 들리는 것이었다.
　"환 소저, 나 이유강이오. 무사해서 다행이오."
　"……!"
　환가영은 순간 귀를 의심하며 주위를 두리번거렸다. 그러자 다시 목소리가 들렸다. 목소리는 다소 사이했으나 또박또박 분명했다.
　"나는 독봉들 가운데 있소. 밀교의 사이한 대법에 걸려 파리의 몸이 되고 말았소."
　"…파리라고요?"
　환가영은 황당한 표정으로 물었다.

“믿기 힘들겠지만 사실이오.”

“……”

환가영은 고개를 흔들었다.

“믿을 수 없어요. 누군지 모르겠지만 어찌 그분을 사칭하는지 모르겠군요. 당신이야말로 밀교의 인물 아닌가요?”

“…나는 이유강이 맞소. 어떻게 하면 믿을 수 있겠소?”

“그럴 리가 없어요. 사람이 어찌 파리가 될 수 있나요? 속이려면 좀 더 그럴듯한 것으로 속이는 게 어때요?”

“……”

벌 떼 쪽에서 더 이상 말이 없자 환가영은 냉소하며 말했다.

“당신은 벌 떼를 이용해 언제든 저를 죽일 수 있겠지만 저를 속일 수는 없을 거예요.”

“내가 어찌 소저를 죽이겠소?”

“그러면 더 이상 저를 우롱하지 말고 당당히 정체를 밝히세요.”

“용서하시오. 이 말을 안 하려 했지만 어쩔 수 없는 것 같소. 내가 서호에서 소저에게 입맞춤했던 것 기억나시오?”

“…그것을 어떻게?”

순간 환가영의 안색이 붉어지며 믿을 수 없다는 듯 전신을 떨었다. 그러자 다소 씁쓸한 듯한 음성이 들렸다.

“이제 나를 믿을 수 있겠소?”

“정말… 이 대인님이신가요?”

환가영의 목소리가 떨렸다.

“그렇소. 어이없겠지만 내가 이유강 맞소.”

“흑……! 대체 어쩌다 파리가 되신 건가요?”

환가영은 눈물을 주루룩 흘렸다. 이유강은 말했다.

“나 역시 무척 황당할 뿐이오. 나를 도와줄 수 있겠소?”

“물론이에요. 제가 어떻게 하면 도울 수 있나요?”

“고맙소. 이 상황에서 소저를 만난 것이 무척 다행이란 생각이 드오.”

“저 역시 이 대인님이 아니었으면 벌써 죽었을 거예요. 무슨 일이든 돕겠어요.”

환가영은 따뜻한 미소를 지었다. 그러다 문득 물었다.

“그런데 제게 보여주실 수 있나요?”

“무엇을 말이오?”

“…파리로 변한 모습 말이에요.”

“알았소. 부디 놀라지 마시오.”

“놀라지 않을게요.”

환가영은 침을 꿀꺽 삼켰다. 순간 부우우웅 소리가 들리며 한 마리의 커다란 쉬파리가 그녀의 앞에 다가왔다.

“……!”

환가영의 얼굴이 하얗게 변했다.

“…설마 이 대인님이신가요?”

“그렇소…….”

이유강은 어색하게 웃었다. 동시에 본능적으로 다리를 비비적거렸다. 순간 뒤에서 이유강을 지켜보던 독봉 떼가 일시에 다리를 비비적거렸다. 환가영은 멍하니 이유강의 환물 쉬파리와 독봉 떼를 쳐다봤다.

"흠… 그러니까 그때 이 대인님을 따라다니던 그 호위무사를 찾아야 한다는 말이군요."

"그렇소. 속히 시장에 가서 사람들에게 물어봐야 하오."

동굴 안에서 이유강은 환가영과 대화 중이었다. 환가영이 다소 곤란한 표정을 지었다.

"…그런데 저는 함부로 돌아다닐 수가 없어요. 저를 쫓는 자들이 있거든요."

"걱정 마시오. 이제 그들은 소저가 죽은 것으로 생각할 것이니 더이상 추격하지 않을 것이오. 서장 여인이 입는 옷을 하나 구해 그것으로 갈아입고 다니면 아무런 의심도 받지 않을 것이오."

환가영은 순간 정면에 떠 있는 환물 쉬파리를 째려봤다.

"그리고 보니 일부러 그들을 속이려 독봉 떼들로 저를 뒤덮게 했군요. 정말 너무해요."

"하하… 어쩔 수 없었소."

"근데 어찌 쉬파리의 몸으로 저 맹독을 지닌 천왕독봉들을 마음대로 움직일 수 있는지 정말 신기할 뿐이에요."

"독봉 떼뿐만 아니라 이 산에 있는 모든 짐승과 곤충들이 다 내 부하들이오."

"그럴 수도 있나요?"

환가영은 어이가 없는 듯 실소를 지었다. 이유강은 말했다.

"내가 소저를 어찌 발견했는지 알게 된다면 놀랄 것이오."

"사실 그게 궁금했어요. 어떻게 이곳을 찾으신 건가요?"

"원래 이곳에 살던 곰이 불청객을 내쫓고 집을 찾아달라고 내게 간절히 부탁했었소."

"후훗… 설마요."

"사실이오. 조만간 소저가 떠날 것이니 조금만 기다리라고 했소. 그 녀석은 지금 목이 빠져라 소저가 이곳을 떠날 날만 기다리고 있을 것이오."

이유강의 말에 환가영은 동굴 밖을 유심히 살폈다. 과연 멀찍이 수풀이 우거진 곳에서 목을 빼꼼히 내놓고 동굴을 쳐다보고 있는 곰이 한 마리 있었다. 다름 아닌 환가영이 예전에 흠씬 두들겨 팬 그 곰이었다.

"정말이군요. 그렇다면 설마 대인께서는 동물들과 대화가 가능하신가요?"

"어쩌다 보니 그렇게 되었소. 나도 자세한 이유는 모르겠소."

"대단한 능력이에요. 저도 독봉들과 대화를 한번 해보고 싶어요."

"내가 중간에서 전해주면 가능할 것이오. 오늘은 일단 늦었으니 그만 눈을 붙이시오. 내일 아침 일찍 시장으로 출발해야 하오."

"그럴게요."

환가영은 고개를 끄덕이고는 한쪽에 가서 잠을 청했다. 이유강은 잠시 그녀가 잠든 모습을 지켜보다가 밖으로 나왔다. 여왕독봉이 조심스레 따라와 물었다.

『대왕님, 이제 떠나실 것인가요?』

『그럴 생각이다.』

『……』

여왕독봉은 잠시 충격을 받은 듯 말이 없었다. 이유강은 의아한 듯 물었다.

『내가 떠나면 좋지 않으냐?』

『저는 대왕님을 따라가고 싶어요.』

『저희들을 버리지 마십시오.』

『대왕님, 저희들도 데려가 주십시오.』

여왕독봉뿐만 아니라 뒤에 있던 십여 마리의 독봉 수뇌부도 이구동성으로 외치는 것이었다. 이유강은 내심 감격하며 말했다.

『본 대왕을 향한 너희들의 충성심은 잘 간직하겠다. 반드시 다시 찾을 테니 그동안 숲을 잘 지키고 있거라.』

『…존명!』

독봉들은 모두 다리를 비비적거렸다.

다음날 이유강은 환가영과 함께 시장으로 향했다. 환가영은 조심스레 마을 사람들의 뒤를 미행하여 가까운 시장에 도착했다. 이유강은 환가영의 어깨에 앉아 있었다. 이유강의 옆에는 여왕독봉도 같이 앉아 있었고 그 뒤에 서너 마리의 독봉들이 앉아 있었다. 이것들은 이유강이 호통을 쳐도 악착같이 따라가겠다고 하는 터라 할 수 없이 데리고 온 것이었다.

왁자지껄.

시장의 규모는 일전의 항구 근처에 있던 곳과는 비교할 수 없을 만큼 작았다. 그래도 웬만큼 있을 것은 다 있는 것 같았다. 환가영은 이유강의 말대로 서장 여인이 입는 옷을 하나 구입해 입었다. 그녀의 품

속에는 보석들이 들어 있는 주머니가 있었고 배낭에는 금원보와 은원
보가 들어 있는 상자도 있었기에 여비 걱정은 없었다.

"이제 그 인형을 찾아야겠군요."

"그렇소. 일단 동상이나 인형을 만들어 파는 가게를 찾아보는 것이
빠를 것 같소."

"네……."

환가영은 두리번거리다 이유강이 말한 곳을 찾았다.

"저기 있어요. 한데……."

환가영은 갑자기 뭔가 당혹스러운 표정을 지었다. 이유강은 물었다.

"왜 그러시오?"

"저기 그 동상이 있어요. 맞나요?"

"정말이오?"

아무래도 환물 쉬파리의 몸인 이유강보다 환가영이 더 멀리 볼 수
있기에 먼저 발견한 것 같았다. 환가영은 고개를 끄덕였다.

"네. 그런데 저 중에서 어느 것이 맞죠?"

"그게 무슨 말이오?"

이유강은 뭔가 심상치 않음을 깨닫고 환가영이 쳐다보는 방향으로
날아가 보았다. 우뚝 선 채 오른팔은 하늘을 향하고 있는 강한 인상을
주는 동상. 과연 비혼이 있었다.

'……!'

한데 비혼이 여러 개가 존재하는 것이었다. 잘못 봤나 싶어 뚫어져
라 살폈건만 모두 비혼이었다.

'이게 어찌 된 일인가?'

이유강은 가장 가까이에 있는 비혼을 향해 다가갔다. 비혼은 암흑마기의 기운이 혼돈 상태로 정지되어 있기에 암흑마기로 감지할 수는 없었다.

'흠… 이것은 내가 만든 비혼이 아니로군.'

조금은 생동감이 부족해 보였다. 그러나 이것도 직접 가까이 와서 확인하기 전에는 식별하기 힘들 만큼 미세한 차이점이었다. 이유강은 여러 개의 구릿빛 동상들을 모두 확인해 보았다. 그러나 비혼은 없었다. 이유강은 힘없이 환가영에게 돌아가 어깨에 앉았다.

"정말 이 동상들이 그 비혼이라는 호위무사의 모습과 동일한가요?"

"그렇소. 이곳 주인에게 한번 물어봐 주시오. 이 동상들을 만든 이유와 원본이 어디 있는지 말이오."

"알았어요."

주인은 사십대 정도로 보이는 중년 사내였다. 환가영은 다소 어색한 서장어로 물었다.

"…이 동상들은 직접 만드신 건가요?"

"다른 곳에서 사 온 것이오."

다행히 사내는 알아듣고 대답했다. 보통 부족마다 다른 말을 사용하지만 이런 시장에서는 일반적으로 통용되는 말이 있었고 상인들은 이에 능숙한 것 같았다.

"그곳이 어디인가요?"

"이곳에서 꽤 떨어진 곳이오. 한데 그것은 왜 묻는 것이오?"

"그곳의 위치를 좀 알려주세요. 알아볼 것이 있어서 그래요."

그러자 사내는 시장의 위치를 알려주었다. 이유강 역시 상인의 말을 알아들을 수 있었는데 그곳의 대략 위치를 따져 보니 항구 쪽의 커다란 시장이 분명했다. 환가영이 사내를 향해 다시 물었다.

"그런데 왜 이 동상들을 사 오신 거죠?"

"모르셨소? 요즘 이 영웅 동상은 매우 인기가 있소. 돈 좀 있는 집이라면 하나씩 집 안에 두고자 한단 말이오. 소저도 하나 사시겠소?"

"…생각해 보지요."

환가영은 고개를 끄덕이고는 돌아서 나왔다.

"일단 그곳으로 가봐야겠죠?"

"…그래야 할 것 같소."

이유강은 다소 힘이 빠져 있었다.

'비혼의 동상이 인기가 있어 팔리고 있다니. 이 무슨 어처구니없는 일이란 말인가.'

비혼을 찾을 길이 점점 막막해지는 것 같았다. 환가영이 말했다.

"기운내세요. 그곳에 가보면 찾을 수 있을 거예요."

"나는 괜찮소만 소저께 많은 폐를 끼치는 것 같소."

"그런 말씀 마세요. 사실 저는 재밌기도 한걸요. 파리가 된 이 대인님과 여행을 한 것을 서문 언니가 알게 되면 어떤 표정을 지을까요?"

"…놀리지 마시오."

"후훗, 농담이니 토라지지 마세요."

환가영은 씽긋 웃더니 주위를 돌아봤다.

"그곳까지는 꽤 먼 곳이니 말을 한 마리 사야 할 것 같아요."

"그러는 게 좋을 것 같소."

"우선 저는 너무 배가 고프니 뭔가를 좀 먹어야 할 것 같아요. 이 대인님은……"

"나는 괜찮소. 아무것도 먹을 수 없는 몸이오."

환가영은 고개를 끄덕이고는 음식점으로 보이는 곳에 들어가서 음식을 주문했다. 잠시 후 밥에 누런 국물을 버무린 특이한 요리가 나왔는데 환가영은 그것을 맛있게 먹었다. 이유강이 물었다.

"그렇게 맛있소?"

"…처음에는 별로였는데 점점 중독되는 것 같아요. 게다가 매일 산에서 열매만 먹다가 얼마 만에 이런 음식을 먹는지 모르겠어요."

"그럴 것이오."

환가영은 문득 안쓰럽다는 듯 이유강을 쳐다봤다.

"아무것도 못 먹는다니 너무 불쌍해요. 나중에 꼭 이 요리를 드셔보세요. 맛이 괜찮아요."

"알았소."

사실 이유강이 보기에는 그다지 맛이 없어 보였다. 귀하게 자라 입맛이 매우 까다로운 환가영이 산에서 쫓기며 산열매만 먹다 보니 입맛이 많이 변한 것 같았다. 그러나 그것이 어쩌면 그녀에게는 매우 귀한 경험이 되었을 것이란 생각도 들었다.

'음… 그러고 보니 나도 뭔가를 먹어본 지 오래됐구나.'

맛있게 짭짭거리며 먹어대는 환가영을 쳐다보니 일순 서러움이 밀려오는 것이었다. 물론 배가 고픈 것은 아니었다.

'제길! 가끔은 쉬파리 시절이 그립구나. 환물이 된 후로는 아무것도 먹을 수가 없으니.'

문득 환가영이 먹고 있는 음식이 눈에 들어왔다. 누렇게 버무려진 밥을 보니 연상되는 것이 있었던 것이다. 위에 올라앉고 싶은 욕구가 강하게 들었다. 그러나 그랬다가는 제아무리 이유강임을 안다고 할지라도 밥맛이 떨어질 것이 분명했다. 이유강은 다른 생각을 하기로 했다.

"으아아앙……. 으앙!"

갑자기 웬 아이가 우는 소리가 들렸다. 그쪽을 쳐다보니 대여섯 살 가량의 아이가 손에 사탕을 들고 있다가 뭔가에 놀란 듯 그것을 떨어뜨린 것이다. 그런데 바닥에 떨어진 사탕에는 몇 마리의 커다란 벌들이 붙어 있었다.

'…저것들이!'

이유강은 불끈해서 외쳤다.

『당장 이리 오지 못하겠느냐?』

『…시, 식사 중이에요.』

『감히 항명을 하다니, 죽고 싶은가 보구나.』

『…헉! 갈게요. 모두 집합!』

여왕독봉과 몇 마리의 독봉들은 후다닥 이유강의 앞으로 도열했다.

퍽! 퍼퍽!

『…아악! 잘못했어요!』

『…끄윅! 살려… 주십시오!』

『끄워억!』

이유강은 몇 대씩 후려갈기고는 다리를 털었다. 여왕독봉 등은 맞은 부위를 움켜잡고 비틀거리고 있었다.

『흐흑! 너무하세요!』

『밥도 못 먹게 하십니까?』

조금은 항의조로 말하는 독봉들을 향해 이유강은 냉소를 흘렸다.

『크흐흐, 이것들이 아직 덜 맞았구나.』

『헉! 잘못했어요.』

『앞으로는 절대 인간들이 먹는 음식을 뺏어 먹으면 안 된다. 이를 어기면 용서치 않을 것이다.』

『…존명!』

독봉들은 처연한 기색으로 다리를 비비적거렸다. 환가영은 그녀의 어깨 위에서 한바탕 타작(?)이 일어난 줄도 모른 채 여전히 맛있게 식사를 하고 있었다.

"이 말로 하겠어요."

잠시 후 환가영은 말을 한 마리 샀다. 금전이 풍부한 그녀였기에 마구간에 묶여 있던 십여 마리의 말 중 가장 미끈하고 튼튼해 보이는 갈색 말을 주저없이 고른 것이다. 말을 타고 흥겹게 가고 있는 환가영을 향해 이유강이 말했다.

"그곳까지는 이틀 정도 걸릴 것 같으니 물과 식량을 준비하는 것이 좋을 것이오."

"그렇군요."

환가영은 시장을 돌아다니며 간단한 음식 몇 가지를 샀다. 그리고 비가 올 때를 대비해 우산도 사는 등 여러 가지 잡다한 물건들을 사서 챙기는 것 같았다. 특별히 이유강의 부탁에 의해 사탕도 몇 개 사서 배낭에 넣었다.

"이제 출발할게요."

모든 준비를 마친 환가영은 즐거운 표정이었다.

"이럇!"

말은 끝없이 뻗어진 길을 따라 힘차게 달렸다. 이유강은 환가영의
어깨에 앉아 빠르게 지나가는 주변의 경관을 담담히 쳐다봤다. 독봉들
은 꾸벅꾸벅 졸고 있었는데 가끔 맞은 부위가 아픈지 몸을 떨었다.

〈제4권 끝〉

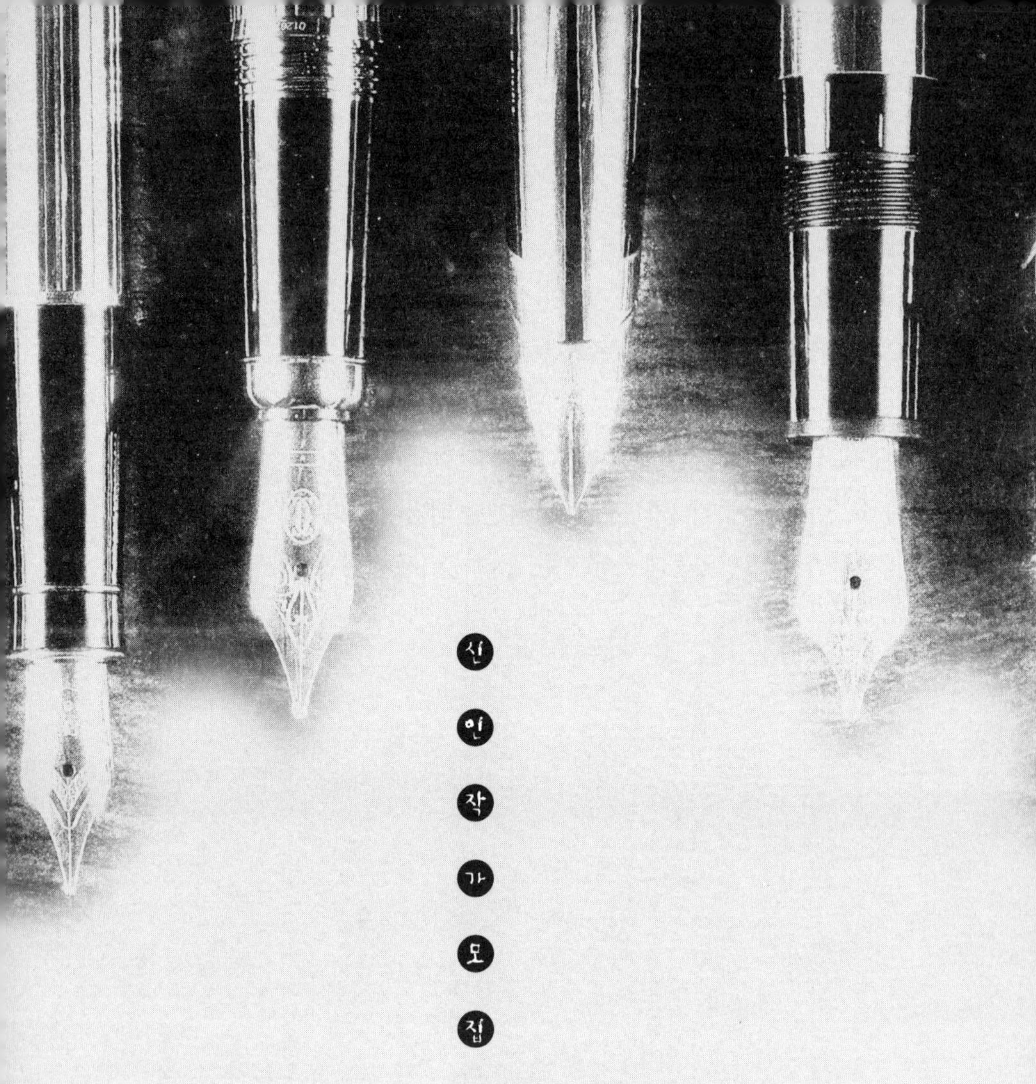

신
인
작
가
모
집